INKA LOREEN MINDEN

# Ein Lord wie kein anderer

AF175651

Historical Romance

**Bibliografische Information der Deutschen Nationalbibliothek**
Die Deutsche Nationalbibliothek verzeichnet diese Publikation in der
Deutschen Nationalbibliografie; detaillierte bibliografische Daten sind im
Internet über
http://dnb.d-nb.de abrufbar.

# Ein Lord wie kein anderer

## - Historical Romance -

©opyright Inka Loreen Minden 2020
**www.inka-loreen-minden.de**
Monika Dennerlein

E-Mail: lucy-palmer@inka-loreen-minden.de

Deutsche Erstausgabe Juni 2020

CoverArt: © M. Hanke
Paar: AdobeStock_163837467 vj_dunraven
Rückseite: © London / Pixabay
Lektorat: PetRa
Herstellung und Verlag: BoD – Books on Demand, Norderstedt
ISBN-13: 978-3-7519-5671-0

»Emily, du weißt nicht, was du mit mir anstellst«, flüsterte er heiser an ihrem Mund und küsste sie erneut verlangend.

Sie fuhr durch sein Haar, das ohnehin schon durcheinander war, weshalb er nun, zusammen mit seinen Bartstoppeln, wie ein Pirat aussah. Sie liebte es, wie er sich unrasiert und ungeniert vor ihr zeigte, genoss es, diese neue Seite an ihm zu entdecken – nicht den perfekten Gentleman, sondern den schamlosen Liebhaber, der ihr all seine interessanten Körperstellen völlig unverhüllt präsentierte. Emily könnte ewig mit ihm nackt im Bett liegen, um jeden Zentimeter an ihm genau zu erforschen.

# Kapitel 1 – Emilys Schwarm

LONDON, ENGLAND
Sommer 1814

Emily freute sich jedes Mal wie verrückt, wenn der Nachbarsjunge Daniel von der Universität nach Hause kam. Von ihrem Kinderzimmer im Dachgeschoss ihres Elternhauses besaß sie einen guten Blick in den angrenzenden Garten, denn die schmalen Reihenhäuser standen dicht beieinander. Daniel, der bald sechzehn wurde, saß auf einer Bank und hielt sein Gesicht in die Sommersonne, während er leise eine Melodie pfiff. Das machte er immer, wenn er aus Oxford zurückkehrte. Leider passierte das nur an wenigen Tagen im Jahr.

Ihr Herz wummerte stets wie wild, wenn sie ihn sah, und Emily war stolz darauf, seine Freundin sein zu dürfen, obwohl sie sieben Jahre jünger war als er. Daniel würde einmal den Titel seines Vaters erben und ein echter Earl werden: Daniel Appleton, Lord of Hastings! Das hörte sich exquisit an.

Manchmal konnte es Emily immer noch nicht glauben: Ein Earl in ihrer Straße!

Weil die riesige Villa der Familie Appleton, die im noblen Stadtteil Mayfair lag, einer aufwändigen Renovierung unterzogen wurde, wohnte sie in den Jahren des Umbaus in diesem Stadthaus, das sie sonst vermietete.

Hier lebten zwar einige Mitglieder des niederen Adels: Baronets, wie ihr Vater, und Knights oder reiche Bürgerliche, aber keine weiteren Earls.

Zum Glück hatte Emily heute Morgen ihr schönstes weißes Kleid angezogen, sodass sie nur noch ihre Haube aufsetzen musste, mit der sie versuchte, ihre roten Locken zu bändigen. Zwischendurch spähte sie immer wieder aus dem Fenster. Am liebsten wollte sie Daniel winken, damit er auf sie wartete, aber seine Mutter redete gerade mit ihm. Hoffentlich musste er nicht schon wieder gehen! Bestimmt hatte er in der kurzen Zeit, die er zu Hause verbringen durfte, viele Verpflichtungen.

Emily war jedoch sehr froh, dass seine Mutter die Einkaufsmöglichkeiten in London liebte – wie er ihr einmal verraten hatte – und sein Vater gerne in den Parks ausritt oder diverse Herrenclubs besuchte. Deshalb lebten Daniels Eltern überwiegend in der Stadt und nicht auf ihrem Landsitz.

Zu Emilys unendlicher Erleichterung blieb Daniel sitzen, und seine Mutter verschwand im Haus. Er wirkte schon richtig erwachsen. Emily hatte sich lange den Kopf zerbrochen, woran das liegen könnte. Wahrscheinlich an seinen markanten Wangenknochen, dem dichten, dunklen Haar, dem ersten Bartwuchs und der noblen Kleidung. Wie sein Vater trug auch Daniel eine figurbetonte beige Hose und Stiefel, die ihm bis zu den Knien reichten, außerdem einen dunkelblauen Gehrock, darunter eine goldfarbene Weste mit einem hoch stehenden Kragen. Dazu ein Krawattentuch. Ihm musste furchtbar heiß sein! Aber er war eben kein Kind mehr und musste sich nun den Gepflogenheiten der Gesellschaft beugen.

Obwohl Emily viel jünger war als er, behandelte er sie kein bisschen wie ein kleines Mädchen, sondern nannte sie sogar »Lady Collins«, so wie ihre Mutter von allen gerufen wurde. Dabei war Emily überhaupt keine echte Lady. Doch das schien Daniel nicht zu stören. Als Tochter eines Baronets würde sie leider niemals einen Titel erben, und sie stammte auch nicht vom Hochadel ab, so wie einer von Vaters Bekannten, Lord Rowland. Dennoch war ihr Vater, Sir Richard Collins, sehr vermögend und investierte sein Geld in den ausländischen Möbelhandel, sodass sie sich dieses kleine Stadthaus, ein Dienstmädchen, eine Köchin und sogar eine Gouvernante leisten konnten – die heute zum Glück ihren freien Tag hatte. Nur anziehen musste sich Emily selbst.

Sie fluchte undamenhaft, weil sie die Bänder ihrer neuen weißen Haube nicht schnell genug zu einer hübschen Schleife binden konnte, verzichtete auf ihre Handschuhe, schlüpfte in ihre alten Slipper, die ihr eine kleine Kletterpartie nicht übelnehmen würden, und rannte danach die Stufen hinunter ins Erdgeschoss. Leise schlich sie am Salon vorbei, der sich auch zum Garten hin öffnete, und lauschte an der Tür. Sie hörte aufgeregtes Geschnatter und ein hohes, spitzes Lachen. Mist, ihre Mutter hatte Besuch von ihrer Freundin Beatrix – Lady Nelson. Nur die kicherte wie eine Hexe. Und sie sah auch aus wie eine.

Gut, Lady Nelson war über fünfzig, Mutter zehn Jahre jünger und immer noch wunderschön. Emily hatte das rote Haar von ihr geerbt. Ansonsten fand Emily die alte Lady aber ganz nett, denn sie brachte ihr ab und zu echte französische Bonbons mit.

Da Emily nun nicht durch den Salon in den hinteren Garten gelangen konnte, schlich sie weiter in die kleine Küche. Dort war es heiß und stickig, denn ihre Köchin Miss Mutton backte gerade Käsekuchen und bereitete auch schon das Abendessen zu.

Emily legte den Finger an ihre Lippen, als Miss Mutton sie mahnend anstarrte – denn normalerweise betrat Emily ihr Refugium nur, um Kekse zu stibitzen – und schlüpfte durch die Hintertür in den kleinen Garten. Sofort strömten ihr angenehme Wärme und der Duft von bunten Sommerblumen entgegen. Sie duckte sich, um sich im Schutz der hohen Pflanzen zur Mauer des Nachbargrundstücks zu schleichen, stieg auf eine Bank, kletterte von der Lehne auf den Apfelbaum und hangelte sich von dort aus auf die Mauer, die beide Grundstücke abtrennte. Mutter würde ihr wohl eine Woche Hausarrest geben, weil sie sich wieder wie »ein Äffchen« benahm, wie sie es nannte. Doch Daniel schien es jedes Mal zu amüsieren, wenn sie nicht durch die hinteren Gartentürchen, sondern auf diesem Weg zu ihm gelangte.

Frech grinste er sie an. »Em! Ich habe mich schon gefragt, wann du kommst.« Er stand auf, um eine galante Verbeugung zu machen. »Entschuldigen Sie, ich meinte natürlich: Lady Collins. Würden Sie mir die Ehre erweisen und mir ein wenig Gesellschaft leisten?«

»Aber mit dem größten Vergnügen, Mylord«, säuselte sie fröhlich und sprang nach unten in den Garten der Familie Appleton.

»Irgendwann brichst du dir noch die Beine, Em«, tadelte Daniel sie sanft und setzte sich ganz außen auf die Bank, sodass sie auch noch Platz darauf hatte. Zwischen ihnen befand sich wie eine Anstandsdame ein dickes, in Leder gebundenes Buch, das ihr bisher noch nicht aufgefallen war.

Hinter ihr drangen die melodischen Laute des Cembalos durch ein geöffnetes Fenster an ihre Ohren. Daniels Mutter spielte sehr gut und probierte sich auch an moderneren Stücken. Doch am ehesten bevorzugte sie Musik aus Italien.

Emily hätte auch so gerne ein Klavier. Leider musste sie Harfe spielen lernen.

Daniel blickte sich verstohlen um, als würde er gleich etwas Verbotenes tun, und Emily hielt die Luft an, während er sich das Krawattentuch abzog und seinen Gehrock über die Lehne legte. Anschließend öffnete er den obersten

Knopf seines weißen Musselinhemds und atmete erleichtert auf.

Wenn das seine Eltern sahen, würde er bestimmt getadelt werden! Genau wie sie Ärger bekommen würde, weil sie außerhalb des Hauses keine Handschuhe trug. Aber Emily wollte den feinen Stoff nicht ruinieren, wenn sie auf den Baum kletterte.

Oh, er war ein richtiger Rebell, genau wie sie! Emily liebte ihn sofort noch mehr. Ihr Gesicht erhitzte sich plötzlich bei seinem Anblick, denn in der goldschimmernden Weste gab er ein vorzügliches Bild ab.

»Was liest du?«, fragte sie schnell und deutete auf das Buch, aber nicht nur, weil ihr auf einmal schrecklich warm wurde, sondern weil sie wirklich neugierig war. Sie war verrückt nach Büchern und vor allem Abenteuergeschichten. Die musste sie jedoch immer heimlich lesen. Ihre Freundin Claire hatte ihr zuletzt einen völlig zerfledderten Liebesroman zugesteckt, den Emily förmlich eingesaugt und bereits drei Mal verschlungen hatte! Dabei stellte sie sich vor, der Held der Geschichte wäre Daniel und sie die arme Dienstmagd, die er trotz aller Widrigkeiten heiraten würde.

Er lächelte verschwörerisch. »Das Buch handelt von griechischen Göttern. Da stehen sehr spannende Geschichten drin. Magst du es dir ausleihen?«

»Griechische Götter«, wiederholte sie ehrfürchtig, strich mit den Fingerspitzen über den edlen Einband und grinste Daniel an. Er kannte sie einfach schon zu gut. Gesittete Mädchenspiele langweilten sie, aber mit solchen Geschenken konnte man sie immer überraschen. Wenn Emily schon im echten Leben keine Abenteuer erleben durfte, dann wenigstens in ihrer Fantasie.

Ihr Herz hüpfte wild vor Aufregung. »Ich werde sehr gut

darauf aufpassen.« Am liebsten wollte sie Daniel um den Hals fallen, aber das gebot sich natürlich nicht. Stattdessen stand sie auf, um einen förmlichen Knicks zu machen, für den sie wirklich lange geübt hatte – bis ihre Mutter zufrieden gewesen war. »Danke, Daniel, du bist der Beste!«

»Sag das mal meinem Professor.« Als er lachte, hörte sich das ein wenig dunkel und geheimnisvoll an, was ein wohliges Kitzeln in ihrem Magen hervorrief. Daraufhin musste sie selbst kichern.

Plötzlich tönte die Stimme ihrer Mutter über die Mauer: »Lord Hastings, ist Emily bei Ihnen?«

Mist, sie musste ihr Lachen gehört haben.

»Ja, sie ist hier, Lady Collins!«, antwortete er.

Auch wenn Emily ihre Mutter nicht sehen konnte, wusste sie genau, was für ein entsetztes Gesicht sie gerade machte. »Emily, wie oft habe ich dir schon gesagt, dass du unsere Nachbarn nicht belästigen sollst!«

»Sie stört mich nicht, Lady Collins!«, rief er ihrer Mutter zu. »Wir unterhalten uns über … Geschichte. Griechische Geschichte!«

Das schien ihre Mutter zufriedenzustellen, wobei Emily glaubte, dass sie Daniel bald aus anderen Gründen nicht mehr im Garten besuchen durfte – außer mit Anstandsdame –, schließlich war er beinahe ein richtiger Mann. Zum Glück dauerte es noch ein paar Jahre, bis sie eine richtige Frau wurde. Diesen Vorteil musste sie ausnutzen, so lange es ging.

Emily glaubte, ein »Hmpf« über die Mauer zu vernehmen, dann: »Bitte komm in fünf Minuten in den Gelben Salon, um dich von Lady Nelson zu verabschieden.«

Wenigstens war ihre Gouvernante gerade nicht im Haus. Mutter hätte sie sonst bestimmt rübergeschickt, um sie abzuholen. Aber im Grunde war Emily froh, eine solch gute

Lehrerin zu haben, denn in einer öffentlichen Schule würde sie nur Nähen und Orthografie lernen. Dabei konnte sie beides längst, schließlich musste sie seit ihrem sechsten Lebensjahr täglich fünf Minuten in der Anstandsfibel lesen. Ihre Gouvernante – Miss Abney – brachte ihr zusätzlich das Tanzen und sogar Gymnastik bei – was eine hervorragende Vorbereitung war, um auf Bäume zu klettern – außerdem Französisch, Naturwissenschaften und Künste. Miss Abney war ein ziemlicher Blaustrumpf – und Emily liebte sie dafür.

»Ja, Mutter, ich komme in fünf Minuten!«, gab sie zerknirscht zurück. Gerade war es doch so schön mit Daniel.

»Ich wünsche Ihnen und Ihren Eltern noch einen wundervollen Tag, Lord Hastings!«, rief ihre Mutter.

»Den wünsche ich Ihnen auch, Lady Collins!«

Als sich Emily wieder allein mit Daniel glaubte, verschränkte sie mürrisch die Arme und ließ sich schnaubend auf die Bank fallen. Sie war eben genau das Gegenteil von dem, was die Gesellschaft von ihr verlangte. Frauen sollten sanft und gehorsam sein und sich dem Willen des Vaters und später des Ehemannes beugen. Sie liebte ihre Mutter sehr und wurde von ihr genauso herzlich zurückgeliebt. Die Ärzte nannten es ein Wunder, dass ihre Mutter nach zwei Totgeburten und in ihrem späten Alter noch ein gesundes Kind bekommen hatte – das verband sie beide wohl eng miteinander. Aber wenn Mutter sie belehrte, wollte sich Emily am liebsten die Ohren zuhalten. »Sei stets bescheiden, mein Kind, freundlich, höflich und zurückhaltend, dann wirst du später schnell einen Mann finden. Mische dich vor allem nicht in die Politik ein, sondern rede lieber über Mode. Alles andere könnte einen potentiellen Heiratskandidaten abschrecken.«

Daniel schreckte nichts ab, egal worüber sie mit ihm

sprach! Oder er war ein wahrer Gentleman. Zumindest verwendete er oft ein geziemendes Vokabular, war gebildet, wies ein gepflegtes Äußeres auf … und gewiss war er der beste Tänzer der Welt. Letzteres konnte sie leider nicht beurteilen. Doch sobald sie Miss Abney bei den wöchentlichen Übungen nicht mehr auf die Füße trat, wollte sie Daniel um einen Tanz unter dem Apfelbaum bitten, während seine Mutter im Haus Cembalo spielte. Oh, das würde bestimmt traumhaft werden!

»Mütter können ganz schön lästig sein, was?«, murmelte er und blickte sich erneut um, als würde er befürchten, das ganze Gerufe hätte seine Eltern auf ihn aufmerksam gemacht. Doch seine Mutter saß immer noch am Klavier und sein Vater bestimmt an seinem großen Schreibtisch, um sich um die Geschäfte zu kümmern. Emily hatte zwar keine Ahnung, was ein Earl arbeiten musste, aber das war jetzt auch nebensächlich. Hauptsache, er störte sie nicht.

Als sich Daniel durch sein dichtes Haar fuhr und es ein wenig durcheinanderbrachte, kitzelte es erneut in ihrem Bauch, sodass sie ihren hübschen Lord anstrahlen musste. Er lieh ihr dieses wertvolle Buch und hatte ihre Mutter angeschwindelt!

Daniel war so süß … ihr Held!

Emily wusste eines ganz sicher: Sobald sie sechzehn und in die Gesellschaft eingeführt wurde, würde sie ihn heiraten.

# Kapitel 2 – Das Vorstellungsgespräch

## LONDON, ENGLAND
### Mai 1834

Emily klopfte das Herz bis in den Hals, als sie an der Tür der noblen Villa klopfte, die im besten Stadtteil Londons lag. Das große, elfenbeinfarben gestrichene Haus besaß eine quadratische Form, hohe, rechteckige Fenster und auf der linken Seite einen runden Erker. Der zog sich vom Erdgeschoss bis hinauf zum flachen Dach und erinnerte Emily an ein Türmchen. Um das gesamte Grundstück führte ein hoher, weiß gestrichener Zaun sowie ein großzügiger Garten. Nur die wenigsten Bewohner konnten sich mitten in London solch ein prachtvolles Haus leisten.

Würde Daniel – der Earl of Hastings – sie wiedererkennen? Was, wenn er sie genau aus diesem Grund nicht beschäftigen wollte oder wenn er wusste, wen sie geheiratet hatte?

Es war ihr peinlich, bei ihm vorzusprechen, aber Emily brauchte die Anstellung dringend. Sie konnte und wollte ihrer Freundin nicht länger auf der Tasche liegen, auch wenn Claire ihr versichert hatte, dass das in keinster Weise der Fall war. Doch es wurde längst Zeit, endlich auf eigenen Beinen zu stehen – schließlich war sie schon achtundzwanzig Jahre alt!

Sie strich ihr einfaches cremeweißes Kleid glatt, froh, Handschuhe zu tragen, die ihre feuchten Hände verbargen, richtete ihre Haube und hielt die Luft an, als ihr ein grauhaariger Butler öffnete. Er konnte kaum noch gerade stehen, aber der Blick aus seinen wässrigen Augen war scharf auf sie gerichtet. »Sie wünschen?«

Emily räusperte sich leise. Sie kannte den Mann! Es war derselbe, der auch schon für Daniels Eltern gearbeitet hatte. »Ich komme wegen der ausgeschriebenen Stelle. Mein Name ist Mrs Rowland.«

Sie benutzte bewusst nicht ihren Titel, um bloß kein Aufsehen zu erregen und zu verraten, wer sie wirklich war. Zum Glück war ihr Ehemann in London nicht allzu bekannt gewesen und seine wenigen »Freunde« hatten ihn »Edward« oder »Ed« gerufen.

Der Butler trat zur Seite und bat sie mit einer Handbewegung ins Haus. »Bitte folgen Sie mir, Mrs Rowland.«

Sie wartete, bis er die Tür geschlossen hatte, und schritt langsam hinter ihm her. Sie hatte jedoch kaum Blicke für den leicht gebückt laufenden Bediensteten übrig, denn die Einrichtung des Hauses erweckte ihr Interesse. Wie in den meisten noblen Anwesen war auch dieser Eingangsbereich schachbrettartig gefliest. Antike, vermutlich römische und griechische Statuen standen hier und da auf Säulen verteilt; fliederfarbene Tücher schmückten die Wände. Emily erkannte definitiv eine weibliche Note, aber auch Daniels Geschmack und sein Faible für alte Kulturen.

Als der Butler sie in einen kleinen bordeauxfarbenen Salon brachte, stockte ihr Herzschlag und ihre Hoffnung auf eine Anstellung sank gen null. Bestimmt zehn weitere Frauen, junge wie alte, saßen auf den edlen Polstern, nippten schweigend an ihren Teetassen und starrten sich böse an, als ob das helfen würde, ihre Konkurrentinnen aus dem Spiel zu nehmen.

Oh nein, sie war also nicht die Einzige, die sich eine gut bezahlte Arbeit bei Daniel … bei dem Earl of Hastings erhoffte. Wie hatte sie das auch nur glauben können?

Meistens erhielten Kindermädchen nicht mehr als Kost und Logis. Aber in der Anzeige, die Emily gestern in der

Zeitung »The Times« gefunden hatte, stand etwas von einer großzügigen, monatlichen Apanage, mit der sie sich schon nach wenigen Jahren in Daniels Diensten ein neues Leben aufbauen könnte. Denn erneut zu heiraten, kam für sie nicht in Frage.

Sie setzte sich auf den letzten freien Platz des Sofas, woraufhin sie von einer fülligen Alten und einer biestig dreinschauenden Jüngeren eingerahmt wurde. Emily lächelte müde und nickte den Damen zu, danach ließ sie sich von einem anderen Diener, der hier bereitstand, Tee einschenken, den sie dankend entgegennahm.

Vielleicht sollte sie lieber gleich wieder gehen …

Die kleine Rebellin in ihr, die sie lange nicht mehr gehört hatte, beschwerte sich lautstark: *Wie kannst du jetzt ans Aufgeben denken? Nun bist du schon einmal hier – was hast du zu verlieren?*

Das stimmte. Außerdem war Emily neugierig, wie Daniel jetzt aussah. Ob er sich stark verändert hatte?

Möglichst unauffällig spähte sie über den Rand ihrer Tasse, um die anderen Frauen zu beobachten und vielleicht etwas über sie zu erfahren. Natürlich konnte sie in keine hineinsehen, und deren Kleidung verriet auch nicht viel über ihre Kompetenzen. Fast alle wirkten so, als wären sie der bevorstehenden Aufgabe gewachsen – bis auf ein Mädchen, das Emily auf keine fünfzehn Jahre schätzte. Nervös knabberte sie an ihren Fingernägeln und zog geräuschvoll ihre triefende Nase hoch, was ihr von den anderen Anwesenden empörte Blicke einbrachte.

Emily wog ihre Optionen ab. Sie besaß Manieren und hatte eine gute Ausbildung genossen – beziehungsweise hatten ihre Eltern, Gott habe sie selig, keine Kosten bei ihren Hauslehrern gescheut. Zudem war sie die Tochter eines Baronets. Zwar ohne Titel – wenn sie ihre kleine

Schwindelei durchzog –, aber sie stammte aus gutbürgerlichem Hause. Außerdem hatte sie bisher Claires Kindermädchen bei der Versorgung der Zwillinge unterstützt. Sie konnte Windeln wechseln, wusste, wie man ein Baby oder Kleinkind beruhigte und welche Tees bei Fieber oder Bauchschmerzen halfen. In den letzten drei Jahren hatte sie viel gelernt. Hoffentlich waren das gute Voraussetzungen, die Stelle zu bekommen. Ihre Trauerzeit war auch vorbei, weshalb sie keinen schwarzen Stoff mehr tragen musste und nicht länger aussah wie der Tod. Claire hatte ihr einige ihrer älteren Kleider geschenkt, und Emily hatte sie selbst etwas enger genäht. Ja, sie fand, sie wirkte darin sehr anständig und vertrauenerweckend, aber leider unterschied sie sich auch kaum von den meisten anderen Frauen. Daniel würde sie wahrscheinlich nicht einmal bemerken. Oder suchte er womöglich gar nicht persönlich das neue Kindermädchen aus? Schließlich war er ein Adliger – ein Peer.

Hätte Emily ein eigenes Kind und wäre reich, würde sie sehr wohl selbst bestimmen wollen, wer ihr Baby von nun an versorgen, in den Armen halten, streicheln würde … Sie schluckte hart bei dem Gedanken, nie ein eigenes Kind bekommen zu können, und versuchte sich lieber eine Strategie zurechtzulegen, um diesen Kampf zu gewinnen. Früher hätte sie auch nicht einfach aufgegeben. Doch als sich die Tür öffnete und der Butler die erste Bewerberin bat, mit ihm zu kommen, konnte sie sich kaum noch konzentrieren. Außerdem schien es Ewigkeiten zu dauern, bis er die nächste aus dem Salon führte, und bei jedem Mal dachte Emily, der Angestellte würde nun den Rest von ihnen nach Hause schicken, weil das perfekte Kindermädchen längst gefunden war. Sie hoffte, dass sich Daniel erst einmal alle der Reihe nach anschaute, bevor er sich entschied.

Die Minuten zogen sich ins Endlose, und auch die Zeiger der alten Standuhr, die in einer Ecke lautstark vor sich hintickte, schienen immer langsamer zu wandern.

Zwei Stunden später, als sie ganz allein auf dem Sofa saß und das Warten kaum noch aushielt, holte der alte Butler auch sie endlich. Sie folgte ihm die marmornen Stufen mit der bronzenen Balustrade nach oben in den ersten Stock. Weiche Teppiche dämpften ihre Schritte, als sie durch einen dunklen Flur schritten, in dem Portraits hingen. Emily erkannte die Gesichter von Daniels Eltern und auch ihn selbst als jungen Mann. Auf dem Bild wirkte er unglaublich ernst und beinahe ein wenig gelangweilt. Sein dunkles Haar war akkurat gekämmt und seine Kleidung saß perfekt.

Sie verkniff sich ein Grinsen, denn ganz bestimmt hatte er sich gelangweilt, als er so viele Stunden lang vor dem Maler stillsitzen musste. Während der Butler an eine Tür klopfte und sie ankündigte, verging ihr das Lächeln jedoch sofort wieder, als ein Mann von innen rief: »Nur herein, Smithers!« Nun wurde es ernst.

Ihre Knie zitterten, während sie eintrat, und sie krallte die Finger in den kleinen Stoffbeutel, in dem sich etwas Geld, das sie sich mit Nähen verdient hatte, die alte Uhr ihres Vaters und ein Taschentuch befanden. Die Sonne schien durch zwei hohe Fenster und Staub glitzerte in dem goldenen Licht. Kurz kniff Emily die Lider zusammen, weil sie ein Lichtstrahl im Gesicht traf, weshalb sie für einen Moment bloß völlige Schwärze wahrnahm. Das Arbeitszimmer war allerdings auch recht düster eingerichtet worden und die mahagonibraunen Möbel stammten gewiss noch von Daniels Vater. Es roch nach Tinte, Papier und Leder; in einem großen Regal an der Wand reihten sich viele dicke Bücher aneinander.

Emily ließ den Blick schweifen, und ihr stockte der Atem,

als sie erkannte, wer hinter dem wuchtigen Schreibtisch saß. Daniel! Beinahe hätte sie seinen Namen ausgesprochen und wäre auf ihn zugelaufen, um ihn zu umarmen. Plötzlich wollte sie ihrem Freund aus Kindertagen erzählen, was sich in den letzten Jahren zugetragen hatte, aber sie besann sich gerade noch rechtzeitig. Bestimmt war er nicht länger der leicht rebellische Junge von damals. Er war jetzt fünfunddreißig Jahre alt – ein ernster und gewissenhafter Earl. Außerdem schien ihr gesamter Körper schlagartig gelähmt zu sein, bis auf ihr Herz, das donnerte wild in ihrer Brust.

Kurz sah er von seinen Papieren auf, in die er stirnrunzelnd vertieft war, und sagte: »Bitte setzen Sie sich, Mrs …« Er blickte erneut auf einen Zettel. »Rowland.«

Im Grunde dürfte sie sich »Viscountess« schimpfen oder »Lady Rowland«. Aber sie wollte weder mit ihrem verstorbenen Gatten noch mit seinem Titel etwas zu tun haben und die Vergangenheit nur noch hinter sich lassen, um ein neues Leben zu beginnen. Da sie bis zum Tod ihres Mannes einige Jahre auf dem Land gelebt hatte, hoffte Emily, dass Daniel der Name »Rowland« nicht geläufig sein würde.

Der Butler brachte sie noch bis zu dem gepolsterten Stuhl, der gut einen Meter vor dem Schreibtisch stand, sodass sie Daniel direkt gegenübersitzen würde.

»Einen schönen guten Tag, Lord Hastings«, murmelte sie, während sie Platz nahm, und konnte den Blick einfach nicht von Daniel nehmen. Immer noch starrte er in seine Papiere und machte sich mit einem modernen Füllfederhalter Notizen, weshalb eine dicke Locke in seine Stirn fiel. Wäre das nicht »ihr« Daniel, würde sie sich jetzt brennend für das außergewöhnliche, edle Schreibgerät interessieren, von dem sie schon viel Gutes gehört hatte. Daniel sah ausgezeichnet aus, besser als damals, nur dass er sie heute viel mehr fesselte als früher. Waren seine Wimpern schon immer so lang und dicht gewesen? Und seine Wangenknochen so hoch? Die Lippen so wundervoll geschwungen?

Da der Butler den Raum längst verlassen hatte, erlaubte sie sich, Daniel weiterhin zu mustern, solange er abgelenkt war. In seinem dunklen Haar zeigten sich erste graue Strähnen und in seinen Augenwinkeln ein paar Fältchen. Das ließ ihn bloß noch männlicher wirken.

Seine Finger waren lang und schlank, die Nägel gepflegt. Wenige Härchen wuchsen auf seinem Handrücken, doch mehr Haut bekam sie leider nicht zu sehen. Wie es sich für einen Mann seines Ranges gehörte, trug er ein Krawattentuch, eine dünne Jacke aus einem feinen, dunkelgrünen Stoff, darunter eine schwarze Weste … alles perfekt auf seine breiten Schultern zugeschnitten.

Daniel legte den Federhalter zur Seite und blickte ihr direkt in die Augen. »Sie sind also wegen der ausgeschriebenen Stelle als Kindermädchen hier, Mrs Rowland?«

Sie setzte sich kerzengerade hin und versuchte, ihn nicht anzustarren, schließlich gehörte sich das nicht. »So ist es, Mylord.« Sie wunderte sich, wie ruhig ihre Stimme klang, denn durch ihren Körper schien ein Wirbelwind zu fegen. Außerdem wurde ihr heiß und kalt. Was, wenn Daniel sie erkannte?

Zum Glück hatte sie sich sehr verändert und sie waren sich, nachdem Daniels Eltern zurück in diese Villa gezogen waren, nie wieder über den Weg gelaufen. Bestimmt hatte er sie längst vergessen. Doch das war gut. Besser, er wusste nicht, wer sie war. Das würde für Emily vieles einfacher machen. Sie wollte ein professionelles Arbeitsverhältnis und vor allem Distanz bewahren.

»Sie sind verheiratet?«, fragte er als Nächstes.

»Seit ein paar Jahren Witwe.«

Sein Blick ruhte etwas länger als gewöhnlich auf ihr. »Mein Beileid.«

»Danke, Mylord.« Hastig senkte sie den Kopf, und Übelkeit explodierte in ihrem Magen. Gerade rechtzeitig bemerkte sie, dass sie die Finger in ihren Stoffbeutel krallte, und entspannte sie schnell wieder.

Was, wenn er sie über ihren Mann ausfragte? Oder Papiere von ihr verlangte?

Sie wollte diese auf keinen Fall vorzeigen und so ihre wahre Identität enthüllen. Besser wäre es vielleicht, zu behaupten, sie wären verbrannt …

Nein, es tat ihr schon genug weh, ihren alten Freund anzulügen. Wobei sie bis jetzt nicht direkt gelogen hatte, bloß ein paar Fakten verschwiegen.

Zum Glück schien er sie nicht zu erkennen. Von ihrer Mutter hatte sie erfahren, was sich in seinem Leben nach dem Auszug aus dem Stadthaus getan hatte: Mit jungen fünfundzwanzig Jahren hatte er die zweite Tochter eines Marquise geheiratet und war mit ihr hierher gezogen, nach Mayfair, dem exklusivsten Londoner Stadtteil. Zuerst in ein eigenes kleines Haus, später, nach dem Tod seiner Eltern, in diese Villa.

Die restlichen Neuigkeiten hatte ihr Claire erzählt, nachdem Emily bei ihr Unterschlupf gefunden hatte: Lange waren Daniel und seine Frau Imogen kinderlos geblieben, und erst letztes Jahr hatte sie ihm eine Tochter geschenkt: Sophia. Doch das Schicksal hatte Imogen Appleton nur wenige Tage nach der Geburt aus dem Leben gerissen. Als Emily die Todesanzeige in der Zeitung gelesen hatte, wäre sie am liebsten sofort zu Daniel geeilt, um ihn zu trösten. Seine Eltern waren tot, genau wie ihre, und er hatte keine Geschwister. Wie allein musste er sich gefühlt haben … Sie hatten einiges gemeinsam.

Er war mit seiner Frau neun Jahre verheiratet gewesen, Emily mit Edward sieben. Sieben unendlich lange Jahre. Sicher war es Lady Hastings nicht so schlimm ergangen wie ihr, oder?

Man konnte leider in niemanden hineinblicken. Weder Emily noch ihre Eltern hatten Edwards wahren Charakter zu sehen bekommen, zumindest nicht, bevor der Mistkerl alles an sich gerissen hatte …

Als Daniel sie stirnrunzelnd musterte, ihren Nachnamen murmelte und plötzlich aufstand, wäre Emily fast aufgesprungen. Er schlenderte auf ein Tischchen zu, das neben dem kalten Kamin stand, und goss sich aus einer Karaffe eine goldbraune Flüssigkeit in ein Glas – vermutlich Brandy.

Emilys Atem stockte, als er mit dem Getränk in der Hand zwischen ihr und seinem Tisch hindurchschritt und zum Fenster ging. Daniel war deutlich größer als damals und besaß vor allem viel mehr Muskeln, dafür fehlte der Bauchansatz, den viele Männer in seinem Alter vor sich hertrugen. Vor allem seine breiten Schultern beeindruckten Emily. Und er roch so gut! Nach Sandelholzseife und seinem eigenen, männlichen Duft.

Ihr Herzschlag flatterte, als er das Glas an seine Lippen setzte und etwas Brandy nippte.

Edward hätte den Drink längst gierig hinuntergestürzt und sich einen weiteren eingeschenkt.

Endlose Sekunden lang richtete Daniel den Blick aus dem Fenster, als würde er nicht nur dem Geschmack des Alkohols auf seiner Zunge nachschmecken, sondern angestrengt über etwas nachdenken.

Als er ihr direkt das Gesicht zuwandte, schien sich sein intensiver Blick wie Nadeln in sie zu bohren.

Emily zuckte leicht zusammen.

Hatte er sie erkannt? Oder sah er ihr an, was sie getan hatte? Überlegte er, solch eine Frau wie sie niemals in die Nähe seiner Tochter zu lassen?

Emily schluckte hart und versuchte, sich möglichst normal zu verhalten. Deshalb schenkte sie Daniel ein zittriges Lächeln, aber viel lieber hätte sie jetzt geweint. Doch sie hatte gelernt, ihre Tränen zu verbergen, genau wie sie ihre düstere Vergangenheit so gut sie konnte vor allen versteckte, damit die Wahrheit niemals ans Licht kam. Nicht einmal ihre Freundin wusste, was ihr alles zugestoßen war und was … für ein Verbrechen sie begangen hatte.

*Er kann es unmöglich erahnen*, beruhigte sie sich. Selbst dem Arzt, der den Tod ihres Mannes festgestellt hatte, war nichts Verdächtiges aufgefallen.

Daniel schlenderte zurück und blieb genau zwischen ihr und dem Schreibtisch stehen. Er stellte das Brandyglas darauf ab, wandte sich ihr zu und lehnte sich lässig gegen die Platte. Schließlich stützte er die Hände hinter sich ab, sodass sich der Stoff seiner Weste über seinen leicht gewölbten Brustmuskeln spannte.

Himmel, woher hatte er all diese Muskeln?

Emilys Mund wurde ganz trocken, ihr Herzschlag trommelte hart gegen ihre Rippen. Was hatte er nur vor? So verhielt sich kein Adliger!

Während er sie intensiv musterte und ihr nichts anderes übrig blieb, als seine große Gestalt zu bewundern, die sich viel zu dicht vor ihr befand, hob sich plötzlich einer seiner Mundwinkel. Zusätzlich stahl sich ein Funkeln in seine grauen Augen. Auf einmal sah er nicht mehr wie ein Lord aus, sondern wie ein Pirat!

In ihm steckte wohl immer noch ein Rebell, denn ein Mitglied des Hochadels sollte stets Contenance bewahren!

»Sind wir uns schon einmal begegnet?«, fragte er, wobei

seine Stimme schlagartig dunkler klang.

In ihrem Magen prickelte es, als hätte sie Schaumwein getrunken, und sie wollte Daniel nur noch auf diese sinnlichen Lippen küssen, die er fast schon spöttisch verzog.

Er stand kurz davor, sich an sie zu erinnern, falls er das nicht längst hatte. Spielte er nun mit ihr?

Sie sollte ihm auf der Stelle gestehen, wer sie war, doch ihre Zunge schien gelähmt zu sein. Anlügen konnte sie ihn aber auch nicht länger! Nicht ihren Daniel … Deshalb starrte sie ihn einfach nur an und presste die Kiefer aufeinander. Mist, was jetzt? Gehen und Claires Angebot annehmen, in Zukunft die Gouvernante ihrer Zwillinge zu werden?

Anstatt die Flucht ergreifen zu wollen, dachte sie unentwegt daran, wie sich Daniels Lippen auf ihrem Mund anfühlen würden. Das, was sie gerade spürte, dieses Kribbeln in ihrem Magen und das sanfte Pochen zwischen ihren Schenkeln, hatte sie bisher bei keinem anderen Mann wahrgenommen. Ein Funken, der nie erloschen war, fraß sich durch ihren Körper und entzündete in rasanter Geschwindigkeit jede einzelne Zelle, bis ein Großbrand in ihr wütete. Sie hatte geglaubt, über Daniel und alle anderen Männer dieser Welt hinweg zu sein, schließlich war sie damals bloß ein kleines, verträumtes Mädchen gewesen! Aber die alten Gefühle flammten urplötzlich wieder auf und loderten höher denn je, als hätte nie ein halbes Leben zwischen ihnen gestanden.

Lauernd starrte er sie an wie eine Großkatze, die jede Sekunde über ihre Beute herfallen würde oder … wie ein Lüstling! Schlagartig blieb ihr die Luft weg und sie wurde sich bewusst, dass sie sich ganz allein mit einem großen, starken Mann in diesem Raum befand. Sie hätte nicht die geringste Chance gegen ihn! Nun raste ihr Herz aus Furcht so schnell und die warmen Gefühle in ihrem Magen wichen einem eisigen Stechen.

Allein …

Emily war jetzt keine Lady mehr, die eine Anstandsdame brauchte, sondern eine verwitwete, einfache Frau – eine Bedienstete! Es gab Herren, die nutzten ihre Stellung aus, um von ihrem Personal gewisse Gefälligkeiten zu fordern, oder sie würden denjenigen entlassen. Viele gingen auf diesen abartigen Handel ein, weil sie sonst auf der Straße landeten.

War Daniel vielleicht solch ein Mann? Einer, der seine Macht missbrauchte?

In ihrem Kopf drehte sich alles, als sie sich an die langen, einsamen Monate in Edwards Landhaus erinnerte. Ohne ihre Zofe Mary, ohne die Briefe an Claire und die Gartenarbeit wäre sie wohl durchgedreht. Emily war oft allein mit Edward und meist war keiner in der Nähe gewesen, der mitbekam, was er ihr antat … Hastig schüttelte sie die qualvollen Erinnerungen ab. Hier war sie nicht allein, Daniel besaß viele Angestellte.

Als er sich plötzlich straffte und hinter seinen Schreibtisch setzte, atmete sie auf. Nicht jeder Mann musste solch ein Widerling wie Edward sein. Daniel war ein Mann von Ehre!

Langsam kehrte sie zurück ins Hier und Jetzt. Was hatte sie sich zuvor bloß ausgemalt? Daniel würde weder über sie herfallen, noch sie jemals küssen. Außerdem durfte sie sich keine Chancen bei ihm ausrechnen, auch wenn sie beide verwitwet waren. Ihr Leben war nun einmal kein Märchen, sondern bittere Realität. Bestimmt hatte er nach dem Tod seiner Frau viele Verehrerinnen und sich bereits erneut verlobt, schließlich brauchte er einen männlichen Erben.

Er war ein Earl und sie ein Nichts, eine Frau ohne Rang

und Namen, die ihm niemals ein Kind schenken konnte.

*Emily, woher kommen denn plötzlich diese Gedanken?*, schalt sie sich. Sie wollte nie wieder von einem Mann abhängig sein! Leider konnte sie ihre Gefühle für Daniel nicht abstellen.

Himmel, sie sollte gehen. Bräuchte sie das Geld nicht dringend, würde sie sofort umdrehen und davonlaufen, um ihr Herz, das bereits genug gelitten hatte, zu schonen. Denn wie sollte sie es nur ertragen, mit dem attraktivsten Lord von ganz London unter einem Dach zu leben, wenn sie niemals mit ihm zusammen sein konnte?

# Kapitel 3 – Lady Rowland

Daniel glaubte, der Frau schon einmal begegnet zu sein, und er war tief in Gedanken versunken gewesen, während er sie gemustert hatte, anstatt sie nach ihren Reverenzen zu fragen. Doch dann hatte sie verängstigt zu ihm aufgeblickt, woraufhin er sofort auf Abstand gegangen war.

Verdammt, was hatte er sich nur dabei gedacht, sie dermaßen zu bedrängen? Er verhielt sich ihr gegenüber, als würden sie sich bereits ewig kennen! Zumindest ihm kam es so vor. Sie wirkte vertraut auf ihn, aber vielleicht hatten das Kindermädchen einfach an sich. Mrs Rowland, hingegen, schien sich plötzlich unwohl zu fühlen.

Daniel räusperte sich, tat so, als würde er etwas notieren, und blickte schuldbewusst von seinen Papieren auf, weil die Frau keinen Laut mehr von sich gab – seinetwegen. Verflucht, er hatte sie bestimmt nicht einschüchtern wollen! Sie war für heute die letzte Kandidatin und er froh darüber, denn ihm brummte bereits der Schädel. Dieses

Auswahlverfahren nervte ihn, und bisher hatte ihm noch keine Bewerberin wirklich zugesagt, bis auf Mrs Rowland. Sie machte von allen den besten Eindruck. Hoffentlich hatte er sie nicht vergrault.

Er wünschte, seine Frau würde noch leben. Imogen hatte das erste Kindermädchen für ihre Tochter ausgesucht, doch leider musste Lizzy Brooks ihn nun aus privaten Gründen verlassen. Daniel hätte nie gedacht, dass es so schwer werden würde, eine geeignete Person zu finden, der er Sophia anvertrauen würde.

Er beherrschte sich, die letzte Kandidatin nicht wieder ausgiebig zu betrachten, aber es fiel ihm schwer, den Blick von ihr abzuwenden. Mrs Rowland ... Er musste zugeben, dass sie die schönste von allen war, die heute auf diesem Stuhl Platz genommen hatten.

Daniel bildete sich das nicht ein – sie kam ihm vertraut vor. Doch er wusste nicht woher! Erneut versuchte er, sie zu mustern, aber diesmal weniger direkt. Ihre Haut war nicht so bleich wie die vieler anderer Frauen. Bestimmt ging sie mit den Kindern oft vor die Tür. Winzige Sommersprossen verteilten sich um ihre Nase, ihre Lippen wirkten rosig und voll, und unter ihrer Haube lugte eine gekringelte, rote Locke hervor. Sie musste schrecklich aufgeregt sein, weil sie völlig vergessen hatte, den Hut abzunehmen. Am meisten fesselte ihn jedoch dieser tropfenförmige Leberfleck an ihrer Wange, der beinahe wie eine Träne aussah. Wo hatte er dieses Mal bloß schon einmal gesehen?

Kurz blitzte das Gesicht eines rothaarigen, blassen Mädchens vor seinem geistigen Auge auf. Jetzt wusste er, warum sie ihm so vertraut vorkam. Mrs Rowland erinnerte ihn an Emily Collins!

Daniel hielt für einen Moment die Luft an. Konnte es sein ... Seine Mutter hatte ihn vor ein paar Jahren gefragt, kurz bevor sie an einer Lungenentzündung gestorben war, ob er sich noch an das Nachbarsmädchen Emily erinnern könnte. Mutter war völlig aus dem Häuschen gewesen, weil sie einen Viscount geheiratet hatte! Daniel hatte damals so viele andere Dinge im Kopf gehabt, dass er danach gar nicht mehr an sie gedacht hatte. Doch wie hatte er sie bloß vergessen können, die kleine, viel zu dünne Em mit den Sommersprossen um ihre süße Stupsnase und der wilden feuerroten Mähne? Er fühlte sich gerade richtig schlecht.

Daniel hatte ihre Gespräche genossen, denn sie hatten ihn von seinem Studium und den zukünftigen Verpflichtungen abgelenkt. Natürlich hatte er bemerkt, wie verliebt Em in ihn gewesen war, was er amüsant gefunden hatte. Doch damals war sie ein Kind gewesen und hatte nicht im Geringsten dasselbe Interesse in ihm geweckt. Jetzt saß eine erwachsene Frau vor ihm. Eine, die einen anderen Mann geheiratet hatte und vielleicht immer noch um ihn trauerte und … die Daniel bestimmt für einen Schwerenöter hielt. Er hatte sie angestarrt wie Casanova persönlich!

Er musste sichergehen, ob sie es wirklich war. Denn wenn es stimmte, was Mutter ihm über Emily Collins' Heirat erzählt hatte, konnte die Frau vor ihm unmöglich dieselbe Person sein. Doch wie hoch waren die Chancen, dass hier jemand saß, der rote Haare, Sommersprossen und diesen ganz besonderen Leberfleck hatte? Dazu diese grünbraunen Augen, die ihn damals schon mit so viel Neugierde betrachtet hatten …

Als sie sich mit dem kleinen Finger schnell am Nasenrücken kratzte, stockte Daniel der Atem. Sie *war* Emily Collins! Genau dasselbe hatte sie immer gemacht, wenn er sie in Verlegenheit gebracht hatte! Bloß war sie nicht mehr das dünne Mädchen von damals, sondern eine wunderschöne Frau.

»Em«, flüsterte er fassungslos. »Du bist Emily Collins!«

Als sie ihre schönen Augen aufriss und ihn erschrocken anstarrte, hatte er seine Antwort.

»Du bist es wirklich!«

Ihr Blick huschte zur Tür, und das erweckte bei ihm den Eindruck, als würde sie davonlaufen wollen.

Was suchte sie hier? Wollte sie ernsthaft für ihn arbeiten? »Warum hast du dich mir nicht zu erkennen gegeben?«

Es machte ihn bald verrückt, dass sie kein Wort mehr sagte!

»Ist das ein Scherz, Em? Du wolltest mich besuchen und mir einen Streich spielen, so wie früher, oder?«

Plötzlich blinzelte sie aufsteigende Tränen hinfort und schüttelte leicht den Kopf.

Da wusste er: Sie wollte tatsächlich für ihn arbeiten.

»Himmel, Em …« Er erhob sich, um erneut um seinen Tisch zu gehen. Doch diesmal blieb er nicht vor ihr stehen, sondern ging in die Hocke, sodass er zu ihr aufsehen musste. »Du hattest Angst, dass ich dich nicht einstelle, weil … du jetzt eine Lady bist.«

Erneut riss sie die Augen auf und keuchte leise. »Woher weißt …«

»Meine Mutter hat mir vor Ewigkeiten von deiner Heirat erzählt«, unterbrach er sie. Nun erinnerte er sich auch, wie er sich damals für Emily gefreut hatte. Jetzt wirkte sie alles andere als glücklich.

Sie zog die Füße zurück unter ihr Kleid, aber Daniel hatte ihre leicht abgenutzten Schuhe längst bemerkt. Auch die feinen Spitzenhandschuhe waren nicht mehr die neusten. Sie schien tatsächlich von einem eigenen Einkommen abhängig zu sein, aber … er konnte sie unmöglich einstellen. Es würde einen Skandal geben, wenn er eine Viscountess als Kindermädchen beschäftigte! »Ich muss die Wahrheit wissen, Emily, und sie bleibt auch unter uns: Warum bist du auf eine Anstellung angewiesen? Dein Mann war ein Viscount. Hat er dir denn nichts hinterlassen?«

Ohne einen männlichen Erben gingen der Titel und die Ländereien entweder an den nächsten männlichen Verwandten oder zurück an die Krone. Aber alles, was ihr Mann selbst erwirtschaftet hatte, jeglichen Zugewinn, durfte er ihr vermachen.

»Er …« Schlagartig wirkte ihr Gesicht blutleer. »Bitte schwöre mir, dass du niemandem erzählst, wer ich bin!«

Daniel nickte ernst und konnte es kaum erwarten, etwas über ihre Vergangenheit zu erfahren. »Du kannst auf mein Wort zählen, Em. Was ist denn passiert?«

Zitternd atmete sie aus und senkte den Blick. »Edward hat sein gesamtes Vermögen verspielt und auch das Geschäft, das mein Vater ihm vermacht hat, heruntergewirtschaftet. Ich habe erst nach Edwards Tod von seinen immensen Schulden erfahren. All sein Besitz ging an einen entfernten Verwandten, der Edward noch nie persönlich gesehen hat. Er hat Edwards Gläubiger ausgelöst. Ich konnte ihn dazu bringen, wenn ich selbst auf jegliche Versorgung seinerseits verzichte, dass er auch Vaters ehemaligen Angestellten eine kleine Abfindung zahlt. Für mich war von Edwards Seite aus keine Absicherung vorgesehen. Ich hatte Glück, dass mich meine Freundin Claire bei sich aufgenommen hat.« Neue Tränen schimmerten in ihren Augen, woraufhin sich Daniels Herz verkrampfte. Sie wirkte unendlich verzweifelt.

»Oh Em, das tut mir so leid.« Er hob die Arme, um ihre Hände in seine zu nehmen, und streichelte mit dem Daumen über ihren Handrücken. Dabei kam er ihr so nah, dass ihn ihr Duft umgab. Sie roch nach Zitronen und Rosen. »Ich kann dir Geld leihen.«

Vehement schüttelte sie den Kopf und hob empört die Brauen. »Deshalb bin ich nicht hier. Ich will eine ehrliche Arbeit!«

Er schmunzelte innerlich. Stur wie eh und je. »Das wird aber gewiss nicht leicht werden für eine Lady.«

Ihre Hände unter seinen Fingern ballten sich zu Fäusten. »Ich will nichts mehr mit Edward und seinem Titel zu tun haben, und am liebsten würde ich auch seinen Nachnamen nicht mehr tragen!«, spie sie ihm energisch entgegen und murmelte kurz darauf: »Entschuldigung.«

Sie wirkte so verzweifelt, dass er es nicht übers Herz brachte, ihr eine Absage zu erteilen. Emily würde wahrscheinlich auch nirgendwo anders eine Anstellung bekommen. Es gab sehr viel mehr Frauen, die als Nannys oder Gouvernanten arbeiten wollten, als freie Stellen. Smithers hatte bereits an der Haustür eine Vorauswahl getroffen und allein heute sicherlich hundert verzweifelte Frauen abgewiesen.

Ja, er würde Emily einstellen. Außerdem brannte er darauf, ihre ganze Geschichte zu hören, denn da steckte mehr dahinter, als sie zugab.

Im Moment genoss er jedoch einfach nur ihre Nähe und dass sie miteinander redeten, fast so wie früher. Emily machte keine Anstalten, ihre Hände zurückzuziehen, und ließ diese Intimität zu. Wie lange hatten sie sich nicht mehr gesehen? Eine gefühlte Ewigkeit …

Sie hatten sich völlig aus den Augen verloren, als Vater ihn für ein paar Jahre auf die Militärakademie in Sandhurst geschickt hatte. Als Daniel heimkam, waren seine Eltern längst aus dem Stadthaus gezogen und in ihre frisch renovierte Villa zurückgekehrt, die nun ihm gehörte, wie alles, was Vater ihm hinterlassen hatte. Er musste sich keine Sorgen um seine Zukunft machen und wollte sich nicht ausmalen, wie sich Emily jetzt fühlte. Sie schien wirklich alles verloren zu haben.

»Du hast also keine Kinder?«, fragte er vorsichtig. Sie könnte vielleicht eine Tochter haben, so wie er. Immer noch hielt er ihre Hände in seinen, aber mittlerweile hatten sich ihre Finger entspannt.

Sanft schüttelte sie den Kopf.

Das erleichterte ihn ein wenig. Sie musste sich nur um sich kümmern. »Wieso möchtest du denn ausgerechnet als Nanny arbeiten? Hast du Übung im Umgang mit kleinen Kindern?«

Ihre Miene erhellte sich. »Ich habe dem Kindermädchen meiner Freundin mit den Zwillingen geholfen. Sie konnte in den ersten Jahren jede zusätzliche Hand gebrauchen.«

Bestimmt hatte Emily viel Erfahrung sammeln können. Seine Tochter war kein Baby mehr, krabbelte längst und versuchte auch schon die ersten Schritte, wie Lizzy ihm erzählt hatte. »Bist du dir wirklich ganz sicher, für mich arbeiten zu wollen?«

»Ich könnte diese Anstellung sehr gut gebrauchen«, sagte sie leise, ohne ihn anzusehen. »Ich weiß, dass du Angst vor einem Skandal hast, und ich kann dich verstehen, wenn du mich nicht möchtest. Ich kann dir auch nicht versichern, dass mich wirklich niemand erkennt.«

»Erzähle mir noch etwas über deinen Mann«, bat er sie. Daniel musste einfach mehr über ihre Lage erfahren.

Kurz biss sie sich auf die Unterlippe, wie damals als Mädchen, wenn sie ihm etwas gebeichtet hatte. »Edward hat mich zu Beginn unserer Ehe nur selten zu gesellschaftlichen Anlässen mitgenommen, und die letzten Jahre vor seinem Tod haben wir ausschließlich auf dem Land gelebt, da er sein eigenes Stadthaus vermietet hat. Ich habe erst später erfahren, dass er das Stadthaus meiner Eltern längst an einen anderen Spieler verloren hatte. Den ehemaligen Möbelhandel meines Vaters, den Edward weiterführen sollte, hat er in die Hände eines unfähigen Mannes gegeben, damit er sich auf dem Land ein gemütliches Leben machen konnte. Dort ... verstarb er dann plötzlich.« Sie hüstelte leise und mied seinen Blick. »Seit drei Jahren lebe ich nun bei meiner Freundin Claire, und bisher hat sich niemand an mich erinnert. Außer Claire und dir hatte ich auch keine engeren Freunde. Da ich mich viel um Claires Kinder gekümmert habe, hielt mich ohnehin schon jeder für ihr Kindermädchen und ich war für alle nur Mrs Rowland.«

Schweigend blickte Daniel zu ihr auf und ließ sich ihre Geschichte durch den Kopf gehen. Seine Mutter hatte damals vielleicht ihren Freundinnen von Emilys Heirat erzählt. Doch von diesen Ladys lebte fast keine mehr. Womöglich könnte ihre Täuschung funktionieren. Er tat Em einen Gefallen und hätte endlich eine Nanny für Sophia. Zwar hatte er noch so viele Fragen an Emily, doch gerade wollte er ihre Demütigung nicht verstärken. Er sah, wie sehr sie unter ihrer Vergangenheit litt. Daniel kannte genug Geschichten von Spielern, die alles verloren hatten und deren Frauen auf der Straße gelandet waren. Em hatte solch ein Schicksal nicht verdient, und er war heilfroh, dass ihre Freundin sie aufgefangen hatte. Daniel wollte ihr plötzlich helfen, aber er würde sich auch umhören, um mehr über sie und ihren Mann zu erfahren. Daniel vertraute ihr, das hatte er bereits früher schon, und auch jetzt erkannte er in ihren grünbraunen Augen, dass ihr Herz immer noch auf dem rechten Fleck saß.

Er drückte ein letztes Mal ihre zarten Finger, stand auf und kehrte zu seinem Schreibtisch zurück. »Du bist eingestellt und kannst gleich nächsten Montag anfangen.«

Erst teilten sich vor Erstaunen ihre Lippen, doch dann

lächelte sie aus vollem Herzen, als könnte sie ihr Glück kaum fassen. »Danke, Daniel, du bist der Beste!« Da drückte sie sich die Hand an die Brust und sagte erschrocken: »Ich meinte … Lord Hastings!«

»Bitte nenn mich Daniel«, murmelte er rau. »Wenigstens, wenn wir unter uns sind.« Er musste verrückt sein, ihr diese vertraute Anrede anzubieten, aber alles andere fühlte sich falsch an. Er wollte Emily helfen, und vielleicht ergab sich die Möglichkeit, einen neuen Mann für sie zu finden, einen, der kein Spieler war und ihr ein sicheres Leben bieten konnte. Daniel hatte da auch schon jemanden im Auge.

Er verkniff sich ein Schmunzeln, weil er sich beinahe wie seine Mutter verhielt, die alte Kupplerin. Zuerst wollte er ohnehin sehen, wie Emily mit seiner Tochter umgehen konnte, und um ehrlich zu sein, war er froh, dass sie sich bei ihm beworben hatte. Alle anderen Kindermädchen wären auf keinen Fall in Frage gekommen.

Es würde wohl eine Weile dauern, bis er eine gute Nanny auftreiben konnte. Die Zeit würde er also nutzen, um seiner Freundin aus Kindheitstagen zu neuem Glück zu verhelfen. Tatsächlich freute sich Daniel auf diese Aufgabe, denn die würde ein bisschen Abwechslung in sein trostloses Arbeitsleben bringen. Die Verwaltung seiner Ländereien langweilte ihn, auch wenn sie sein Einkommen sicherte, und auf einer Soiree oder auf sonstigen Veranstaltungen hatte er sich nach Imogens tragischem Tod kaum noch blicken lassen. Immerhin wurde es auch für ihn langsam Zeit, sich nach einer neuen Frau umzusehen. Er arbeitete schließlich nicht so viel, um sowohl sein Vermögen als auch seinen Titel einmal mit ins Grab zu nehmen – beziehungsweise seinem phlegmatischen Cousin zu überlassen.

Daniel wusste nicht, ob er seine Gattin wirklich von ganzem Herzen geliebt hatte, aber er vermisste sie, genau wie ihren klugen Verstand und die gemeinsamen Gespräche zu den Mahlzeiten. Imogen war wie eine Freundin für ihn gewesen, wie ein guter Kamerad, der ihn viele Jahre lang treu und zuverlässig begleitet hatte. Sie hatten sich gegenseitig respektiert und es hatte so gut wie nie Streit zwischen ihnen gegeben. Das konnten nicht viele Paare von sich behaupten, deren Ehen von den Eltern arrangiert worden waren.

Vielleicht fand er ja in Emily eine neue Gesprächspartnerin. Früher hatten sie sich schließlich auch über alles unterhalten können. Womöglich hatte ihm der Himmel Emily geschickt – oder der Geist seiner Imogen – damit er endlich aus seinem Schneckenhaus kroch.

# Kapitel 4 – Abschied von Claire

»Weiß der Earl, dass du vermutest, Edward könne seinen Titel gefälscht haben und gar kein echter Adliger gewesen sein?«, fragte ihre Freundin Claire leise, als sie gemeinsam die Treppen nach unten in die kleine Eingangshalle schritten. Emilys Tasche mit ihren wenigen Habseligkeiten befand sich bereits in der Kutsche, die mit Claires Fahrer auf der Straße wartete, um sie nach Mayfair zu Daniel zu bringen.

Ihr Herz bebte und sie flüsterte aufgeregt: »Er darf niemals davon erfahren! Keiner darf das.«

Ihr war es einerseits schrecklich peinlich, einem Betrüger aufgesessen und so tief gefallen zu sein. Andererseits wollte sie ihre Eltern, die diese Ehe arrangiert hatten, post mortem nicht entehren. Emily wollte einfach nur alles vergessen und nicht erkannt werden, um nie wieder an Edward und die Schmach erinnert zu werden.

Claire drückte kurz ihre Hand. »Dein Geheimnis wird auf ewig bei Kenneth und mir sicher sein.«

Emily vertraute Claires Gatten. Er war ein fleißiger, ehrlicher Geschäftsmann, der seine Frau vergötterte, und er sah Claire immer mit dieser besonderen Wärme in seinem Blick an. Emily fand es schade, dass die beiden nur so wenig Zeit miteinander verbringen konnten, denn er hielt sich fast jeden Tag viele Stunden am Hafen auf. Ihm gehörte eine große Reederei an der Themse, nicht weit weg von diesem Stadtteil, denn die Schifffahrt florierte wie nie. Kenneth verdiente sehr gut, auf Kosten seiner Freizeit, weshalb es Emily plötzlich noch schwerer fiel, ihre Freundin zu verlassen. »Du wirst den ganzen Tag allein sein.«

Claire grinste. »Ich habe die Kinder, Nanny Florence und meine Eltern. Außerdem kann ich Kenneth' oder meine nervige Schwester zum Tee einladen, falls mir wirklich einmal die Decke auf den Kopf fallen sollte. Nun geh endlich!« Sie zerrte Emily regelrecht an der Hand durch die Halle zum Ausgang. »Und dass du mir jede Woche schreibst!«

Fast die halbe Nacht hatten sie zusammengesessen und über Daniel geredet. Claire wusste natürlich, wie verliebt Emily als kleines Mädchen in ihn gewesen war und dass auch bei ihrem Wiedersehen ihr Herz schneller geschlagen hatte. Nun erhoffte sich Claire eine spannende, verbotene und leidenschaftliche Liebesgeschichte. Sie hatte einfach zu viele Romane gelesen.

Kaum trat Emily nach draußen, holte sie tief Luft. Es war früh am Morgen und ein wenig kühl; die Sonne hatte sich noch nicht über die Dächer erhoben. Emily fror jedoch nicht, denn sie war so aufgeregt, als würde ihr eine lange Reise bevorstehen, und allein bei dem Gedanken an Daniel wurde ihr heiß. Seine Stadtvilla lag nur eine halbe Fahrstunde entfernt. Zu Fuß wäre sie vielleicht genauso schnell bei ihm, denn die Markthändler, die früh unterwegs waren, verstopften die Straßen in diesem eleganten Bezirk. In Covent Garden kaufte Kenneth auch seine Waren für die Ausstattung der Schiffe und er hatte es nicht so weit bis zu seiner Reederei, weshalb sie sich hier niedergelassen hatten. Emily gefiel dieser Stadtteil und sie liebte es, durch die Reihen der Marktstände zu schlendern. Das würde sie vermissen. »Ich werde natürlich bei euch vorbeisehen, so oft ich kann.«

Vor der kleinen Kutsche – einem Einspänner, mit dem Claire und sie Ausflüge in den St. James's Park unternommen hatten – umarmte sie ihre Freundin fest und steckte ihre Nase in die ordentlich hochgesteckten, goldenen Locken. Claire sah aus wie ein Engel, das hatte sie schon, als Emily sie vor über zwanzig Jahren kennengelernt hatte. Als Daniel einmal wieder zurück nach Oxford gemusst hatte, war Emily auf dem schmalen Pfad hinter den Reihenhäusern entlang marschiert, vorbei an all den kleinen Gärten, bis ihr plötzlich glockenreiner Gesang entgegenwehte. Fast ganz am Ende der Straße, im Garten des vorletzten Hauses, saß ein kleiner Engel auf einer Schaukel, die an einem dicken Ast eines alten Pflaumenbaumes angebracht war.

Fasziniert beobachtete Emily ein Mädchen, nur ein wenig jünger als sie selbst, durch das hohe, vergitterte Gartentor, bis sie bemerkt wurde. Damit begann eine wunderbare Freundschaft. Claire war die zweite Tochter eines Kaufmannes, der in London Berühmtheit mit seinem feinen Porzellan erlangt hatte. Da damals sowohl ihre als auch Emilys Eltern im Viertel sehr angesehene Leute gewesen waren, hatte niemand etwas gegen ihren Umgang gehabt und sie hatten sich so oft wie möglich getroffen. Während

Claires Eltern immer noch in dem schmalen Reihenhaus wohnten, lebte Claire nun mit ihrem Mann Kenneth Bloombury in einem größeren Haus in der Nähe des Covent Garden Market.

Oft wünschte Emily, ihre Eltern würden noch leben, dann wäre vielleicht alles anders gekommen. Wenigstens die Briefe an Claire hatten ihr während der schrecklichen Jahre mit Edward geholfen, nicht die Hoffnung zu verlieren. Im Laufe ihrer Ehe hatte ihr Edward unfreiwillig einige seiner »Sünden« offenbart – wie die Geschichte mit seinem Adelstitel.

*Weißt du, dass ich mir den Titel einfach geschnappt habe?*, hatte er einmal zu ihr gesagt. Sie wusste früher erst nicht genau, was Edward damit gemeint hatte, aber sie vermutete stark, dass er den Adelsbrief des Königs gefälscht hatte. Es sprach sehr viel dagegen, dass er selbst als Adliger auf die Welt gekommen war. Er beherrschte keine einzige Fremdsprache und keinen der angesagten Tänze – was wohl auch ein Grund war, weshalb er nie einen Ball oder eine größere Veranstaltung mit ihr besucht hatte. Auch in politischen Belangen kannte er sich nicht wirklich aus, weshalb er das Parlament gemieden hatte. Tatsächlich war Schauspielern seine einzige echte Begabung. All seine Defizite hatte er immer hervorragend vor anderen verbergen können.

Emily erschauderte. Nach dem Genuss von zu viel Alkohol hatte Edward gerne geredet … und andere Dinge getan. Zum Glück hatte sie in ihrer Zofe Mary Wentworth eine Verbündete gefunden, die ihre Briefe herausgeschmuggelt hatte.

Ohne den heimlichen Kontakt zu Claire wäre Emily verrückt geworden. Ihre Freundin wusste, was ihr Mann für ein Monster gewesen war, aber sie kannte nicht alle Details.

Emily wollte das unbeschwerte Leben ihrer einzigen Vertrauten nicht beflecken.

Emily hatte auch Daniel nicht belogen, als sie ihm die Geschichte mit dem Verkauf von Edwards Haus sowie seines gesamten Besitzes erzählt hatte. Davon stimmte jedes Wort. Gewisse Einzelheiten musste sie auch ihm nicht auf die Nase binden.

Emily bebte am ganzen Körper, als sie Claire ein letztes Mal umarmte und sich anschließend vom Kutscher auf den Zweispänner – den sie für Ausflugsfahrten mit der ganzen Familie nutzten – helfen ließ. Dann ging es auch schon los, und sie rumpelten über die Pflastersteine in Richtung Mayfair.

Emily hüllte sich in eine Decke und blickte sich so lange winkend um, bis das kleine Haus der Bloomburys und auch Claire nicht mehr zu sehen waren. Danach konzentrierte sie sich ganz auf ihre bevorstehende Arbeit. Hoffentlich machte sie ihre Sache gut, damit Daniel sie behielt. Sie würde sich auf jeden Fall große Mühe geben, damit sie irgendwann ihren Traum von einem eigenen Leben verwirklichen konnte.

Laut ihrer Taschenuhr – die sie von ihrem Vater vererbt bekommen hatte und immer in ihrem Beutel mit sich trug, wenn sie unterwegs war, erreichte sie kurz nach acht Uhr die Stadtvilla von Lord Hastings. Bestimmt schlief Daniel zu dieser Zeit noch, auch wenn sie sich beobachtet glaubte, was sie sich gewiss einbildete. Hinter den Vorhängen der großen Fenster nahm sie keine Bewegung wahr.

Nachdem ihr der Fahrer von der Kutsche geholfen und die große braune Tasche zur Tür getragen hatte, erwartete sie wieder der alte Mr Smithers. Er wies sofort einen jüngeren Diener mit Vornamen Henry an, Emilys Gepäck zu nehmen und es nach oben in die Räume des Kindermädchens zu bringen.

Sie folgte dem schlanken, braunhaarigen Mann, der ihr beim letzten Besuch den Tee gebracht hatte, drei Stockwerke hinauf fast bis unters Dach. So viele Stufen zu nehmen, war sie gar nicht gewohnt, und sie musste tief durchatmen, als sie einen düsteren, niedrigen Flur erreichten. Die Wände des vorletzten Stockes waren bei Weitem nicht so hoch wie in den tieferen Etagen. Sechs Türen führten vom Gang ab, darunter eine, deren Treppe bis ganz unters Dach reichte. In der Mansarde schlief für gewöhnlich die weibliche Dienerschaft, jedoch nicht die Nanny. Diese bewohnte mit den Kindern eigene Räume, wie Emily wusste.

Henry betrat gleich das zweite Zimmer auf der linken Seite und stellte ihre Tasche auf dem Bett ab, bevor er Emily wieder verließ – nicht ohne noch einen kurzen Blick in den Nebenraum zu werfen, aus dem sie die Stimme einer Frau hörte.

Emily musste sofort ihre neue Umgebung bewundern. Mit solch einer geräumigen Unterkunft hatte sie nicht gerechnet, eher mit einer engen Dachkammer. Sie war hell, freundlich und modern eingerichtet, mit einer Tapete, die in rosa- und perlmuttfarbenen Streifen schimmerte, und einem breiten Bett, das einen verschnörkelten gusseisernen Rahmen besaß. Es war nicht ungewöhnlich, dass die Kinder gemeinsam mit der Nanny in einem Bett schliefen, und Emily war gespannt, wie es hier gehalten wurde.

Vor dem Fenster, das einen herrlichen Ausblick in den Garten ermöglichte, stand ein Sekretär, auf dem Papier und Feder bereitlagen; es gab zwei große Kommoden und einen kleinen Esstisch mit einem normalen Stuhl sowie einem Kinderhochstuhl. Kerzen, eine Öllampe und eine Waschgelegenheit entdeckte sie ebenfalls, sowie Handtücher, Schürzen und alles, was eine Nanny brauchte. Das würde also von nun an ihr Reich sein. Emily gefiel es.

Jetzt wollte sie aber endlich Sophia kennenlernen. Sie legte ihren Hut auf das Bett mit der wunderschönen Überdecke mit rötlichem Paisleymuster. Emily besaß einen Schal in fast derselben Farbe.

Eine zweite, offen stehende Tür führte ins geräumige Kinderzimmer, das mit einem dicken Teppich ausgelegt war, wohl um die Laute der trampelnden Füßchen zu dämpfen. Zwischen zahlreichen Spielsachen standen ein kleines Kojenbett, ein Schrank und ein Schaukelstuhl sowie ein paar Kindermöbel. Mittendrin kniete eine brünette junge Frau, die ihr Haar zu einem Zopf geflochten hatte, auf dem Boden. Emily schätzte sie auf höchstens zwanzig Jahre. Vor ihr saß ein kleines schwarzhaariges Mädchen, das mit Buchstabenwürfeln spielte. Das musste die einjährige Sophia sein. Mit dem runden Gesicht und den leicht geröteten Pausbacken sah sie wie ein Engelchen aus. Ob sie ihrer Mutter ähnelte? Das leicht störrische Kinn und das dunkle Haar schien sie auf jeden Fall von Daniel geerbt zu haben.

Als Emily eintrat, stand die Frau sofort auf und begrüßte sie. »Sie müssen Mrs Rowland sein. Ich bin Lizzy Brooks, Sophias Nanny.« Eine kleine Tasche, ähnlich wie die von Emily, stand an der Tür des Zimmers.

Emily reichte ihr die Hand. »Sehr erfreut, Lizzy.«

Die junge Frau machte einen lieben Eindruck und erklärte ihr den Tagesablauf mit Sophia und weitere Dinge. Emily erfuhr, dass Lizzy diese Anstellung schweren Herzens aufgeben musste, damit sie sich um ihre kranke Mutter kümmern konnte. Mit dem Gehalt, das sie in einem Jahr verdient hatte, würde sie wohl eine Weile auskommen. Wie ihr die junge Frau außerdem verriet, hatte Daniel ihr sogar noch einen Bonus gezahlt.

»Der Earl ist ein wirklich edler Mensch«, erzählte sie Emily. »Ihnen wird es hier gefallen.« Lizzy wies auch darauf hin, dass Lord Hastings jeden Tag, nachdem er seinen Tee im Blauen Salon eingenommen hatte, einen kurzen Bericht über Sophias Entwicklung erwartete.

Emily runzelte die Stirn. Daniel konnte doch selbst sehen, wie weit seine Tochter bereits entwickelt war? Sicher wollte er diese zauberhafte kleine Lady, die in ihrem Puffärmelkleid wie eine Prinzessin aussah, so oft im Arm halten wie möglich. Allerdings wusste sie, dass sich vor allem der Hochadel nicht wirklich um die Erziehung seiner Kinder kümmerte, sondern diese allein in die Hände der Nanny und später der Gouvernante legte. Emily fände es schade, wenn es bei Daniel auch so wäre. Sie war ihren Eltern heute noch dankbar, dass diese sie nicht völlig von der Welt der Erwachsenen abgeschottet hatten.

Die Frage lautete eher: Wo befand sich der Blaue Salon? Die Villa war riesig! Emily würde sich erst einmal zurechtfinden müssen.

Sie verwarf den Gedanken an das große Haus, weil Lizzy unaufhörlich redete. »Und das hier ist Sophias Lieblingsbuch, Mrs Rowland.« Das Kindermädchen hielt ihr eine vergilbte Ausgabe von »Das Leben und die Abenteuer einer Maus« entgegen.

»Oh, das mochte ich als Kind auch sehr gerne.« Das zerfledderte Heft enthielt die autobiografische Erzählung der Maus Nimble, die über ihre Begegnungen mit frechen Kindern und deren gemeine Scherze berichtete. Die Geschichte handelte von Tapferkeit und dass man Tieren gegenüber Respekt zeigen und ihnen keine Blechdosen an den Schwanz binden sollte. Zum Entsetzen ihrer Mutter hatte Emily damals drei Mäuschen in ihrem Puppenhaus wohnen lassen und sie mit Käse gefüttert, den sie aus der Küche stibitzt hatte. Danach hatte ihre Mutter das Buch verbrannt, worüber Emily sehr traurig gewesen war.

»Am liebsten bekommt sie vor dem Einschlafen vorgelesen«, erzählte Lizzy weiter. »Wir sitzen dabei zusammen in meinem Bett, und wenn sie eingenickt ist, lege ich sie in ihres, lasse die Tür offen und ein kleines Licht brennen. Manchmal schleicht sie sich nämlich wieder zurück zu mir oder ruft, damit ich sie hole.«

Emily stellte es sich schön vor, ein solch süßes, kleines Wesen bei sich liegen zu haben, das ihren Schutz suchte und mit ihr kuschelte. Ihr Herz verkrampfte sich schmerzhaft, weil sie das nie mit einem eigenen Kind erleben würde.

»Und nun zu dir, kleine Lady«, sagte Lizzy sanft und wischte sich schnell über die Augen. »Sei schön lieb zu Mrs Rowland und iss immer brav dein Gemüse auf.«

Sophia blickte sie nur aus großen Augen an und hielt ihr einen Buchstabenwürfel hin. Als Lizzy ihn nicht nahm, sondern ihr stattdessen einen Kuss auf die Stirn drückte und aufstand, streckte die Kleine die Ärmchen in die Luft und schob ihre Unterlippe vor.

Samuel und Melissa, Claires Zwillinge, hatten auch mal so süße Patschehändchen besessen. Nun waren sie aber schon richtig groß im Gegensatz zu Sophia. In den ersten Lebensjahren sahen Kinder beinahe jeden Tag ein wenig anders aus. Beim nächsten Besuch bei Claire würde Emily die Kleinen wohl kaum noch erkennen. Sie wuchsen einfach viel zu schnell.

»Du kannst diesmal leider nicht mitkommen.« Lizzy wandte sich schnell von dem Mädchen ab und blinzelte neue Tränen aus den Augen. Der Abschied fiel ihr sichtlich schwer, was Emily nicht verwunderte, denn die junge Frau hatte beinahe ein Jahr lang Tag und Nacht mit dem Kind verbracht. Emily vermisste Melissa und Samuel ebenfalls.

Zittrig lächelte Lizzy sie an. »Das süße Engelchen wird mir schrecklich fehlen. Bitte geben Sie gut auf sie acht, Mrs Rowland.«

»Das verspreche ich«, sagte Emily und blickte Lizzy nach, wie sie aus dem Zimmer eilte. Im Flur redete sie mit jemandem, und sie glaubte, die Stimme von Henry zu hören, der sagte: »Ich nehme deine Tasche ...«

Emily atmete tief durch und hoffte, dass sie der Aufgabe wirklich gewachsen war. Damit meinte sie nicht nur die Versorgung des Kindes, sondern vor allem mit Daniel unter einem Dach zu wohnen. Hoffentlich verliebte sie sich nicht wieder rettungslos in ihn. Vermutlich würde das jedoch eher nicht passieren. Edward hatte ihr gezeigt, dass sich hinter einer schönen Fassade etwas Fauliges verstecken konnte. Darauf wollte sie nie mehr hereinfallen.

# Kapitel 5 – Das neue Kindermädchen

Daniel hatte, wie so oft im letzten Jahr, unruhig geschlafen und war bereits aufgestanden, als Emily mit einem Zweispänner vor seiner Villa ankam. Er beobachtete sie, verborgen hinter dem Vorhang, und trat nur einmal kurz zurück, als sie den Kopf in den Nacken legte, um unter ihrem Hut zu ihm aufzusehen. Sie konnte ihn jedoch unmöglich bemerkt haben. Dennoch flatterte sein Magen.

Sie trug, wie schon bei ihrem letzten Besuch, ein gerade geschnittenes Kleid mit einer hohen Taille – diesmal in

Pastellblau mit Blümchenmuster, soweit er das erkennen konnte. Der Ausschnitt war gerade so tief, um zu erahnen, welch wohlgeformte Brüste sie besaß. Darüber hatte sie eine kurze, eng anliegende Jacke an, die farblich zu ihrem Kleid passte.

Hatte sie sich bewusst nicht für weißen Stoff entschieden? Weiß galt als Zeichen von Reichtum – mit dem eine Nanny gewiss nicht gesegnet war. Mit ihrem ernsten Gesichtsausdruck und ihrer steifen Haltung wirkte sie jedoch eher wie eine Gouvernante aus gutem Hause.

Obwohl sie außerordentlich züchtig angezogen war, erregte ihn ihr Auftreten. Ob sie unter ihrer braven Kleidung immer noch so wild und gleichzeitig zutraulich war wie als kleines Mädchen? Seine Kehle wurde plötzlich trocken, und am liebsten wäre er nach unten geeilt, um Emily in sein von der Nacht zerwühltes Bett zu holen.

Hastig wich er zurück, weil ihn seine unanständigen Gedanken schockierten, und machte zwanzig Liegestütze, bevor er sich fertig anzog. Sein Butler Smithers hatte ihm wie an jedem Morgen im Ankleidezimmer frische Kleidung und sein Rasierzeug bereitgelegt. Normalerweise wäre das die Aufgabe eines Kammerdieners, aber Daniel beschäftigte keinen *Valet*. Seit er auf der Militärakademie gewesen war, rasierte er sich selbst und zog sich auch eigenständig an.

Er beeilte sich, um rechtzeitig in die Eingangshalle zu gelangen, um sich von seiner bisherigen Nanny zu verabschieden. Lizzy Brooks hatte seine Tochter hervorragend erzogen, und Daniel hatte nichts an ihr auszusetzen gehabt. Hoffentlich machte Emily den Job genauso gut. Er wollte sie nur ungern entlassen.

Nachdem Lizzy gegangen war, beschloss er, gleich einmal nach Emily zu sehen. Daniel nahm immer zwei Stufen auf einmal, bis er im Dachgeschoss ankam. Die Tür zum

Kinderzimmer war nur angelehnt, weshalb Emilys Stimme sowie das leise Quengeln seiner Tochter an seine Ohren drangen.

»Ich weiß, dass du Lizzy schrecklich vermissen wirst«, sagte Em liebevoll, »aber wir beide werden bestimmt auch gut miteinander auskommen. Weißt du, dass wir sogar etwas gemeinsam haben?«

Daniel lugte durch den Spalt, wobei er aufpasste, dass ihn keines der Hausmädchen erwischte, wie er spionierte. Doch die meisten waren jetzt damit beschäftigt, die Zimmer herzurichten, zu putzen oder seiner Köchin zu helfen.

Emily saß auf einem kleinen Kinderstuhl und zog Sophia auf ihren Schoß. In der Hand hielt sie ein ramponiert aussehendes Buch. Dafür sah Emily alles andere als derangiert aus. Sie hatte ihre Haare akkurat hochgesteckt, und einzelne Löckchen umrahmten ihr herzförmiges Gesicht.

Daniel blieb bei ihrem Anblick beinahe die Luft weg. Sie kam ihm noch schöner vor als bei ihrer letzten Begegnung. Wahrscheinlich, weil sie nun nicht so verbissen schaute, sondern geradezu von einem inneren Leuchten erfüllt war.

Emily schlug das Buch vor Sophias Gesicht mit einer Hand auf. »Nimbles Abenteuer habe ich als Kind geliebt.« Ein süßes Lächeln huschte über ihre rosigen Lippen, woraufhin es in Daniels Magen heftig kribbelte. »Ich lese dir ein Stück daraus vor.«

Aufmerksam hörte er ihrer sanften Stimme zu, als sie zu erzählen begann: »Wie alle anderen neugeborenen Tiere, egal ob sie vom Menschen oder einer anderen Spezies abstammen, konnte ich mich nicht daran erinnern, was während meiner ersten Lebenstage geschah. Das Erste, woran ich mich erinnern kann, war, dass meine Mutter mich und meine drei Brüder, die alle im selben Nest lagen, mit folgenden Worten ansprach …«

Sophia schien angestrengt zu lauschen, obwohl sie bestimmt noch nicht alles verstand, und kuschelte sich mit dem Kopf an Emilys Brust. Dort spielte sie mit einer Schleife von Emilys Kleid.

Em küsste sie auf den Scheitel und lächelte.

Eine plötzliche Wärme flutete Daniels Brust, und er wich schnell einen Schritt in den Schatten des Flures zurück, ohne Emily aus den Augen zu lassen. Sie auf solch vertraute Weise zusammen mit seinem Kind zu sehen, verwirrte ihn. Am liebsten wollte er sich auf genau solch einem kleinen Stuhl zu ihnen setzen, um Emily zuzuhören und zu sehen, wie seine Tochter weiterhin auf sie reagierte. Doch er pflegte nur wenig Kontakt zu Sophia, auch wenn seine Frau immer darauf bestanden hatte, sich so viel wie möglich mit ihren zukünftigen Kindern zu beschäftigen. Allerdings scheute er keine Kosten, damit es Sophia an nichts fehlte. Er hatte die alten Kindermöbel, die noch von seinem Vater stammten, gegen neue ausgetauscht, ihr ein riesiges Puppenhaus mit Einrichtungsgegenständen anfertigen lassen, das doppelt so groß war wie Sophia selbst, und einen kleinen, mit Leder bezogenen Stuhl samt Tisch, der zu einem Hochstuhl umfunktioniert werden konnte. Er hatte aber auch einen einfacheren Hochstuhl gekauft, der an einem Tisch in Emilys Zimmer stand. Dort hatten Lizzy und Sophia immer gegessen.

Lizzy war mit seiner Tochter viel hier oben allein gewesen, wenn sie nicht gerade draußen spazieren gegangen waren. Dann hatte Daniel darauf bestanden, dass sie zu ihrer Sicherheit zusätzlich Henry mitnahm. Bestimmt würde sein Diener die junge Frau vermissen. Die beiden hatten sich gut verstanden.

Nur Gouvernanten führten ein noch einsameres Leben als eine Nanny, denn sie durften keinen gesellschaftlichen

Kontakt mit der Familie oder den Gästen pflegen. Emily wollte er keine Isolation zumuten. Es käme ihm falsch vor, seine Freundin aus Kindheitstagen abzuschotten. Außerdem brannte er darauf zu erfahren, was sich zwischen ihr und Lord Rowland abgespielt hatte. Vielleicht würde sie sich ihm öffnen, wenn sie mehr Zeit miteinander verbrachten. Er musste nur aufpassen, dass seine Angestellten nichts von ihren Gesprächen aufschnappten. Schließlich hatte er Emily versprechen müssen, dass keiner ihre wahre Identität herausfand.

Sein Butler Smithers hatte womöglich damals, als Mutter Daniel von Emilys Heirat berichtet hatte, etwas mitbekommen. Aber auf Smithers konnte er sich verlassen, schon immer. Sein treuer Diener blieb auch stets so lange auf, bis Daniel von seinen geheimen, nächtlichen »Aktivitäten« zurückkam, um ihn ungesehen ins Haus zu lassen.

Daniel würde seinen Butler fragen, ob er sich an das Nachbarsmädchen Emily erinnerte. Smithers mochte zwar wie eine verschrumpelte Schildkröte aussehen, aber sein Gedächtnis funktionierte noch tadellos. Bestimmt hatte er das lebhafte Mädchen von einst nicht vergessen. Smithers würde verstehen, warum Daniel sie anders behandelte, und es würde hoffentlich kein abenteuerliches Gerede aufkommen. Zwar war er hier der Herr des Hauses, der tun und lassen konnte, was er wollte, aber Bedienstete hatten zuweilen die Angewohnheit, die tollsten Geschichten zu erfinden, wenn es um ihre Herrschaften ging.

Daniel grinste, als Emily leise zu seiner Tochter sagte: »Wenn wir unter uns sind, darfst du mich *Em* nennen. Das kannst du leichter aussprechen als *Mrs Rowland*. Em hat dein Vater früher immer zu mir gesagt.«

Als er sich an das wilde, rothaarige Kind von damals und ihr leicht rebellisches Verhalten erinnerte, wurde sein Lächeln breiter. Es würde Sophia gewiss nicht schaden, ein wenig liberaler erzogen zu werden. Sie hatte ihre Mutter verloren; darunter würde sie später als Debütantin sicher leiden, wenn sie ihren ersten Ball besuchte.

Es zog unangenehm in Daniels Brust, wenn er daran dachte, dass er sich nicht nur eine Frau suchen musste, um mit ihr einen männlichen Erben zu zeugen, sondern auch, damit seine Tochter später jemanden hatte, der sie in die Gesellschaft einführte. Er sollte wirklich nicht länger mit der Verlobung warten, dabei hatte er noch nicht einmal eine potentielle Kandidatin im Sinn. Und wirklich bereit für eine neue Ehe war er auch noch nicht. Fast jede Nacht träumte er von Imogens schrecklichem Tod und wollte nie wieder mit ansehen müssen, wie eine Frau starb, weil sie ihm ein Kind geschenkt hatte. Zwar war Imogen nicht gleich nach der Geburt gestorben, sondern hatte noch einige Tage gelebt, aber ihre starken Blutungen und Krämpfe waren auf die schwere Entbindung zurückzuführen gewesen, hatte der Arzt gemeint.

Daniel landete abrupt in der Gegenwart, als Emilys Stimme plötzlich lauter wurde: »Schließlich schrie ein kleines Mädchen auf, das neben ihrer Mutter im Zimmer arbeitete, als ob es heftig verletzt wäre. Die Mutter bat darum, ihr den Grund des plötzlichen Gebrülls zu verraten. Daraufhin rief sie: Eine Maus! Eine Maus! Ich habe eine unter dem Stuhl gesehen!«

Sophia quietschte vergnügt und gluckste, und auch Emily lachte aus vollem Herzen, sodass Daniel sie ununterbrochen anstarren musste. Himmel, sah sie schön aus, wenn sie nicht so ernst schaute.

Als sie plötzlich direkt in seine Richtung blickte, hob Daniel hastig die Hand und klopfte an die angelehnte Tür, bevor er eintrat.

»Daniel!« Sofort setzte sie sich kerzengerade hin – so gut es auf dem Kinderstuhl eben ging – und wollte sich erheben.

»Bitte bleib sitzen«, sagte er schnell. »Ich wollte nur kurz sehen, ob alles zu deiner Zufriedenheit ist?«

Ihre Augen strahlten. »Deine Tochter ist wundervoll und mein Zimmer ebenfalls.«

Leise räusperte er sich und widerstand dem Drang, seine Hände wie ein kleiner Junge in die Hosentaschen zu schieben. »Wenn du irgendetwas brauchst, sag mir oder Smithers Bescheid.«

Sie nickte leicht. »Das mache ich. Danke dir.« Nach einer kurzen Pause setzte sie hinzu: »Lizzy hat gemeint, ich solle dir jeden Tag Bericht über Sophias Entwicklung erstatten?«

»Ähm ... ja.« Es war ihm vor ihr fast ein wenig peinlich, dass er sich so wenig mit seinem Kind abgab. Doch er hatte dafür seine Gründe. »Möchtest du heute mit mir im Grünen Salon essen? Dann kannst du mir gleich von deinem ersten Tag berichten.«

Ihre Augen leuchteten nun noch mehr. »Liebend gern.«

»Dann ... bis zum Dinner.« Mit großen Schritten verließ er die Kinderstube und rannte die Stufen nach unten in sein Arbeitszimmer. Hoffentlich hatte er nicht gerade den Fehler seines Lebens gemacht. Emily war nicht mehr das kleine Nachbarsmädchen, mit dem er sich gut verstanden hatte, sondern eine erwachsene, sehr attraktive Frau, die von heute an mit ihm unter einem Dach lebte! Und sie gefiel ihm gut. Zu gut!

Wie sollte er sich jetzt nur verloben können, wenn ihm eine süße Viscountess schon an ihrem ersten Arbeitstag den Kopf verdrehte?

# Kapitel 6 – Turbulente Veränderungen

Daniel konnte sich kaum auf seine Arbeit konzentrieren und saß deshalb am späten Nachmittag eher als sonst im Grünen Salon – dem großen Esszimmer seiner Familie. Smithers quittierte seine viel zu frühe Anwesenheit mit hochgezogenen Brauen, ohne nach dem Grund zu fragen, und schenkte ihm seinen Lieblings-Brandy ein.

Nachdem Daniel am Glas genippt hatte, sagte er zu seinem Butler: »Smithers, bitte geben Sie in der Küche Bescheid, dass Mrs Rowland mit mir essen wird.«

»Sehr wohl, Mylord.« Der alte Mann deutete eine leichte Verbeugung an und ließ ihn mit Henry allein, der steif, aber wachsam, neben der Tür stand, falls Daniel weitere Wünsche hatte.

Es dauerte nicht lange, da brachte Becky – eines der jüngeren Hausmädchen – einen Hochstuhl herein, und ein weiterer Angestellter legte zu seiner Linken zwei zusätzliche Gedecke auf: ein normales und eines mit kleinerem Besteck.

Perplex starrte Daniel auf den Kinderstuhl, der davor platziert wurde, und wollte gerade fragen, was das alles hier suchte, als ihm bewusst wurde, dass er Emily nur in Begleitung seiner Tochter bei Tisch haben konnte. Schließlich musste sie sich fortan Tag und Nacht um das Kind kümmern.

Sein Magen verkrampfte sich. Daran hatte er überhaupt nicht mehr gedacht!

Als eine halbe Stunde später die Tür aufging, kam sie mit seiner Tochter auf den Armen regelrecht hereingeschwebt. »Es tut mir leid, falls wir uns etwas verspäten, Lord Hastings«, erklärte sie ihm sanft lächelnd und – wie es abgemacht war – mit förmlicher Anrede –, während sie Sophia in den Hochstuhl setzte. »Der kleine Goldschatz wollte partout die Schürze nicht anziehen.«

Eine von Emilys roten Locken hatte sich aus ihrer Frisur gelöst, sie atmete schneller und ihre Brust hob und senkte sich in einem regen Takt, als hätte sie nicht seine Tochter gebändigt, sondern sich mit einem Mann in den Laken gewälzt.

In Daniels Lenden zog es, woraufhin er sich für seine unanständigen Gedanken tadelte. Wo kamen diese Ideen plötzlich her? In den letzten Monaten hatte er sich schließlich auch nicht für Frauen interessiert.

Während seine Bediensteten um ihn herumhuschten, ihnen je nach Wunsch Wasser, Tee oder Wein einschenkten und Essen auf die Teller legten, versuchte Daniel, Emily nicht die ganze Zeit anzustarren. Eine Weile beobachtete er Sophia, der von einem der Mädchen ein Teller mit weichgekochtem Gemüse und püriertem Fleisch vorgesetzt wurde, und fragte schließlich wie beiläufig: »Wie erging es Ihnen bis jetzt, Em… Mrs Rowland?«

Ihre Augen besaßen schon wieder jenes Strahlen, als sie ihm antwortete: »Die Zeit ist geradezu verflogen. Als Sophia ihren Mittagsschlaf gemacht hat, habe ich meine Sachen ausgeräumt und den ersten Brief an Claire aufgesetzt.« Sie schob der Kleinen ein Karottenstück in den Mund, dann blickte sie wieder zu Daniel. »Meine Freundin besteht darauf, dass ich ihr so oft wie möglich schreibe.« Während sie schnell selbst eine Gabel an den Mund führte und sich kurz über die Lippen leckte, musste Daniel ein Stöhnen unterdrücken. Hoffentlich verbarg die Serviette in seinem Schoß, wie es bald mit ihm stehen würde, wenn er weiterhin so extrem auf sie reagierte.

Was war denn nur los mit ihm? Niemals zuvor hatte es

eine Frau geschafft, ihn derart aus der Fassung zu bringen!

Zum Glück schien Emily abgelenkt, denn sie kümmerte sich immer wieder um Sophia, die mit ihrem Löffel lieber auf eine Kartoffel einstach, als sie zu essen.

»Außerdem«, setzte Emily fort, »habe ich mir von Henry das Haus zeigen lassen. Sophia hat die kleine Führung auch gefallen und die Köchin hat ihr sogar einen Keks geschenkt.«

»Eine Führung von Henry?«, sagte er süffisant und warf dem Diener, der ihm gerade Wein nachschenkte, einen warnenden Blick zu. Der junge Mann zuckte unter seiner Musterung kurz zusammen und sein Gesicht lief knallrot an.

Daniel hatte sehr wohl mitbekommen, dass sich zwischen der früheren Nanny Lizzy und Henry etwas angebahnt hatte. Er hatte das nicht unterbunden, weil beide weiterhin ihre Arbeit verrichtet hatten. Doch er wollte dessen Hände auf keinen Fall auf Emily sehen. Sie war zwar älter als Henry, was diesen Burschen aber bestimmt nicht davon abhalten würde, sie verführen zu wollen. Schließlich sah Emily außerordentlich gut aus.

Sie riss ihn aus seinen Gedanken, als sie in lobenden Tönen seine Bibliothek erwähnte. »Ich habe noch nie so viele Bücher an einem Ort gesehen! Sie besitzen eine fantastische Sammlung, Mylord.«

»Die Sie sehr gerne nutzen dürfen, Mrs Rowland«, antwortete er rau und räusperte sich den Kloß aus dem Hals. Verflucht, es machte ihn heiß, wenn sie ihn formell ansprach.

»Vielen Dank, Lord Hastings, das ist sehr großzügig von Ihnen!« Sie streckte die Hand aus, um kurz seine Finger zu berühren, woraufhin es ihm vorkam, als würde ihn ein Schlag durchdringen. Dieses elektrisierende Kribbeln schoss direkt in seine Lenden.

Vielleicht wurde er krank. Nicht einmal Imogen hatte

solche Reaktionen bei ihm ausgelöst, und er war den ehelichen Pflichten alles andere als abgeneigt gewesen. Doch diese Gefühle, die er bei Emily verspürte, waren völlig neu für ihn. Neu, aufregend und … absolut unpassend!

Als Sophia ein lautes »Pfff« von sich gab und den Fleischbrei auf ihrem halben Gesicht verteilte, lachte Emily und wischte das Malheur schnell mit der Serviette weg. Seine Tochter reckte ihr Kinn und schüttelte energisch den Kopf.

Nun musste auch Daniel grinsen. Sophia hatte wohl nicht nur viel von Imogen, sondern auch einiges von ihm geerbt. Er hatte als Kind dasselbe getan, wenn er seinen Kopf durchsetzen wollte, zumindest laut den Erzählungen seiner Mutter. Sie war niemals müde geworden, ihren Freundinnen solche Peinlichkeiten zu berichten.

Daniel stutzte. Mutter hatte sich an Vieles erinnert, weil sie sich täglich eine Stunde für ihn Zeit genommen und manchmal damit für Empörung unter ihren Freundinnen gesorgt hatte, die ihre Kinder kaum fünf Minuten am Tag sahen – so wie er. Dabei war es im Grunde gar nicht so schlimm, seine Tochter bei sich zu haben. Sophia benahm sich auch sofort wieder artig, als Emily ihr ruhig, aber gewissenhaft, zuredete. Es erleichterte Daniel, dass Sophia sie akzeptierte und Emilys Umgang mit ihr routiniert aussah. Offensichtlich hatte sie alles im Griff – sogar sein Personal. Auf einen Wink von ihr hin entsorgte Henry sofort die verschmutzte Serviette und brachte ihr eine neue.

Ob ihr bewusst war, dass ziemlich viel von einer Lady in ihr steckte? Sie besaß vorzügliche Manieren und eine hervorragende Ausdrucksweise. Natürlich gab es auch Nannys, die aus sehr gebildeten Gesellschaftsschichten stammten und deshalb beim Adel begehrt waren, doch Emelys Anwesenheit an seinem Tisch blieb hier natürlich niemandem verborgen. Daniel sollte gleich einmal aufkommende Gerüchte zerstreuen.

Als sein Butler hereinkam, um nachzusehen, ob alles seinen gewohnten Gang ging, sagte Daniel zu ihm: »Smithers, können Sie sich noch an Emily Collins erinnern? Ihre hochgeschätzten Eltern, Sir Richard Collins und Lady Collins, waren einmal unsere Nachbarn.«

»Wie könnte ich die junge Dame vergessen, Mylord.« Sein Butler deutete eine Verbeugung an, wobei ein leicht spöttisches Funkeln in seinen Augen lag. »Sie kamen mir gleich bekannt vor, Mrs Rowland.«

»Ich kann mich auch noch gut an Sie erinnern, Mr Smithers.« Emily grinste plötzlich so spitzbübisch wie damals als Kind. Bloß diesmal hatte dieses Lächeln nichts Kindliches mehr an sich, zumindest nicht für Daniel. Er verschluckte sich an einem Stück Fleisch, sodass ihm die Tränen aus den Augen quollen und ihm Smithers ordentlich auf den Rücken klopfen musste.

»Danke, Smithers, geht schon wieder«, krächzte er und trank gleich noch mehrere kräftige Schlucke Wein hinterher.

Sophia starrte ihn aus großen Augen an, wobei ihre Unterlippe leicht bebte, und Emily erklärte ihr schnell: »Deinem Vater geht es gut. Er hat sich nur verschluckt.« Dann strich sie seiner Tochter zärtlich über den Kopf.

Sofort beruhigte sich Sophia und versuchte wieder, selbst zu essen, was ihr auch meistens gelang. Emily lobte sie dafür, was seine Tochter zu animieren schien, weiterhin eigenständig den Löffel zum Mund zu führen.

Daniel schluckte schwer. Hätte Imogen dasselbe bei ihrem Kind gemacht? Oder hätten er und seine Frau allein am Tisch gesessen, weil sie sich doch der Gesellschaft gebeugt und der Nanny die Erziehungsarbeit überlassen hätten?

Daniel wusste es nicht. Er hätte es aber schön gefunden, wenn sie als Familie hier zusammengekommen wären. Es war auf jeden Fall amüsanter, als allein zu essen.

Emily schob sich eine Kartoffel in den Mund und leckte sich, nachdem sie geschluckt hatte, wieder über die Lippen. Smithers hatte mittlerweile mit Henry den Salon verlassen, um den Nachtisch aus der Küche zu holen. Trotzdem flüsterte Emily: »Denkst du, dein Butler erinnert sich noch daran, dass ich ihn einmal mit Kirschen beworfen habe?«

Daniel schnaubte amüsiert. »Das hat er bestimmt nicht vergessen. Mein Vater musste ihm einen Teil seiner Dienstkleidung ersetzen, weil die Verfärbungen nicht mehr rausgingen.«

Entsetzt riss sie die Augen auf und legte ihre Hand auf seine. »Oh, Daniel! Warum weiß ich davon nichts? Meine Eltern wären sicher für den Schaden aufgekommen und meine Mutter hätte mir bestimmt einen Monat lang Hausarrest gegeben.«

»Ich habe die Schuld auf mich genommen«, krächzte er, wobei er auf ihre Finger starrte, die ihn immer noch berührten.

Schnell zog Emily die Hand weg. »Aber … warum hast du das getan?«

Er erinnerte sich noch gut an den Tag. Einerseits hatte er Emily nicht in die Bredouille bringen wollen, denn er hatte ihre Aktion selbst lustig gefunden und sie mehr oder weniger dazu angestachelt, andererseits … »Weil ich wusste, dass ich dann für den Rest des Tages in meinem Zimmer bleiben und Mutters musikalischen Abend nicht besuchen musste. Der hätte mich nur furchtbar gelangweilt, und ich wollte lieber lesen.«

Emily lachte. »Du warst ein richtiger Rebell, Lord Hastings.«

»Das sagt die Richtige.«

Verschwörerisch beugte sie sich ein Stück zu ihm, sodass er die Ansätze ihrer Brüste sehen konnte. »Und Mr Smithers hat deinen Eltern nicht die Wahrheit gesagt?«

Plötzlich stand der Butler bei ihnen, hüstelte und erklärte gedehnt: »Nein, er hat nichts gesagt, weil der junge Lord ihn auf Knien angefleht hat, über den Vorfall zu schweigen.«

Daniel hatte überhaupt nicht bemerkt, dass Smithers wieder hereingekommen war, weil ihn Emily so sehr ablenkte! Verschmitzt grinste er seinen Butler an. »Ich habe nur den Edelmann gespielt und eine junge Dame beschützt.«

Smithers zwinkerte. »In der Tat.«

Daniel mochte den alten Mann sehr. Er war so etwas wie ein Familienmitglied, loyal und verschwiegen wie ein Grab. Aber leider auch nicht mehr der Jüngste. Daniel hatte ihm schon vor Jahren angeboten, ihn in den Ruhestand zu schicken. Auf seinem Landgut einige Meilen außerhalb von London gab es ein kleines Häuschen, in das er hätte ziehen können. Daniel hätte dort seine Versorgung sichergestellt. Aber Smithers bestand darauf, so lange in seinen Diensten zu bleiben, wie er noch einen Finger rühren konnte.

Das Essen ging erstaunlich schnell vorbei und Daniel war fast ein wenig enttäuscht, als sich Emily für die Einladung bedankte und von ihm verabschiedete.

Als sie seine Tochter aus dem Stuhl hob, fragte er: »Was habt ihr beiden jetzt vor?«

»Ich wollte mit Sophia in den Garten gehen. Ein wenig die letzten Sonnenstrahlen des Tages genießen, und frische Luft wird ihr auch guttun.« Schnell setzte sie hinzu: »Natürlich achte ich darauf, dass ihr makelloser Teint keinen Schaden nimmt.«

Daniel schmunzelte in sich hinein. Sie dachte wirklich an alles. »Haben Sie etwas dagegen, wenn ich mitkomme, Mrs Rowland? Ich brauche dringend einen kleinen Verdauungsspaziergang.«

Ein überrraschtes Lächeln huschte über ihre Lippen. »Wir würden uns sehr geehrt fühlen, Mylord.«

Da der Grüne Salon zum Garten hin zeigte, öffnete Henry schnell die großen Flügeltüren. Die Spätnachmittagssonne strahlte immer noch auf die gefliste Terrasse, denn das Grundstück war so groß, dass die umstehenden Häuser erst gegen Abend Schatten warfen. Angenehme Wärme strömte ihm entgegen und der Duft von Rosen. Imogen hatte diese Blumen geliebt, deshalb blühten sie fast überall im Garten.

Daniel ließ Emily mit seiner Tochter auf den Armen vorangehen und fragte sich erneut, ob es klug von ihm war, so viel Zeit mit der »Nanny« zu verbringen. Er sollte sich von ihr fernhalten, doch er vermochte es nicht. Irgendetwas zog ihn einfach zu ihr hin. Außerdem wollte er immer noch mehr über ihre Vergangenheit erfahren. Im Garten, fernab der Dienerschaft, würde er sich ungestört mit ihr unterhalten können.

»Warum isst du nicht auf der Terrasse?«, fragte Emily ihn, als sie wieder unter sich waren. Sie setzte Sophia ab und nahm sie an die Hand, wobei sie sich leicht nach vorne beugen musste. Die Kleine zerrte mit wackeligen Beinen an ihr, weil sie offenbar etwas Interessantes entdeckt hatte. Wahrscheinlich lockte sie der Brunnen. Er zeigte den nackten Engel Amor, der mit gespanntem Bogen auf ein Pärchen zielte, das auf dem Brunnenrand saß. Wasser plätscherte dort heraus, wo der Pfeil sitzen sollte.

Daniel zuckte mit den Schultern. »Keine Ahnung. Ich habe seit Imogens Tod nicht mehr draußen gegessen. Sie saß gerne hier im Schaukelstuhl oder mit einem Buch im Garten.«

Direkt an die mit hellen Sandsteinplatten ausgelegte Terrasse grenzte eine akkurat geschnittene Buchsbaumhecke. Zwischen ihr führte ein gepflasterter Weg zu dem Brunnen, den Sophia quietschend ansteuerte.

Imogen hatte oft auf dem Rand gesessen, eine Hand verträumt ins Wasser getaucht und in der anderen ihr Buch gehalten.

Als Emily leise sagte: »Du vermisst sie sehr, hm?«, zuckte er erneut mit den Schultern und murmelte: »Es ist sehr still ohne sie.«

Emily sah im ersten Moment gequält aus, aber dann lächelte sie ihn sanft an. »Du solltest Sophia öfter sehen. Mit ihr ist es niemals still.«

Er wusste genau, was sie vorhatte. Sie wollte ihn aushorchen, herausfinden, warum er seine Tochter kaum anblicken konnte. Gerissenes Biest. Aber er selbst war nicht besser. Schließlich führte er dasselbe mit ihr im Schilde. Doch Emily hielt ihm vor Augen, dass er sich wohl die ganze Zeit selbst belogen hatte: Ja, er vermisste nicht nur Imogens Anwesenheit, sondern auch ihre liebevollen Berührungen, ihr Lächeln, ihre Wärme …

Noch bevor er sich eine Ausrede überlegt hatte, forderte Emily ihn auf, die andere Hand seiner Tochter zu ergreifen. »Dann kann sie leichter laufen.«

Daniel musste sich weiter nach vorne beugen als Emily und nahm die winzigen Finger in seine. Weil er Angst hatte, sie zu zerdrücken, traute er sich nicht, sie richtig anzufassen.

»Sie ist nicht aus Zucker.« Emily grinste so süß, dass in seinem Magen Käfer zu tanzen schienen, doch dann wurde sie wieder ernst. Woran dachte sie gerade? Warum schwankte ihr Gemüt oft zwischen Ausgelassenheit und … wie konnte er es am besten beschreiben … Traurigkeit?

Was sie ihm bisher über ihren Mann erzählt hatte, verleitete ihn zu der Annahme, dass Emily bei ihm wahrlich kein schönes Leben geführt hatte. Außerdem war die Ehe kinderlos geblieben. Ob sie das belastete oder eher erleichterte, weil sie jetzt nur sich selbst durchbringen musste?

Als Sophia stolperte, zogen sich Daniels Finger automatisch fester zu, damit sie nicht hinfiel. Sie lachte und quietschte, bloß weil sie auf den Brunnen zulief.

Daniels Herz zog sich ebenfalls zusammen. Wenn Imogen ihre Tochter bloß sehen könnte!

»Schau nur, wie toll sie schon laufen kann, Daniel!«, sagte Emily begeistert. »Die Kinder meiner Freundin waren wesentlich fauler. Dafür kann sie jetzt fast niemand mehr fangen.« Beinahe entschuldigend blickte sie Daniel an. »Die Tage verrinnen einfach zu schnell. Jeder Moment mit den Kleinen ist kostbar.«

Womöglich hatte Em recht und er sollte etwas Zeit mit seinem Kind verbringen. Im Grunde war er für Sophia ein Fremder. Wollte er das für sie bleiben? Sie musste ohne Mutter aufwachsen, also sollte sich wenigstens ihr Vater ein wenig kümmern. Doch noch war sie zu klein, um sich wirklich mit ihr abgeben zu können. Vielleicht, wenn sie älter war, er ihr ein Kartenspiel beibringen konnte. Er hatte noch Zeit ...

Sie liefen mit Sophia weiter, vorbei an Rosenbüschen und bunten Staudenbeeten, und Daniel fragte sich, warum er nicht öfter nach draußen ging. Bis vor einem Jahr hatte er schließlich immer gerne auf der Bank vor der Eibenhecke gesessen oder die kunstvoll geschnittenen Büsche bewundert. Es war schön hier. Sein Gärtner vollbrachte wahre Wunderwerke.

»Da da da!«, rief Sophia und stampfte mit ihren Füßchen auf, als sie vor dem Brunnen hielten.

»Was will sie denn jetzt?«, fragte er.

Emily grinste. »Na, im Wasser plantschen!«

Der Rand war so hoch, dass Sophia nicht hingelangen konnte. Als Emily keine Anstalten machte, seine Tochter hochzuheben, sondern ihn bloß herausfordernd ansah, gab er nach. Er fasste unter die dünnen Ärmchen und hielt die Kleine über den Rand des Brunnens, damit sie ihre Hände hineintauchen konnte. Ihre Begeisterung schien keine Grenzen zu kennen, denn sie zappelte vor Freude so stark, dass Daniel sein Knie anwinkeln und sie darauf absetzen musste. Dabei behielt er auch Emily im Blick, die lächelnd zwischen ihm und Sophia hin und her sah.

Leise räusperte er sich, denn er hatte eine indiskrete Frage an sie, aber er konnte sie nicht länger für sich behalten. »Hat es … bei dir und deinem Mann … nie mit Kindern geklappt?«

Emilys zauberhaftes Lächeln erstarb abrupt, und sie starrte angestrengt auf die kleine Fontäne, die aus dem Bogen des Engels sprudelte.

Verdammt, er hatte wohl einen wunden Punkt getroffen. Er wollte sich gerade für seine Taktlosigkeit entschuldigen, als sie stockend sagte: »Ich … war einmal in freudiger Erwartung, aber es sollte nicht sein. Ich habe mein Ungeborenes im zweiten Monat verloren. Ein Arzt erklärte uns danach, ich könne keine Kinder mehr bekommen.«

»Das tut mir so leid, Em!« Nun verstand er auch ihren zwischendurch ernsten oder traurigen Blick. Solche Nachrichten mussten für eine Frau in ihrem Alter sehr belastend sein.

Ihre wunderschönen Augen blieben zwar trocken, aber sie sah unendlich bedrückt aus. Kurzerhand streckte Daniel einfach einen Arm aus und zog sie an sich. Sie lehnte sich an seine Schulter, und er widerstand dem Drang, seine Nase in ihr Haar zu stecken, um daran zu riechen. Ob es auch nach Zitronen duftete?

In diesem Moment fühlte er sich mit Emily verbunden, und er glaubte sogar, kurz ihre Hand in seinem Rücken zu spüren, bevor sie sich plötzlich wieder straffte, schief lächelte und Sophia mit etwas Wasser besprizte.

Die Kleine lachte, und dieser unbeschwerte, kindliche Laut lockerte die Anspannung ein wenig.

Da er unbedingt wissen musste, wie Emily zu dem Thema stand, fragte er zögerlich: »Hast du vor, noch einmal zu heiraten?«

»Welcher Mann«, sagte sie leise, ohne ihn anzusehen, »würde denn eine Frau wollen, die ihm kein Kind, keinen Sohn mehr schenken kann?«

In seinem Magen bildete sich ein eisiger Knoten. Verdammt, sie hatte recht! Das würde ihre Chancen auf dem Heiratsmarkt beträchtlich dezimieren – sollte jemand davon erfahren. Außer sie fand einen Mann, der bereits einen Erben aus erster Ehe hatte. Emily war eine wunderschöne Frau. Bestimmt gab es noch genug Liebesgockel, die sich um sie reißen würden.

Einerseits schüttelte sich Daniel innerlich bei dem Gedanken, Emily in den Armen eines Fremden zu sehen. Andererseits wollte er sie abgesichert wissen. Sie sollte nicht arbeiten müssen, auch wenn ihr das offensichtlich Freude bereitete. Zumindest erweckte es bei ihm den Eindruck, dass sie gerne den ganzen Tag mit Sophia zusammen war.

»Würdest du denn noch einmal heiraten wollen?«, flüsterte er.

Sie schnaubte leise und mied seinen Blick. »Ich möchte mich nie mehr von einem Mann abhängig machen.«

In diesem Augenblick war sie von ihm abhängig – doch er wusste, was Emily wirklich meinte, und schwieg. Was war, wenn sie vielleicht auch deshalb keinen Gatten mehr wollte, weil ihr Mann sie schlecht behandelt hatte? Machte es dann überhaupt Sinn, nach einem Ehepartner für sie zu suchen?

Daniel wünschte, er könnte ihr etwas Aufmunterndes sagen, doch alles, was ihm durch den Kopf ging, würde es nicht besser machen. Zum Glück hielt sie Sophia auf Trab und lenkte sie ab.

Als die Kleine Emily ordentlich nass spritzte, sodass der Stoff des Kleides an Emilys Brust leicht durchsichtig wurde, nahm sie ihm Sophia aus dem Arm. »Oh je, ich glaube, wir müssen uns umziehen. Entschuldige uns bitte.«

»Natürlich«, raunte er, und während sie mit seiner Tochter auf dem Arm zurück ins Haus eilte, als wollte sie vor ihm fliehen, marschierte er tiefer in den Garten. Dort setzte er sich auf eine Bank, die von hohen Hecken eingerahmt wurde, und seine Gefühle wirbelten wild durcheinander. Auch sein Herz donnerte hart gegen die Rippen. Emilys Schicksal berührte ihn sehr. Wenn er könnte, würde er sie sofort selbst heiraten. Sie zog ihn an wie keine Frau zuvor.

Als er sich vorstellte, wie sie in ebendiesem Moment vielleicht ihr feuchtes Kleid ablegte, verfluchte er sich abermals. Wieder dachte er nur an körperliches Begehren, dabei fühlte er viel mehr. Daniel sehnte sich nicht nur danach, Emily in seinem Bett zu haben, sondern er wollte auch mehr Zeit mit ihr verbringen, mit ihr gemeinsam essen, reden, lachen, Spaziergänge machen … sie besser kennenlernen.

Schwermütig seufzend stand er auf, schloss die Augen und streckte sein Gesicht der Sonne entgegen. Doch die wärmenden Strahlen brannten Emily natürlich auch nicht aus seinem Gedächtnis. Da würde nur eines helfen: ein geheimes Treffen mit seinen Freunden. Heute Nacht musste er sich dringend verausgaben und diesen immensen Druck loswerden, der sich seit Emilys Ankunft unaufhörlich aufbaute.

Sofort eilte er in sein Arbeitszimmer, um einen Brief an seinen Freund Miles Dunmoore, dem Marquess of Rochford, aufzusetzen, bevor er noch etwas tat, was er später bitterlich bereuen würde.

# Kapitel 7 – Nächtliche Begegnung

Die Tage in Daniels Haus verflogen geradezu. Zwei Wochen waren bereits vergangen, und Emily hatte sich schon ewig nicht mehr so unbeschwert gefühlt, obwohl ihr Sophia einiges abverlangte. Die kleine Lady vermisste Lizzy immer noch schrecklich und konnte nicht verstehen, warum ihr früheres Kindermädchen nicht mehr mit ihr spielte. Vielleicht würde die Kleine schneller über den Verlust hinwegkommen, wenn sich Daniel mit ihr abgab.

Sophia und sie frühstückten jeden Morgen in ihrem Zimmer, doch die Hauptmahlzeit nahmen sie wie bisher mit Daniel ein. Dabei war ihr aufgefallen, dass er, wenn sie gemeinsam aßen, weiterhin kaum ein Wort mit seiner Tochter wechselte. Das tat er nur, wenn Emily ihn in ein Gespräch mit Sophia verwickelte – was sie natürlich möglichst subtil machte, und viele Worte konnte die Kleine auch noch nicht aussprechen. Dennoch wollte sie die beiden unbedingt einander näherbringen. Aber wie?

Ein Kind war doch ein Gottesgeschenk! Wäre ihr eines vergönnt gewesen – sie hätte sich jede Sekunde mit ihm beschäftigt.

Daniel hatte seine Frau anscheinend sehr geliebt, auch wenn er es nicht zugeben wollte. Sophias Anwesenheit erinnerte ihn wohl immer noch an Imogen. Offensichtlich hatten die beiden ein glückliches Leben geführt, während Emily durch die Hölle gegangen war. Nun fingen sie und Daniel wieder von vorne an, nur dass er sich keine Sorgen um seine finanzielle Zukunft machen musste.

Emily hatte gestern, an ihrem freien Tag, der ihr alle zwei Wochen zustand, Claire besucht. Ihre Freundin war beinahe ein wenig enttäuscht gewesen, dass sich zwischen ihr und Daniel noch keine heimliche Liebschaft angebahnt hatte. Doch das war besser so! Daniel war ihr Arbeitgeber und die Stelle ein Glücksgriff. Emily wollte sie nicht wegen einer Affäre verlieren – denn nichts anderes würde sie für Daniel sein. Er war ein Earl ohne Nachfolger, der sich früher oder später nach einer neuen Frau umsehen würde, so sehr diese Gewissheit schmerzte.

Nachts lag Emily in ihrem Bett und starrte an die Decke. Der Vollmond schien durch ihr Fenster, denn sie hatte den Vorhang nicht zugezogen, weil sie ohnehin nicht einschlafen konnte. Es würden sie nur wieder die schrecklichen Erinnerungen an Edward heimsuchen.

Sophia hatte sie vormittags, wahrscheinlich wegen Emilys eintägiger Abwesenheit, besonders beansprucht. Gestern hatte das Zimmermädchen Becky auf die kleine Lady aufgepasst, genau wie früher, wenn Lizzy nicht bei ihr sein konnte. Sophia war so quengelig gewesen, dass Emily gemeinsam mit ihr mittags vor Erschöpfung eingeschlafen war. Deshalb war sie jetzt putzmunter.

Neben dem Türrahmen war an der Wand eine Lampe angebracht, die auf niedrigster Stufe brannte, damit Sophia keine Angst bekam, wenn sie aufwachte. Emily versuchte, sich vom Flackern der kleinen Flamme einlullen zu lassen. Aber das machte sie auch nicht müde, während die Kleine beneidenswerterweise friedlich schlummernd neben ihr lag. Sie hatte ein Tuch in ihrer winzigen Faust eingeschlossen, an dem sie zum Einschlafen immer schnupperte. Wahrscheinlich duftete es noch nach Lizzy.

Vorsichtig schwang Emily die Beine aus dem Bett und entzündete die Kerze auf dem Sekretär. Ein Blick auf die Taschenuhr ihres Vaters verriet ihr, dass es kurz nach Mitternacht war. Ob sie sich ein Buch aus Daniels Bibliothek holen sollte? Das alte hatte sie bereits ausgelesen. Dann könnte sie sich nach nebenan in das Spielzimmer setzen und so lange in dem Buch schmökern, bis ihr wirklich die Augen zufielen.

Sie beschloss, das Wagnis einzugehen, und sich nur in ihrem Nachthemd nach unten zu trauen. Zu dieser Zeit dürfte sie auf niemanden mehr treffen. Emily würde sich auch beeilen, falls Sophia aufwachte.

Sicherheitshalber legte sie sich ein Tuch um die Schultern, nahm das Buch – einen romantischen Gedichtband von Lord Byron – in die eine und den Kerzenhalter in die andere Hand. Nachdem sie noch einen Blick auf das Mädchen geworfen hatte, das immer noch seelenruhig schlief, schlich sie die Treppen nach unten, vorbei am Musikzimmer im ersten Stock – das Henry ihr bei der Führung gezeigt hatte – und über die marmornen Stufen mit der bronzenen Balustrade bis in die Eingangshalle. In der Nähe befand sich die Bibliothek.

Ihre nackten Füße hinterließen kaum einen Laut auf dem glatten Boden, doch Emily atmete erst auf, als sie die leise quietschende Tür zur Bibliothek aufgedrückt hatte und hineingehuscht war. Sie lehnte die Tür nur an, sodass sie noch gute fünf Zentimeter offen stand, und blickte sich in dem hohen Raum um. Durch die beiden großen Türen, die in den Garten führten, drang Mondlicht, das den gesamten Raum gespenstisch erhellte. Rundherum erstreckten sich bis auf halber Höhe Regale, die meisten gefüllt mit klassischen Werken der Literatur. Aber auch viele französische und italienische Bücher fanden sich darunter, genau wie zahlreiche Werke aus Griechenland, die Emily leider nicht lesen konnte. Die Bilder darin waren jedoch sehr interessant.

Aufgeregt über so viel Auswahl huschte sie an der Wand entlang, und allein der Duft nach Druckerschwärze und Leder ließ ihr Herz höherschlagen. Über den Regalen hingen Landschaftsbilder, und auf den Simsen der beiden großen Kamine standen antike Vasen, Bronzen und Statuen halb nackter Nymphen. Würde Emily hier die Hausherrin sein, würde sie viele Stunden am Tag in dem bequemen Sessel am Kamin sitzen oder sich einen ganzen Stapel Bücher mit in den Garten nehmen.

Nachdem sie ihren ausgeliehenen Gedichtband an seinen angestammten Platz zurückgestellt hatte, hielt sie die Kerze näher ans Regal, um die Titel auf den Buchrücken lesen zu können. Doch sie erstarrte, als sie plötzlich Stimmen in der Halle hörte. Wer war denn um diese Zeit noch wach?

Sofort schlich sie zur Tür und pustete ihre Kerze aus, um nicht gesehen zu werden. Durch den Spalt beobachtete sie, wie sich Daniel leise mit Mr Smithers unterhielt, konnte jedoch kein Wort verstehen. Der Butler hielt eine Laterne in der einen Hand, und Daniel, der gerade seinen Mantel ausgezogen hatte, legte diesen seinem Diener über den anderen Arm. Daniel trug nur ein weißes, halb aufgeknöpftes Hemd, kein Krawattentuch, keine Weste. Dazu enge Breeches und kniehohe Stiefel. Soweit sie es in dem schwachen Licht erkennen konnte, war sein Haar völlig durcheinander.

Wo kam er zu dieser späten Stunde und vor allem derart derangiert her?

Als Daniel deutlich hörbar sagte: »Ich brauche Sie heute nicht mehr, Smithers. Gute Nacht«, riss Emily die Augen auf. Sein Weg würde direkt an dieser Tür vorbeiführen. Hoffentlich sah er sie nicht!

»Gute Nacht, Mylord«, erwiderte der alte Mann und ging in Richtung Küche davon. Dort lagen die Quartiere der männlichen Bediensteten, aber Mr Smithers hatte als Daniels Butler eine eigene kleine Wohnung im hinteren Teil der Villa.

Emily unterdrückte ein Niesen, weil der Docht der Kerze immer noch leicht qualmte und der Rauch in ihrer Nase kitzelte. Sie hielt die Luft an und rührte sich nicht, denn jede Bewegung könnte ihre Anwesenheit verraten. Zum Glück schien Daniel nicht zu sehen, dass die Tür leicht offen stand, und lief an ihr vorbei. Sie wollte gerade aufatmen, als seine Schritte plötzlich stoppten.

Mist, hatte er sie bemerkt?

Emily wich zurück und drängte sich mit dem Rücken gegen das Regal. Schon wurde die Tür schwungvoll aufgedrückt, und Daniel stürmte herein. Sie erkannte ihn im Mondlicht, woraufhin sie einen Schrei ausstieß, weil sein blasses Gesicht für einen Moment teuflisch schön und erschreckend zugleich aussah. Er schoss direkt auf sie zu und presste sie mit seiner großen Gestalt und der Hand an ihrem Hals gegen das Regal, sodass sie vor Schreck den Kerzenhalter fallen ließ. Polternd landete er auf dem Boden.

»Daniel!«, stieß sie keuchend hervor, weil sie kaum noch atmen konnte. Panisch krallte sie die Finger in seinen Arm, ihr Herzschlag donnerte in ihren Ohren. Für einen Moment sah sie Edwards ansehnliches, aber bösartiges Antlitz vor sich. Er hatte ihr nur zu gern die Luft geraubt, einfach so, ohne triftigen Grund, nur um ihr seine Macht zu demonstrieren. Mehr als einmal wäre sie davon beinahe ohnmächtig geworden. Doch Edward hatte stets darauf geachtet, ihr keinen sichtbaren Schaden zuzufügen, und vor allen Dingen hatte er sie niemals vor seinen Angestellten oder anderen Leuten schlecht behandelt. Er war ein fantastischer Schauspieler gewesen, listig und gerissen.

Aber Daniel ... Er war anders als Edward, oder?

»Em, verdammt!« Sofort nahm er die Hand weg, sodass sie wieder atmen konnte. Doch er drückte sie weiterhin mit seinem machtvollen Körper gegen das Regal – zumindest spürte sie seinen Unterleib an ihrem Bauch. Die Hände stützte er nun zu beiden Seiten ihres Kopfes ab, als wollte er sie dazwischen gefangen halten. »Warum geisterst du so spät durchs Haus? Ich habe Rauch gerochen und dich für einen Einbrecher gehalten!«

Atemlos blickte sie zu ihm auf, wobei sie ihre Hände gegen seine nackte Brust drückte, um ihn auf Abstand zu halten. Ihr Herz raste noch immer, und sie konnte sich nicht entscheiden, ob sie lieber Angst vor ihm haben oder sich zu ihm hingezogen fühlen sollte. Ihn so nah bei sich zu spüren, wirbelte die unterschiedlichsten Gefühle in ihr auf, aber auch die alte, lange unterdrückte Leidenschaft, die sie für ihn empfand. »I-ich konnte nicht schlafen und wollte mir ein Buch holen. Wo kommst du so spät her?«

Er gab ihr keine Antwort, rückte auch keinen Millimeter von ihr ab, und Emily wurde plötzlich bewusst, wie intim die Situation war. Sie spürte jeden Zentimeter seines harten Körpers, so dicht stand er bei ihr. Daniel strahlte eine unglaubliche Wärme aus, er roch nach frischem Schweiß, Sandelholzseife, seinem eigenen, männlichen Duft – und nach Brandy. Ihr Herz stockte. Wenn Edward zu viel getrunken hatte, war er oft ausfällig geworden. Aber Daniel schien noch Herr seiner Sinne zu sein und er lallte auch nicht. Er starrte sie einfach nur an und musterte im Halbdunkel ihr Gesicht.

Sie sollte Angst vor dieser intimen Nähe und vor allem vor Daniels imposanter Erscheinung haben, denn er wich einfach nicht zurück. Stattdessen bewegten sich wie von selbst ihre Hände auf seiner nackten Brust. Doch nicht um ihn wegzustoßen, sondern um ihn dort zu streicheln. Sie musste verrückt sein!

Emily unterdrückte ein Keuchen und entlockte auch Daniel ein leises Stöhnen, während sie seine ausgeprägten Muskeln und die glatte Haut betastete. Außerdem fühlte sie feine Härchen unter den Fingerspitzen.

Ihr Schoß verkrampfte sich. Als sie etwas Hartes an ihrem Bauch fühlte, legte sie den Kopf in den Nacken. Sie wusste genau, was das bedeutete. Daniel war erregt – ihretwegen!

*Claire, ich glaube, jetzt bekommst du deine Geschichte*, dachte sie, während er seine Nase an ihrer Schläfe rieb und raunte: »Em, erschreck mich bitte nie wieder so sehr.«

»Werde ich nicht«, wisperte sie und wollte den Mann ihrer Träume unbedingt küssen. Aber nicht, wenn er den Mund vor Kurzem auf die Lippen einer anderen Frau gedrückt hatte. »Hast du eine ... Geliebte?«

Sofort biss sie sich auf die Zunge, ihr Puls raste. Was hatte sie nur geritten, ihre Gedanken laut auszusprechen? Es sollte ihr egal sein, wo oder bei wem er gewesen war. Dennoch zog es unangenehm hinter ihrem Brustbein.

Sein Atem schlug schneller gegen ihre Stirn und seine Stimme klang heiser, als er sagte: »Ich hatte nach Imogen keine andere Frau mehr.«

Das zu hören, erleichterte sie ungemein. Doch sie durfte ihren geheimen Wünschen nicht nachgeben, das könnte alles zwischen ihnen zerstören! Hastig zog sie die Hände von seinem verführerischen Körper und erstarrte, als er seine Finger in ihrem Haar vergrub. Er holte ihren Kopf näher, seine Lippen teilten sich … doch da zog er die Hände plötzlich ebenfalls zurück und … hob sie auf die Arme!

Emily unterdrückte einen Schrei und krallte sich an seinen Schultern fest. »Daniel! Was machst du?«

Sie wusste genau, was er vorhatte, oder glaubte es zumindest. Würde er sie unter sich werfen und auf den Bauch drehen wie Edward? Oder würde er sanfter sein, sich Zeit lassen und ihr dabei in die Augen blicken?

Emily bangte abermals zwischen Angst und Hoffnung, doch als er raunte: »Ich bringe dich zurück in dein Zimmer«, war sie fast ein wenig enttäuscht.

Zum Glück besaß Daniel noch ein Fünkchen Vernunft. Sophia befand sich ganz allein dort oben, Emily sollte längst wieder bei ihr sein! »Lass mich wenigstens die Kerze anzünden, im Flur ist es stockdunkel!« Sie zappelte leicht und wollte, dass er sie herunterließ, aber er hielt sie fest an sich gedrückt.

»Pst, du weckst noch die Angestellten. Ich kenne hier jeden Winkel auswendig, bin als Kind schon im Dunkeln umhergewandert.«

Sie schmiegte sich an ihn und beschloss, seine Nähe einfach zu genießen. Noch nie hatte sie sich so geborgen gefühlt wie in seinen starken Armen. »Hast du dich denn nicht gegruselt?«

Sie glaubte, seine hellen Zähne aufblitzen zu sehen, als er mit einem Grinsen in der Stimme antwortete: »Ich habe mir fast in die Hosen gemacht. Aber ich habe mir als zukünftiger Earl ein wenig Mut antrainieren wollen.«

Sie gluckste. »Ich war nicht so mutig und habe mich bei jedem Geräusch unter meiner Zudecke versteckt.«

»Hast du immer noch Angst?«, raunte er, wobei sie sein Gesicht ganz nah an ihrem fühlte.

»Nicht vor Geistern«, wisperte sie. Die hatten ihr schließlich nie etwas getan, im Gegensatz zu Menschen …

Zügig schritt er mit ihr nach oben durch das fast pech-schwarze Haus, wobei er kaum aus der Puste geriet. »Du brauchst dich vor mir nicht zu fürchten, Em. Ich würde dich immer vor allem Übel beschützen.«

Ihr Herz schmolz bei seinen wunderschönen Worten. Doch meinte er sie wirklich ernst? Sie vertraute ihm, kann-te ihn seit ihrer Kindheit und wusste, dass er kein böses Wesen besaß. Doch ihr Vater hatte auch geglaubt, Edward zu kennen. Der hatte hervorragend mit schönen Worten jonglieren können.

*Wie viel hast du wirklich getrunken, Daniel?*, dachte sie und widerstand dem Drang, durch sein dichtes Haar zu fahren. Emily wünschte, er hätte sie anstatt Imogen gehei-ratet, so wie sie sich das als Kind immer vorgestellt hatte.

Vielleicht mochte er jetzt wirklich auf sie aufpassen, aber was würde geschehen, wenn er wieder heiratete?

Ihre Gedanken zerstoben, als er sie tatsächlich hinauf in ihr Stockwerk brachte und nicht in seine privaten Räume. Dort setzte er sie ab und blieb dicht bei ihr neben der Lam-pe am Türrahmen stehen. Nun atmete er doch schwer. Zum ersten Mal in dieser Nacht konnte Emily seine Augen erkennen und las das Verlangen in den grauen Tiefen, aber auch Schmerz. Kämpfte er ebenfalls mit inneren Dämonen? Wollte er sie küssen, verbot es sich jedoch aus Gründen, die nur er kannte?

Seine Lippen teilten sich, sein Gesicht kam näher und näher. Emily wartete gebannt darauf, dass sich ihr größter Wunsch endlich erfüllte. Wie würde sein Mund schmecken? Wäre er eher fest oder nachgiebig und weich? Ihr Herz ras-te schon wieder, ihre Knie zitterten, aber in ihrem Bauch prickelte es wie verrückt. Gerade, als sie die Augen schlie-ßen wollte, drang ein leises Seufzen aus der Ecke, in der ihr Bett stand.

Abrupt drehte Daniel den Kopf und wich sofort von Emily zurück. »Sophia schläft bei dir?«

Peinlich berührt zog sie ihr Tuch fester um die Schultern. Beinahe hätten sie sich vor seiner Tochter geküsst! »Sie kriecht fast jede Nacht in mein Bett«, erklärte sie ihm flüsternd. »Sie vermisst Lizzy furchtbar.«

»Gut, dass du nun bei ihr bist«, raunte Daniel, wünschte ihr hastig eine gute Nacht, wirbelte auf dem Absatz herum und verschwand in der Dunkelheit.

Ihre zitternden Beine trugen sie noch bis zum Bett, dann blieb sie wie hineingegossen darin liegen. Vor Aufregung hatte sie keine Kraft mehr, auch nur einen Muskel zu bewegen. Wie sollte sie jetzt bloß einschlafen können, nach allem, was gerade geschehen war? Sie würde nie mehr vergessen, wie sich Daniels Brust unter ihren Fingern angefühlt und wie er sie getragen hatte.

Leise seufzend drehte sie sich zu Sophia, um ihren gleichmäßigen Atemzügen zu lauschen, und fragte sich, wie sie Daniel jemals wieder in die Augen sehen konnte. Was würde er jetzt nur von ihr denken, weil sie sich nicht gegen seine Nähe gewehrt hatte?

# Kapitel 8 – Unter Freunden

Daniel streckte die Beine unter seinem Schreibtisch aus und lehnte sich schwermütig seufzend zurück, um sich die nächtlichen Ereignisse noch einmal in Ruhe – und vor allen Dingen völlig nüchtern – ins Gedächtnis zu rufen. Es hatte ihn gestern überrascht, seine Tochter in Emilys Bett vorzufinden, weil er überhaupt nicht damit gerechnet hatte. Doch was hätte er gemacht, wenn Emily allein in ihrem Zimmer gewesen wäre? Er wollte nicht darüber nachdenken! Außerdem erschreckte ihn, wie wenig er über Kinder wusste, vor allem über sein eigenes. Er hätte es nicht für möglich gehalten, dass Sophia ihr erstes Kindermädchen so sehr vermissen würde. Lizzy hatte ihm täglich Auskunft über die Fortschritte und Entwicklungen seiner Tochter gegeben, doch anscheinend hatte er nicht ein Mal richtig zugehört. Das wollte er endlich ändern.

Als er Sophias freudiges Gequietsche vor dem Arbeitszimmer hörte, stand er auf, um nachzusehen, was Emily an diesem Vormittag geplant hatte. Das Frühstück war längst vorbei und draußen herrliches Wetter. Ob die beiden wieder in den Garten gehen würden?

Nachdem er die Tür aufgezogen hatte, sah er nur noch Emilys Rücken, wie sie mit seiner Tochter auf den Armen die große Treppe hinunter in die Eingangshalle schritt. Daniel schlich nur bis zur Balustrade und blieb dort stehen, verborgen im Schatten, um sie zu beobachten.

Sie dankte einem Küchenmädchen, das einen kleinen Handwagen bis zur Haustür hinter sich herzog. Solch ein Gefährt nutzte sein Personal, um die Einkäufe vom Markt nach Hause zu bringen. Emily setzte seine Tochter hinein, die nun von zusammengelegten Decken, einem Korb voller Essen und weiterer Utensilien umgeben war – was sie nicht zu stören schien, im Gegenteil, schließlich gab es jede Menge zu entdecken.

Smithers, der an der Tür stand, beäugte den Handwagen neugierig und zwinkerte Sophia zu. »Darf ich fragen, wohin die Reise geht, Mrs Rowland?«

»Wir machen einen Ausflug in den Hyde Park«, antwortete sie lächelnd. »Ich werde dort meine Freundin Claire und ihre Kinder treffen. Ein paar neue Spielgefährten werden Sophia bestimmt gefallen. Zum Dinner sind wir wieder zurück.«

Sophia machte keine Anstalten, aus dem Wagen zu klettern, sondern grinste Emily vergnügt an. Seine Tochter schien sich bei ihr wohlzufühlen, was ihn sehr erleichterte. Am liebsten wollte er sie begleiten, zumindest ein Stück, aber ihm ging einfach nicht aus dem Kopf, dass er Emily – das Kindermädchen seiner Tochter – beinahe geküsst hätte!

Was musste sie nur von ihm denken? Dass er seine Stellung ausnutzte, um seinen weiblichen Angestellten ein intimes Verhältnis aufzuzwingen? Er wollte das gerne richtigstellen, ihr erklären, dass er zu tief ins Glas geschaut hatte – aber nicht jetzt. Dazu war er noch zu aufgewühlt und zu erhitzt. Er erinnerte sich an ihren berauschenden Geruch nach Zitrone und Frau und wie sich ihr geschmeidiger Leib so nah an seinem angefühlt hatte. Als sich ihre Brüste an seinen Oberkörper gedrückt hatten, wäre er beinahe schwach geworden!

Letzte Nacht, als er allein in sein großes Bett zurückgekehrt war, wäre er fast aufgesprungen, um wieder zu ihr nach oben zu eilen.

Verdammt, er empfand für sie mittlerweile sehr viel mehr als bloße Freundschaft. Dabei wollte er solche Gefühle nie wieder zulassen! Er war schon einmal in ein tiefes Loch gefallen. Seine Arbeit hatte ihn zwar stets abgelenkt, den Riss in seinem Herzen jedoch nicht reparieren können. Erst Emilys Anwesenheit hatte einen Verband auf die Wunde gelegt, die nun vielleicht endlich heilen konnte. Nur war Em leider die falsche Frau für ihn, zumindest eine, die er niemals heiraten konnte. Das Kindermädchen … das gäbe einen Skandal!

Er musste die Gefühle für sie unterbinden. Aber seine

aufkeimenden Emotionen oder ihre Anstellung waren nicht das einzige Problem, warum er besser die Finger von ihr lassen sollte: Sie würde ihm niemals den Sohn schenken können, den er so dringend brauchte. Ohne Erbe würden sowohl sein gesamter Landbesitz als auch sein Titel an Alastair gehen. Er war sein Cousin zweiten Grades mütterlicherseits und nächster noch lebender männlicher Verwandter – und diesen arroganten Schönling konnte Daniel nicht ausstehen! Lieber gab er alles zurück an die Krone …

Außerdem verbarg Emily etwas vor ihm – und Geheimnisse oder Probleme konnte er jetzt wahrlich nicht auch noch gebrauchen.

Verflucht! Warum musste im Leben immer alles so kompliziert sein? Er hätte Em gewiss glücklich machen können … Und sie jetzt mit seiner Tochter zu sehen, machte es für ihn nicht leichter, weil er sich vorgenommen hatte, mehr für Sophia da zu sein. Das würde aber auch bedeuten, sich in Emilys Nähe begeben zu müssen.

Daniel wich weiter von der Balustrade zurück, als Smithers die Tür aufhielt und Henry ihr mit dem Wagen die Stufen hinunterhalf. Er glaubte, kaum Luft zu bekommen, und in seinem Brustkorb zog es unangenehm. Emily hätte eine hervorragende Lady Hastings abgegeben. Allein ihre Haltung strahlte Würde aus. Jeder, der sie als Kind gekannt hatte, würde sich nicht vorstellen können, dass aus dem Wildfang eine echte Dame geworden war. Warum nur wollte sie nicht länger als solche leben? Besaß sie wirklich keinerlei finanzielle Mittel ihres Mannes mehr?

Auch wenn Daniel sie niemals heiraten konnte, egal aus welchen Gründen, wollte er unbedingt hinter ihr Geheimnis kommen und sie besser kennenlernen. Emily faszinierte ihn auf so viele Arten. Vor allem bewunderte er ihren Mut, ihren eigenen Weg zu gehen, und es gefiel ihm, wie sie Sophia behandelte.

Daniel atmete auf, als Smithers ihr Henry mitschickte, damit der junge Mann sie sicher bis in den Park und von dort auch wieder zurück geleitete. Henry mochte vielleicht schmächtig aussehen, aber er konnte sich durchaus verteidigen, wie er vor zwei Jahren unter Beweis gestellt hatte. Ein Einbrecher hatte die Hintertür zur Küche aufgehebelt. Henry war von den Geräuschen aufgewacht, hatte dem Kerl eins mit dem Schürhaken übergezogen, obwohl der ein großes Messer mitführte, und ihn gefesselt, sodass Daniel ihn den Behörden hatte übergeben können. Seit Sophia auf der Welt war, hatte er immer Angst, dass jemand seine Tochter entführte. Er hatte von solchen Fällen gehört. Banditen versuchten, von den Wohlhabenden Geld zu erpressen …

Erneut wollte er am liebsten mit ihnen gehen, doch er wusste, dass Henry sie mit seinem Leben beschützen würde.

Um sich von all seinen Sorgen und vor allem von den Gedanken an Emily abzulenken, begab er sich ins Schlafzimmer, legte seinen Gehrock sowie die Weste ab und riss sich das Krawattentuch herunter. Dann machte er ein paar Liegestütze und andere Übungen, um sich aufzuwärmen, und griff nach einer Hantel, die er hinter dem Vorhang verbarg. Sie bestand aus einem massiven Metallbügel, der an eine gußeiserne Kugel geschweißt worden war. Mit diesen Gewichten hatten bereits die Gladiatoren und alten Griechen trainiert, wie Daniel aus seinen Büchern wusste.

Die Hantel diente ihm gerade jedoch nicht nur als Ablenkung, sondern auch als Vorbereitung auf heute Abend, wenn er sich wieder mit seinem besten Freund Rochford im Hinterzimmer des Gentleman's Club treffen würde. Erst dort würde er all seine Probleme zumindest für eine Weile vergessen können.

Emily drehte das Gesicht der Sonne zu und genoss diesen wunderbaren, warmen Tag. Es tat gut, ihre Freundin Claire wiederzusehen. Emily saß mit ihr auf einer großen Decke im Hyde Park und naschte Gebäck, während die Zwillinge Samuel und Melissa mit Nanny Florence über die Wiese tobten. Henry saß etwas abseits dösend unter einem Baum und schien seine kleine Auszeit zu genießen.

Sophia hatte zuvor mit den Zwillingen gespielt und war davon so müde geworden, dass sie sich an Emily gekuschelt und auf ihrem Schoß eingeschlafen war. Nun ruhte ihr kleiner schwarzer Wuschelkopf auf ihrem Oberschenkel.

Während Emily lauschte, was ihre Freundin zu berichten hatte, blickte sie sich im Park um und schaute anderen Familien zu, die ebenfalls Picknick machten, oder beobachtete Paare, die an ihnen vorbeiflanierten. Auch zahlreiche Kutschen ratterten an diesem herrlichen Tag über die Wege, und alle Dandys von London schienen auf einmal unterwegs zu sein, um mit ihren neusten Modekreationen anzugeben. Zum Glück war Daniel nicht solch ein eitler Geck.

Junge Männer, die allein oder in kleinen Gruppen nach Frauen Ausschau hielten, waren ebenfalls anwesend. Emily schien für sie nicht interessant zu sein, denn sie schenkten ihr selten mehr als einen Blick — worüber sie auch nicht traurig war. Sophia hielt die Herrschaften bestimmt davon ab, sie anzusprechen. Wahrscheinlich dachten sie, das kleine Mädchen wäre ihre Tochter.

Emily wünschte, es wäre so.

»Gibt es bei deinem Lord auch Nachmittagstee?«, fragte Claire.

Emily verdrehte schmunzelnd die Augen. »Er ist nicht *mein* Lord. Und ich weiß nicht, wann er Tee trinkt. Ich sehe ihn nur zum Dinner, aber das nimmt er schon gegen fünf Uhr ein, vielleicht wegen Sophia, damit es nicht zu spät für sie wird. Was hat es mit dieser Sitte auf sich?«

»Ich habe in der Zeitung gelesen, dass es der Duchess of Bedfordshire um die Nachmittagszeit herum immer fürchterlich schlecht ging und sie sich hungrig und müde fühlte. Schließlich liegt bei den meisten zwischen Frühstück und Dinner ein halber Tag!«

Emily wusste, dass Kenneth sehr zeitig aufstand und erst gegen sieben Uhr von seiner Arbeit zurückkehrte, deshalb wurde bei ihrer Freundin so spät gegessen. Als Emily noch bei ihr gewohnt hatte, hatte sie zwischendurch, wie schon als kleines Mädchen, einen Keks aus der Küche stibitzt.

»Da hat die Duchess begonnen«, erzählte Claire weiter, »nachmittags eine leichte Mahlzeit einzunehmen, also Tee, Sandwiches und Kuchen. Das gefiel ihr schließlich so gut, dass sie ihre Freundinnen dazu eingeladen hat. Mittlerweile hat sich der ›Afternoon Tea‹ so weit herumgesprochen, dass ich ernsthaft überlege, das auch bei uns zu Hause einzuführen.«

Emily grinste. »Das ist ja fast so wie Picknick, nur am Kaffeetisch.«

»Meine Rede!« Claire strahlte regelrecht. »Du solltest das deinem Lord vorschlagen, dann seht ihr euch öfter.« Claire, der Emily zuvor erzählt hatte, was sich bisher zwischen ihr und Daniel ereignet hatte, beugte sich verschwörerisch zu ihr. »Geh doch eine Affäre mit ihm ein. Was hast du denn zu verlieren? Dein Kindheitstraum erfüllt sich, und wenn er genug von dir hat, kannst du jederzeit zu mir und Kenneth zurückkommen. Die Kinder vermissen dich außerdem.«

»Ich vermisse euch auch.« Emily schaute leise seufzend zu, wie die Zwillinge mit ihrer Nanny Krocket spielten. Mit dem viel zu großen Holzhammer versuchten sie, die Kugeln durch die kleinen Tore zu schlagen. »Aber was habe ich von einer kurzen Affäre mit Daniel, außer ein gebrochenes Herz? Er wird früher oder später sicher wieder heiraten.«

»Finanzielle Sicherheit«, antwortete Claire. »Ich habe gehört, die Adligen überhäufen ihre Gespielinnen mit teurem Schmuck und exklusiven Kleidern. Die Sachen könntest du verkaufen und müsstest vielleicht bis an dein Lebensende nie mehr arbeiten!«

Emily senkte den Blick und legte ihren angeknabberten Keks zurück auf die Serviette. »Ich will nicht nur seine Geliebte sein. Zudem käme ich mir schäbig vor, Daniel auf diese Weise auszunutzen.«

Nun seufzte auch Claire, nahm Emilys angebissenen Keks und schob ihn sich undamenhaft in die Wange, bevor sie murmelte: »Ich weiß, was du meinst. Ich bin wirklich dankbar, dass Kenneth und ich uns wirklich lieben. Eine Vernunftehe könnte ich mir niemals vorstellen. Mein Herz braucht auch mehr als einen attraktiven Mann und seine Liebeskünste.«

»Psst«, schalt Emily sie schmunzelnd und deutete auf Sophia, die immer noch friedlich schlummerte.

Claire strich ihr behutsam eine dunkle Locke aus der Stirn. »Sie ist wirklich ein Goldstück.«

»Das ist sie«, murmelte Emily, wobei sie kaum den Blick von der Kleinen abwenden konnte. »Ich muss aufpassen, dass sie mir nicht zu sehr ans Herz wächst.«

In ihrem Schoß lag das größte Glück dieser Erde, das ihr niemals selbst vergönnt sein würde. Vielleicht sollte sie es sich wenigstens herausnehmen, ihre Zeit mit Sophia zu genießen. Sehr viel mehr war Emily nicht geblieben. Doch sie wollte wegen ihres verkorksten Lebens nicht in Traurigkeit verfallen. Von nun an war sie ihres eigenen Glückes Schmied und würde das Beste daraus machen. Aber was konnte sie tun, um genug Geld für sich zu verdienen, außer die Nanny oder Gouvernante von wohlhabenden Leuten zu sein? Die Alternativen sahen alles andere als rosig aus. Als Fabrikarbeiterin wäre sie bei schlechter Bezahlung zu ewiger Armut verdammt, in Heimarbeit Taschentücher oder Strümpfe zu besticken brachte meist noch weniger ein. Sollte sie ans Theater gehen oder als Musikerin auftreten, um betuchte Kunstliebhaber zu erfreuen? Sie spielte ganz gut Harfe, aber um erfolgreich zu sein, müsste sie sich auch erst einmal einen Namen machen.

Auf keinen Fall wollte sie als Geliebte eines Mannes enden, der sie wie ein Schoßhündchen zu seinem persönlichen Vergnügen hielt oder noch schlimmer ... Sie schüttelte sich innerlich, wenn sie daran dachte, wildfremden Kerlen ihren Körper anbieten zu müssen, um zu überleben.

Männer – ohne die schien für das weibliche Geschlecht nichts möglich zu sein! Im Grunde wäre sie immer von einem Gönner abhängig, doch sie wollte nie wieder deren Eigentum werden.

Verstohlen blickte sie sich um und beobachtete die flanierenden Junggesellen. Sollte sie es noch einmal wagen, zu heiraten? Dann müsste ihr Auserwählter auf jeden Fall ein netter Herr sein, der sein Vermögen weder in Alkohol noch in Spiele oder Wetten investierte, und sie als seine Gattin mit Respekt behandeln. Gab es solche Männer überhaupt? Manchmal glaubte Emily, ihr Vater wäre der einzige ehrbare Mann auf dieser Welt gewesen. Sie vermisste ihn schrecklich, genau wie ihre Mutter. Beide waren ein halbes Jahr nach Emilys Heirat an einem Fieber gestorben, woraufhin Edward sein wahres Gesicht offenbart hatte. Emily war deshalb sehr dankbar, noch ihre Freundin zu haben. Was wäre ohne Claire nur aus ihr geworden?

Als Emily mit seiner Tochter auf den Armen den Grünen Salon betrat, um mit ihm zu essen, grüßte sie ihn verhalten und mied seinen Blick. Sie sprach ihn nur formell an, auch wenn sie völlig unter sich waren, so als ob sie ihn auf Abstand halten wollte.

Er verfluchte sich, dass er sich gestern nicht besser im Griff gehabt hatte, und wollte sich für sein unmögliches Verhalten entschuldigen. Aber immer, wenn er gerade den Mut dazu aufbrachte, befand sich einer seiner Angestellten mit im Raum. Also unterhielt er sich mit ihr über das herrliche Wetter und ihr Treffen mit Claire.

»Die Zwillinge sind schon wieder ein ganzes Stück gewachsen«, erzählte sie ihm, ohne ihn anzusehen, und konzentrierte sich darauf, Sophia ein weichgekochtes Stück Karotte anzubieten, das sie partout nicht in den Mund nehmen wollte.

»Darf ich es einmal versuchen?«, fragte er.

Emily starrte ihn plötzlich an, als wäre ihm eine zweite Nase gewachsen, sagte dann jedoch: »Natürlich, Mylord.«

Er räusperte sich leise. »Vielleicht sollte Sophia in Zukunft zwischen uns sitzen? Dann kann ich mich besser einbringen.«

Erst beäugte Emily ihn ein wenig misstrauisch, aber dann huschte ein Lächeln über ihre schönen Lippen. »Das ist eine ausgezeichnete Idee, Mylord.«

Henry war sofort zur Stelle, um das Besteck neu zu ordnen und die Stühle zu vertauschen, sodass sich Sophias Hochstuhl nun direkt an Daniels Seite befand. Das hatte nun auch den Vorteil, Emily nicht mehr in direkter Nähe zu haben.

»Was muss ich tun?«, wollte er wissen, als sie alle wieder

saßen. Er kam sich ziemlich dumm vor, weil er keine Ahnung hatte, wie er seine Tochter füttern sollte.

»Sie nehmen einfach Sophias kleine Gabel, spießen ein Stück auf und halten es vor ihren Mund.«

Er tat, wie ihm befohlen, aber seine Tochter starrte ihn mit weit aufgerissenen Augen fast genauso an wie Emily ihn zuvor. Doch dann streckte Sophia die Arme nach ihr aus und ließ ein Wimmern hören, als wäre er der Teufel höchstpersönlich.

Daniel legte sofort die Gabel zurück auf ihren Teller. »Was habe ich falsch gemacht?«

»Gar nichts, Mylord.« Emily schmunzelte, während sie seiner Tochter beruhigend über den Rücken strich. »Sophia muss sich erst an Sie gewöhnen. In diesem Alter sind die Kleinen Fremden gegenüber oft sehr skeptisch. Vielleicht sollten wir es erst einmal für ein paar Tage bei der neuen Sitzordnung belassen, und Sie sprechen einfach öfter mit Sophia. Zwischendurch können Sie immer wieder probieren, sie zu füttern.«

Es tat ihm fast ein bisschen weh, dass sein eigenes Kind ihn ablehnte. Aber was hatte er erwartet? Er hatte sich bisher kaum mit ihr abgegeben. Deshalb stimmte er Emilys Plan zu und überließ es ihr in den nächsten Minuten, seine Tochter zu versorgen. Als er es doch noch einmal versuchen wollte, schlug Sophia einfach die Gabel weg, sodass ein Stück Karotte davonflog und auf Daniels Wange kleben blieb.

Emily drückte sich sofort die Hand auf den Mund, wobei ihre Augen fröhlich funkelten, während sich Daniel das Gemüse aus dem Gesicht pikte, auf seinen Teller legte und sich mit der Serviette abputzte.

»Nicht lachen«, befahl Emily hinter vorgehaltener Hand. Dabei war sie diejenige, die das Ganze amüsant fand. »Sophia darf für dieses ungeziemende Verhalten nicht belohnt werden.«

Als er sich vorstellte, wie dämlich er gerade ausgesehen hatte, prustete er los und lachte, bis ihm die Tränen über die Wangen liefen. Auch Emily und Sophia stimmten schließlich mit ein. Seine Tochter gluckste regelrecht, und das hörte sich so süß an, dass er sich zu ihr beugen und ihr einen Kuss auf die Stirn drücken musste. Daniel fühlte sich schlagartig von seiner Anspannung Emily gegenüber befreit. Am liebsten wollte er auch sie küssen, aber weniger zurückhaltend und vor allem auf ihren sinnlichen Mund.

Verdammt, wenn er sie nicht endlich aus dem Kopf bekam, würde er es nie schaffen, sich nach einer neuen Frau umzusehen! Kündigen wollte er ihr aber auch nicht, denn Emily war auf das Einkommen angewiesen, und Sophia hatte bereits mit Lizzy ein Kindermädchen verloren, das seiner Tochter ans Herz gewachsen war. Noch solch einen Verlust wollte er ihr nicht zumuten. Daniel konnte also nur versuchen, seine Emotionen im Keim zu ersticken und bloß noch freundschaftliche Gefühle für Em zuzulassen. Nur wie er das anstellen sollte, war ihm ein Rätsel.

# Kapitel 9 – Im Gentleman's Club

»Mensch, Hastings, was ist eigentlich seit Kurzem mit dir los?«, fragte Miles Dunmoore, der Marquess of Rochford, und wich geschickt zurück, als Daniel ihm einen Aufwärtshaken verpassen wollte.

Rochford, der etwas größer war als er, ging zum Angriff über und boxte ihm in die Niere. Doch er traf Daniel nicht richtig, weil der rechtzeitig zur Seite tänzelte.

Normalerweise würde es jetzt Applaus oder Buh-Rufe hageln, aber sie waren beide allein hier, es gab niemanden, der sie anfeuerte – doch das war Daniel egal. Hauptsache, er konnte sich körperlich verausgaben und bekam seinen Kopf frei.

Wann immer sie Zeit hatten, kamen Daniel und seine Freunde im Hinterzimmer ihres Lieblings-Clubs zusammen, um zu boxen. In dem Raum gab es keine Fenster und sonst nur einen runden Tisch in einer Ecke, damit sie ungestört waren und Platz hatten. Ein Diener des Clubs spielte den Türsteher und ließ nur all jene herein, die zu ihnen gehörten. Heute würde jedoch keiner mehr kommen, da ihre anderen vier Freunde den Abend bereits verplant hatten. In den letzten Wochen hatten sie auch das Interesse am Boxen verloren, sei es, weil sie geheiratet hatten, oder weil sie sich lieber zum Spielen und Trinken trafen.

Ihre kleine Gruppe hatte jedoch ihre eigenen Regeln aufgestellt. Sie benutzten große Lederhandschuhe, die sie mit Rosshaar oder Stoffresten gefüttert hatten – denn normalerweise wurde mit bloßen Fäusten gekämpft – und versuchten, sich nicht wirklich zu verletzen, damit niemand mitbekam, dass sie dieser verbotenen Betätigung nachgingen. Für gewöhnlich trafen sich nur Arbeiter der Unterschicht zum Boxen, um Wetten auf die Gegner abzuschließen. Bei den wilden Prügeleien waren schon viele Männer gestorben. Dagegen waren ihre Kämpfe harmlos. Jede Runde dauerte zwei Minuten, Schläge unter die Gürtellinie waren verboten, genau wie beißen oder mit dem Fuß zu kicken.

Ihr privater »Verein« war vor einem Jahr aus einer Laune heraus entstanden, als es Daniel nach Imogens Tod nicht gut gegangen war und er Ablenkung gesucht hatte. Seine Freunde hatten ihn zur Pferderennbahn mitgenommen, tagelang mit ihm Karten gespielt, sich mit ihm betrunken und sogar Mädchen für gewisse Dienste bezahlt – die er jedoch nicht in Anspruch genommen hatte. Nichts hatte wirklich geholfen, um Daniels Stimmung zu heben. Erst als es wegen zu viel Alkohol und einer verlorenen Wette zu einer handgreiflichen Auseinandersetzung zwischen ihnen gekommen war und sich Daniel danach – trotz aufgeplatzter Lippe – großartig gefühlt hatte, war die »Gentleman's Association of Boxing« geboren worden. Seitdem trafen sie sich ein Mal in der Woche im Hinterzimmer ihres Lieblingsclubs, um ihrem Männersport zu frönen. Nun gut, jetzt kam Daniel überwiegend nur noch mit Rochford zusammen, aber der war ihm ohnehin der liebste Gegner. Seinem Freund schien dieser Sport genauso zuzusagen wie Daniel, bloß offenbarte ihm Rochford nicht seine Absichten. Irgendwann würde Daniel schon aus ihm herauskitzeln, was ihn beschäftigte.

Als Daniel nicht sagte, was mit ihm los war, grinste Rochford schelmisch. Er war ein gut aussehender Mann, ein wenig jünger als Daniel, mit dunkelbraunem Haar und einer sportlichen Statur – und ein geschickter Gegner. Blitzschnell und immer für eine Überraschung gut. »So aggressiv habe ich dich ja ewig nicht mehr erlebt, Hastings!«

Mit »ewig« meine Rochford die Zeit nach Imogens Tod. Daniel hatte geboxt, um sich auf andere Gedanken zu bringen. Aber nun brauchte er die körperliche Betätigung, um seine Libido im Zaum zu halten.

Sein Freund schnaubte amüsiert. »Das letzte Mal war eine Frau an deiner miesen Verfassung schuld. Wenn ich es nicht besser wüsste ...«

Daniel traf ihn am Kinn, sodass Rochford zurücktaumelte, und rief: »Ja, es ist wegen einer Frau!«

Rochford rieb sich mit dem Handschuh über die getroffene Stelle und grinste abermals. »Ha! Endlich tut sich mal wieder was in deinem öden Leben.« Er holte aus und traf Daniel so hart an der Stirn, dass kurz Flecken vor seinen Augen tanzten.

»Guter Schlag, Rochford!« Daniels Schädel pochte. Das würde eine ordentliche Beule geben!

Sie tänzelten aneinander vorbei und drehten sich dabei im Kreis. Wichtig war, nicht in eine Ecke gedrängt zu werden, immer den Rücken frei zu haben.

Daniel kannte Rochford, seit sie zusammen in Oxford studiert hatten, und würde ihn als sehr guten Freund bezeichnen. Daniel teilte mit ihm so ziemlich alle Geheimnisse. Bloß über Emily hatte er ihm bisher nichts erzählt.

»Wer ist sie?« Rochford wackelte übermütig mit den Brauen, wobei er versuchte, keine zu heftigen Treffer einzustecken.

Daniel gab alles, traf seinen Freund an der Schulter und den Armen. Je mehr er sich verausgabte, desto besser fühlte er sich. Rochford war hart im Nehmen und würde ein paar Blessuren verkraften. »Sie ist Sophias neues Kindermädchen.«

Plötzlich hielt sein Freund mitten in der Bewegung inne, sodass Daniel einen Volltreffer in dessen Gesicht landete. Unverzüglich sank Rochford auf die Knie, riss sich die Handschuhe ab und befühlte fluchend seine blutende Nase.

Daniel ging sofort neben ihm in die Hocke. »Verdammt, warum hast du deine Deckung runtergenommen?«

»Deine Überraschung hat mich völlig überrumpelt.« Sein Freund schnaubte amüsiert, sodass ein paar Blutspritzer auf Daniels weißem Hemd landeten, und blieb weiterhin sitzen. Daniel sprang jedoch gleich wieder auf, um zum Tisch zu eilen. Darauf befanden sich ihre Drinks, Snacks und Servietten. Er zog sich ebenfalls die Handschuhe aus und brachte Rochford eine Serviette.

Sein Freund nahm sie an sich, um sie unter seine blutende Nase zu halten, und fragte nuschelnd: »Du hast also ein Auge auf die Nanny geworfen?«

Offensichtlich nahm er Daniel die Verletzung nicht übel, denn er verlor kein Wort darüber. Sie begaben sich zum Tisch und ließen sich auf die Stühle fallen, um erst einmal ein paar kräftige Schlucke aus ihren Bierkrügen zu nehmen. Das Ale in diesem Club schmeckte hervorragend und war der perfekte Durstlöscher.

»Mrs Rowland ist eigentlich eine Viscountess«, antwortete Daniel. Da sie aktuell unter sich waren, berichtete er, was er über Emily wusste und bisher in Erfahrung gebracht hatte. Daniel vertraute seinem besten Freund, und als sie von Bier zu Whiskey wechselten, lockerte das seine Zunge so sehr, dass er Rochford wirklich alles erzählte, sogar, dass Emily keine Kinder bekommen konnte und er sie fast geküsst hätte.

Sein Freund starrte ihn nachdenklich an. »Macht sie dich glücklich?«

Daniel überlegte einen Moment. Es hatte sich einiges geändert, seit Em wieder in sein Leben getreten war. »Ja, ich denke schon. Zumindest hat sie mich aus diesem Loch geholt, in das ich nach Imogens Tod gefallen bin. Plötzlich habe ich wieder den Antrieb, andere Dinge zu tun, als mich in meiner Arbeit zu verkriechen.«

»Andere Dinge?« Rochford grinste durchtrieben.

»Das auch«, murmelte Daniel schmunzelnd, stürzte den letzten Schluck Whiskey hinunter und schenke sich und seinem Freund nach. »Aber da ist so viel mehr. Ich habe nicht mehr das Bedürfnis, bis mittags im Bett zu bleiben, im Gegenteil. Ich will aufstehen, weil ich denke, sonst etwas zu verpassen. Plötzlich genieße ich es, in den Garten zu gehen, den blauen Himmel und die Pflanzen zu bewundern. Ich habe sogar wieder Lust, zu lesen, und … mich mit Sophia abzugeben. Nach Imogens Tod konnte ich sie kaum ansehen, weil sie mich immer an meine Frau erinnert hat. Auch jetzt spüre ich zwar noch einen dumpfen Schmerz, aber ich muss nicht mehr ununterbrochen an Imogen denken. Ich fühle mich so lebendig wie ewig nicht mehr und empfinde tatsächlich wieder Freude.«

Rochford lächelte sanft. »Und erwidert Mrs Rowland deine Gefühle?«

»Ich denke schon. Sie hat nicht versucht, mich auf Abstand zu halten, als ich ihr zu nahe gekommen bin, und als kleines Mädchen war sie schrecklich verliebt in mich.«

Sein Freund nickte bedächtig, während er in sein Glas schaute. »Aber nun ist sie kein Mädchen mehr.«

»Nein«, raunte Daniel. »Sie ist die schönste Frau, die ich je gesehen habe.«

»Wo liegt dann das Problem?« Rochford nippte stirnrunzelnd an seinem Whiskey und ließ ihn sich offensichtlich auf der Zunge zergehen, bevor er sagte: »Du hast doch vor deiner Ehe auch nicht wie ein Mönch gelebt, sondern dich hin und wieder mit einer attraktiven Witwe vergnügt. Nimm dir zwei Jahre Auszeit, hab deinen Spaß mit Mrs Rowland, und danach kannst du immer noch heiraten und einen Erben zeugen.«

Daniels Magen zog sich zusammen. »Das kann ich Em nicht antun.«

»Dann mach sie zu deiner Geliebten.«

»Das kann ich weder ihr noch meiner Zukünftigen zumuten.«

Rochford verdrehte die Augen. »Mann, Hastings, woher kommen denn plötzlich deine moralischen Bedenken?«

Er wusste es selbst nicht. Vor der Heirat mit Imogen hatte er sich über solche Dinge nie den Kopf zerbrochen. »Ich will Emily abgesichert wissen. Wie ich aus ihren wenigen Erzählungen vermute, muss ihr Ehemann ein wahrer Tyrann gewesen sein. Sie hat etwas Besseres verdient, vor allem Glück.« Daniel lehnte sich zurück und sagte zum Spaß: »Wie wäre es mit dir, Rochford? Du hast doch ohnehin kein Interesse an den ganzen hochnäsigen Ladys, die nur die neuste Mode und Intrigen im Kopf haben. Emily ist eine kluge Frau, mit der du dich über Politik und andere ansprechende Themen unterhalten kannst.«

Sein Freund lachte. »Ich will noch ein paar Jahre in Freiheit leben, *mon ami*. Außerdem glaube ich nicht, dass ich eine Ehefrau haben möchte, auf die *du* ein Auge geworfen hast.«

Rochford hatte recht. Es wäre die Hölle für Daniel, sie an der Seite seines besten Freundes zu sehen. Außerdem wollte auch Rochford bestimmt einen Erben zeugen.

Daniel beschloss, lieber das Thema zu wechseln, und fragte: »Hast du schon mal was von Lord Rowland gehört? Der Vorname des Viscounts lautete Edward. Ich will unbedingt herausfinden, warum Emily seinen Titel nicht tragen möchte. Es kann doch nicht allein daran liegen, dass er ein Trinker war und sein gesamtes Vermögen verspielt hat. Ein Titel bringt ihr doch nur Vorteile!« Rochford war Mitglied in zahlreichen Clubs und kannte jede Menge Leute. »Du bist doch öfter im Brooks's.« In diesem Etablissement in der St. James's Street wurde vornehmlich Whist und Hazard gespielt. Dabei setzten die Herren sehr viel Geld und überließen ihr Schicksal allein den Karten oder Würfeln. Daniel hatte diesem Vergnügen noch nie viel abgewinnen können, doch sein Freund trieb sich gerne in den Spielsälen herum. »Kannst du dich dort vielleicht mal umhören?«

»Kann ich machen«, antwortete er schmunzelnd, »wenn

du mir nicht noch mal auf die Nase schlägst.« Rochford befühlte sie vorsichtig. »Zum Glück scheint sie nicht gebrochen zu sein und sie blutet nicht mehr. Ich brauche mein gutes Aussehen schließlich noch.«

Sein Freund war ein Frauenheld, wie er im Buche stand. Er würde wohl nie erwachsen werden. Und obwohl er und Daniel so unterschiedliche Charaktere waren, verstanden sie sich ausgezeichnet. Vielleicht auch gerade deswegen.

Rochford hob sein Glas, um Daniel zuzuprosten. »Am besten, wir beenden das Training für heute und bleiben bei den Drinks. Dabei kann ich besser nachdenken.« Er schloss kurz die Augen und schien den köstlichen Whiskey zu genießen. Anschließend murmelte er: »Ich glaube, den Namen Rowland habe ich tatsächlich schon einmal aufgeschnappt, ich weiß nur nicht mehr, in welchem Zusammenhang. Im Parlament hat er sich in den letzten Jahren auf jeden Fall nicht blicken lassen, das wüsste ich.« Rochford schenkte ihm einen scharfen Blick. »Warum ist es dir wichtig, dass Emily den Titel ihres verstorbenen Mannes trägt, wenn du sie ohnehin nicht heiraten kannst?«

Es fiel ihm schwer, es auszusprechen, deshalb presste er hervor: »Wenn ich sie dem *ton* als Viscountess vorstelle, finde ich bestimmt eher einen betuchten Witwer für sie, der bereits einen Erben hat. Fällt dir ein geeigneter Kandidat ein?«

Vehement schüttelte Rochford den Kopf. »Oh nein, die Bräutigamsuche überlasse ich dir. Ich höre mich nur um. Außerdem — eins nach dem anderen. Zuerst sollten wir mehr über ihren Mann erfahren. Erzähle mir noch einmal alles, was du über ihn weißt ...«

# Kapitel 10 – Unschickliche Annäherungen

Sich nach Mitternacht ganz allein in der Küche aufzuhalten, fand Emily ein wenig unheimlich, zumal die Küche in Daniels Villa riesig war! Zum Glück brannte noch das Feuer im Kamin, in dem ein Kessel mit heißem Wasser hing. Doch das Licht reichte leider nicht bis in jede dunkle Ecke.

Emily erstarrte, als sie ein energisches Klopfen irgendwo im Haus vernahm. Falls sie sich nicht irrte, hörte sie vor der angelehnten Tür nun auch leise Schritte im Gang.

Befand sich jemand an der Haustür? Wer stattete Daniel so spät noch einen Besuch ab?

Neugierig geworden, blies sie ihre Kerze aus, die auf dem großen Tisch stand, und ließ sie diesmal lieber dort zurück. Danach schlüpfte sie aus der Küche. Ein stockdunkler Flur lag vor ihr, doch sie kannte den Weg mittlerweile. Außerdem drang ihr Helligkeit aus der Eingangshalle entgegen.

Verborgen hinter einer römischen Statue blieb sie stehen und beobachtete Mr Smithers, der mit einer Laterne in der Hand durch die Halle schritt. Er trug immer noch seine Livree und war anscheinend noch nicht im Bett gewesen.

Als er die große Eingangstür öffnete, huschte Daniel herein!

Genau wie beim letzten Mal, nahm ihm sein Butler den Mantel ab. Nur diesmal flüsterte Daniel nicht, sondern lallte: »Danke, Smithers, ich bin dann … oben.«

Ihr Herz raste. Erneut kam er so spät nach Hause, doch diesmal schien er mehr getrunken zu haben. Er schwankte leicht, als er zur Treppe ging, und trug ähnliche Kleidung wie in der letzten Nacht: kniehohe Stiefel, enge Hosen und ein weißes, mit dunklen Flecken übersätes Hemd.

Während Mr Smithers in ihre Richtung eilte, drückte

sich Emily hastig neben der Statue an die Wand und atmete auf, als der alte Mann sie nicht bemerkte, da er den Kopf gesenkt hielt.

Sofort tapste sie Daniel hinterher und flüsterte: »Was ist mit dir passiert?«

Abrupt wirbelte er herum. »Kannst du wieder nicht schlafen«, knurrte er ungehalten, »oder spionierst du mir hinterher?«

Warum war er plötzlich so aggressiv? Lag es am Alkohol? Der hatte Edwards schlechten Charakter immer erst richtig zur Geltung gebracht.

Das Licht einer Straßenlaterne, das durch eines der hohen Fenster fiel, erhellte Daniels große Gestalt. Nun erkannte Emily auch die Flecken auf seinem Hemd. Sie sahen aus wie Blut!

Sofort machte sie einen Schritt zurück. »I-ich war nur in der Küche, um mir ein paar Kekse zu holen.« Das war nicht gelogen. Sie hatte beim Abendessen wegen der ganzen Situation zwischen ihnen nicht viel heruntergebracht, und mit leerem Magen konnte sie nicht einschlafen. »Ich spioniere dir garantiert nicht hinterher!«, rief sie entrüstet, sodass ihre Stimme durch die Halle schallte. »Bist du in Ordnung?«

»Alles gut«, murmelte er weniger aufbrausend, drehte sich um und stieg die Stufen weiter nach oben, wobei er immer noch leicht wankte. »Habe nur mit einem Freund gefeiert.«

Emily folgte ihm in ausreichendem Abstand und sagte vorsichtig: »Du bist voller Blut.«

»Nicht meins.« Er riss sich das Hemd vom Körper und ließ es achtlos auf die Stufen fallen.

Emily hob es auf und rollte es zusammen, damit sich Mr Smithers nicht danach bücken musste oder es eine andere

Angestellte fand. Irgendwie wollte Emily das nicht.

Fasziniert starrte sie auf seine breiten Schultern und verfluchte die Dunkelheit. Schade, dass sie keine Details erkennen konnte …

Zögerlich bemerkte sie, während sie ihm weiterhin folgte: »Du siehst eher aus, als hättest du dich geprügelt.«

Auf dem oberen Absatz des ersten Stockwerkes drehte sich Daniel erneut zu ihr um. »Prügeln?«, entgegnete er empört. »Wir boxen. Das ist ein Herrensport.«

Boxen? »Das ist illegal!« Sie wollte nicht, dass er so etwas Gefährliches machte.

Als er schnaubte, klang es amüsiert. »Wir wetten nicht, tragen gepolsterte Handschuhe und haben Regeln aufgestellt. Es ist eine sportliche Betätigung.«

Dennoch war es verboten. Deshalb hatte er ein Geheimnis daraus gemacht!

Im Gang vor seinem Schlafzimmer flackerte eine Laterne an der Wand. Bestimmt hatte Mr Smithers das Licht für ihn brennen lassen. Daniel blieb vor seiner Tür stehen und sagte kühl, ohne sich zu ihr umzudrehen: »Gute Nacht, Em.«

Em? So nannte er sie immer nur, wenn er freundlich und liebevoll mit ihr sprach. Zeigte er ihr womöglich nur deshalb die kalte Schulter, um sie auf Abstand zu halten?

Ohne zu zögern, stellte sie sich neben ihn und blickte in sein Gesicht. Er kniff die Lider zusammen und verzog den Mund, als würde er Schmerzen leiden. Ob das an der dicken Beule auf seiner Stirn lag?

Nun schnaubte auch sie. Jetzt war der denkbar ungünstigste Zeitpunkt, um sie wegzustoßen. »Glaubst du, ich kann ans Schlafen denken, wenn du verletzt bist?«

»Ist doch nichts«, murmelte er und öffnete die Tür. »Außerdem wird sich Smithers das gleich ansehen, wie ich ihn kenne.«

Rasch blickte sie sich um. Im Haus war es totenstill. »Wo ist er?«

»Wahrscheinlich in der Küche, um das Übliche zu holen.«

Als Daniel sein Schlafzimmer betrat, folgte Emily ihm einfach, obwohl das mehr als unschicklich war. »Das Übliche?«

»Tücher, heißes Wasser, Nähzeug – was weiß ich.« Er musterte sie kurz, aber intensiv, wobei sie glaubte, wieder dieses Verlangen in seinen Augen zu erkennen. Danach ließ er sich in den Sessel neben dem prasselnden Kamin fallen. »Gute Nacht, Em.« Daniel legte den Kopf zurück und griff blind nach dem bereits eingeschenkten Brandy, der neben dem Sitzmöbel auf einem Tischchen stand.

»Nähzeug?« Himmel, er war hoffentlich nicht schwerer verletzt?

Sie ließ den Blick über seinen Körper wandern, aber außer der Beule an seiner Stirn bemerkte sie nichts Auffälliges – von seinem unverschämt attraktiven Erscheinungsbild abgesehen. Jetzt wusste sie, woher er so viele Muskeln hatte!

Auf seiner Brust wuchsen ein paar Härchen, die sie bereits bei ihrer ersten nächtlichen Begegnung befühlt hatte, und sie fragte sich, ob er unterhalb seines Bauchnabels auch Haare besaß. Leider verdeckte der Bund seiner Hose diese intime Stelle.

Schnell hob sie den Blick und bewunderte seine breiten Schultern. Was für ein wunderschöner, stattlicher Mann.

Als er sie verrucht angrinste und genau zu wissen schien, welche Gedanken durch ihren Kopf jagten, erhitzten sich ihre Wangen. Emily nahm ihm das volle Glas aus der Hand, gerade als er es an seine Lippen setzen wollte, und stellte es zurück auf den Tisch. »Du solltest nicht noch mehr von diesem Zeug trinken.«

Erst jetzt wurde ihr bewusst, was sie getan hatte ... dass sie einem Lord etwas vorgeschrieben hatte! Sie wollte eine Entschuldigung stammeln, aber da Daniel sie nur perplex anstarrte und nicht wieder nach dem Alkohol griff, blickte sie sich hastig um.

Daniel bewohnte einen großen Raum mit einem riesigen Himmelbett, bei dem sich samtene Vorhänge zuziehen ließen, und sie verdrängte die lebhaften Bilder, die sich in ihrem Kopf formten: Daniel und sie, gemeinsam auf diesen großen, weichen Polstern, während sie sich küssten ...

Als sie eine weitere Tür entdeckte, marschierte sie sofort darauf zu, zog sie auf und fand sein Ankleidezimmer. »Wer hat dich so zugerichtet?«

Zum Glück brannte hier ebenfalls ein Feuer, sodass sie genug sehen konnte. Sie legte das Hemd neben die gefüllte Waschschale, nahm einen Lappen und tauchte ihn in das kühle Nass.

»Mein Freund Rochford«, rief er aus dem Schlafzimmer und kicherte. »Aber du solltest mal seine angeschwollene Nase sehen. Er macht sich Sorgen, dass er in nächster Zeit bei den Frauen keinen guten Stand mehr hat, dieser Schönling.«

Als Emily mit dem feuchten Tuch zurückkehrte, saß Daniel immer noch im Sessel. Seine Stiefel lagen davor und ... das Brandyglas war leer!

Oh, diese Männer! Dass sie nie das tun konnten, was man ihnen auftrug!

Nicht dass sich Emily jemals getraut hätte, Edward einen Befehl zu erteilen – der hätte sie wahrscheinlich auf der Stelle halb tot geprügelt. Doch Daniel erinnerte sie gerade mehr an Claires kleinen Sohn Samuel als an einen zornigen Erwachsenen. Liebenswert, charmant, aber stur und uneinsichtig durch und durch.

Emily stellte sich neben den Sessel und betastete behutsam seine Nase. »Deine scheint nicht gebrochen zu sein.«

»Hat ja auch keinen Treffer abbekommen.« Er roch nach Alkohol und musterte sie ungeniert – was ihr Angst einjagen sollte. Tatsächlich war es ihr im Moment egal, dass sie nur ihr Nachthemd trug, weil sie sich Sorgen um Daniel machte. Hoffentlich würde er sich morgen nicht mehr an alles erinnern können, zumindest Edward hatte dann immer so getan, als wäre nichts gewesen.

»Du hast eine Beule an deiner Stirn.« Vorsichtig tupfte sie das kühle Tuch auf die Stelle, wobei ihr bei seiner Musterung noch wärmer wurde als ohnehin schon. Vielleicht lag es auch am Kaminfeuer, dass sich ihr Blut erhitzte.

»Weißt du überhaupt, was du da tust?«, raunte er, ohne sich zu bewegen. Er saß einfach nur still da, die Hände in seinem Schoß gefaltet, und verfolgte mit den Augen jede ihrer Bewegungen. Die Ruhe, die er ausstrahlte, gab ihr Sicherheit. Er wirkte weder aggressiv noch bösartig.

»Ich habe mich drei Jahre lang um zwei kleine Kinder gekümmert. Was glaubst du denn, wie oft die sich verletzen?«

»Haben die keine Nanny, die auf sie aufpasst?«

»Doch, aber so schnell ist kein Mensch der Welt. Du brauchst dich nur einmal kurz umzudrehen, und schon haben sie sich irgendwo den Kopf gestoßen oder die Finger eingeklemmt.«

Er schmunzelte. »Gut, du hast dich qualifiziert.«

»Wie lange boxt du schon?«, fragte sie ihn, während sie das kühle Tuch auf die Beule tupfte.

Als er plötzlich raunte: »Sagen Sie es ihr, Smithers«, wäre Emily fast von Daniel weggesprungen. Hinter ihr stand der Butler mit einer Kanne und einem Körbchen. Sie hatte gar nicht bemerkt, dass er das Zimmer betreten hatte!

Der alte Mann stellte seine Sachen auf dem Tisch ab. »Sie boxen, seit Lady Hastings nicht mehr bei uns ist, Mylord.«

Ihr Herz verkrampfte sich. Daniel musste sie wirklich sehr geliebt haben. »Deshalb siehst du auch Sophia kaum richtig an«, wisperte sie, sodass es Mr Smithers, der neben ihr hantierte, hoffentlich nicht hörte. »Sie erinnert dich an deine Frau, oder?«

»Ich bin darüber hinweg«, knurrte er, als wäre er wütend, die Wahrheit aus ihrem Mund zu hören, und wirkte dennoch gequält.

Mr Smithers sah sie stirnrunzelnd an. »Wie schlimm steht es um den jungen Lord, Mrs Rowland? Ich habe heißes Wasser und Nähzeug dabei.«

»Er hat nur eine Beule davongetragen.«

»Dann sollte die Arnika-Salbe reichen.«

Als der Butler einen kleinen Tiegel aus dem Korb holte, nahm ihm Emily das Döschen ab. »Ich erledige das für Sie, Mr Smithers.«

»Ja«, lallte Daniel. »Sie ist gut im Versorgen von Kindern. Sie können gehen, Smithers.«

Emily rollte mit den Augen, weil er sich gerade wirklich wie ein Junge benahm. Sie schraubte den Deckel ab und strich behutsam etwas Salbe auf die geschwollene Stelle an seiner Stirn.

»Kann ich Sie wirklich allein lassen, Mrs Rowland?«, fragte der Butler.

Gerade, als sie bejahen wollte, schnaubte Daniel empört. »Smithers, sehen Sie mich nicht so tadelnd an! Ich würde mich Emily gegenüber niemals unehrenhaft benehmen, auch wenn sie keine richtige Lady wäre.«

Endlose Sekunden lang erstarrte sie in ihrer Bewegung, wobei ihr ganzer Körper bebte, dann sagte sie mit viel zu hoher Stimme: »Er redet wirres Zeug«, und klatschte ihm den feuchten Lappen auf den Mund. »Da ist noch Blut.«

Grinsend riss er ihr das Tuch aus der Hand und warf es auf den Boden. »Wieso darf niemand wissen, dass du eine Viscountess bist?«

»Pst!« Nun presste sie die Finger auf seine Lippen und lächelte zittrig. War er verrückt geworden? »Du weißt nicht, was du redest.«

Mr Smithers hinter ihr räusperte sich leise. »Ich weiß, wer Sie sind, Lady Rowland.«

Alarmiert wandte sie ihm das Gesicht zu. Er wusste es? Natürlich … der alte Angestellte befand sich schon ewig im Dienst der Familie Appleton und hatte auch ihre Eltern gekannt. Bestimmt hatte er damals aufgeschnappt, dass die Tochter eines Baronets einen solch guten Fang gemacht hatte!

Ihr wurde heiß und kalt zugleich, wobei sich ihr Magen verkrampfte. »Bitte, sagen Sie Mrs Rowland zu mir, Mr Smithers. Ich habe meine Gründe, dass …« Ihre Stimme versagte und sie wusste nicht, wie sie sich erklären sollte. Jedes weitere Wort würde alles noch schlimmer machen.

Mr Smithers verbeugte sich leicht. »Ihr Geheimnis ist bei mir sicher.«

Hektisch blinzelte sie sich eine Träne aus dem Auge. »Wer weiß noch davon, Mr Smithers?«

»Vermutlich niemand«, antwortete er. »Ich habe auch keine derartigen Gerüchte aufgeschnappt.«

Das glaubte sie dem Mann, und sie vertraute ihm. »Danke.«

Daniel machte eine wegscheuchende Handbewegung. »Sie können wirklich gehen, Smithers. Em versorgt mich.«

Sein Butler hob argwöhnisch die weißen Brauen. »Ich hoffe, Sie wissen sich zu benehmen, Mylord.«

Emily hielt die Luft an. Es gehörte sich für einen Diener

nicht, derart despektierlich mit seinem Herrn zu reden! Aber Daniel winkte nur ab und murmelte: »Wie lange kennen Sie mich bereits, Smithers?«

Die Mundwinkel des Mannes zuckten. »Seit Sie Windeln getragen haben, Mylord.«

»Und wie oft habe ich mich seitdem einer Dame unsittlich genähert oder jemandem wehgetan – Boxen ausgenommen?«

Der Butler schmunzelte. »Ich kann mich nicht erinnern.«

»Und er erinnert sich an alles«, sagte Daniel lallend zu Emily.

Mr Smithers nickte. »Sie haben in jungen Jahren sogar die Schnecken vor der Schere des Gärtners gerettet, Mylord. Gute Nacht.« Er verbeugte sich und verabschiedete sich auch von Emily. Nachdem er das feuchte Tuch und Daniels Hemd aus dem Nebenzimmer eingesammelt hatte, verließ er den Raum.

Emily starrte für einen Moment auf die geschlossene Tür. Nun befand sie sich mit Daniel ganz allein in seinem Schlafzimmer! Prompt legte er einen Arm um ihre Taille, um sie daran zu sich zu ziehen. Doch er wandte nur wenig Kraft auf und beobachtete ihre Reaktionen genau, als würde er nichts tun wollen, was sie nicht zuließe. Aber das konnte sie sich auch einbilden.

Sie räusperte sich leise, wobei ihr Herz raste, gefangen zwischen Leidenschaft und Angst. Wäre Daniel nicht betrunken, würde sie seine Umarmung vielleicht genießen können. »Du hast deinem Butler soeben etwas versprochen«, krächzte sie.

»Und das Versprechen werde ich auch nicht brechen«, antwortete er nuschelnd. »Ich würde dir niemals wehtun, Em.« Er holte sie noch weiter zu sich, bis ihr nichts anderes übrig blieb, als sich auf seinen Schoß zu setzen. Erst dann nahm er die Hände von ihr und legte sie auf die gepolsterten Lehnen.

Sie sollte aufstehen … gehen! Aber sie fühlte sich wie gelähmt. Sie konnte ihn überhaupt nicht mehr einschätzen. Vorsichtig sagte sie: »Du bist betrunken und weißt nicht, was du tust.«

Eine Weile betrachtete er stirnrunzelnd ihr Gesicht, bevor er leise fragte: »War dein Mann auch betrunken, als er dir wehgetan hat?«

Sie keuchte auf. »Was redest du da?«

»Ich merke doch, dass du mir etwas verschweigst. Willst du nichts mehr mit seinem Titel zu tun haben, weil er gemein zu dir war?«

Sie wollte erwidern, dass ihn das absolut nichts anging! Aber ihre Zunge lag wie ein Stein in ihrem Mund, als sie in Gedanken abspulte, *wie* gemein Edward wirklich gewesen war.

»Was hat er dir angetan, Em?«, wisperte Daniel.

Sie zuckte zusammen, als er ihr eine Hand auf den Oberschenkel legte. Emily fühlte seine Hitze durch den dünnen Stoff ihres Nachthemdes.

Ihr Atem raste, sie konnte sich nicht bewegen. Schreckliche Erinnerungen hielten sie in der Vergangenheit gefangen. Zuerst schien noch alles wunderbar gewesen zu sein; Edward war anfangs immer großzügig und freundlich zu ihr und es überraschte sie und ihre Eltern, als er um ihre Hand anhielt. Er war bloß viel zu alt für ihren Geschmack, aber gut aussehend und zuvorkommend.

Da ihre Eltern sie gut verheiratet wissen wollten und Edward ein netter Mann zu sein schien, stimmte Emily schließlich nach langem Werben zu. Sie hatte es auch längst aufgegeben, auf ihren Traumgatten zu warten. Es folgte eine schöne Hochzeit im kleinsten Kreis, und erst nach ein paar

Monaten wurde ihr bewusst: Sie hatte nicht irgendeinen Lord geheiratet, sondern Lord Luzifer höchstpersönlich. Sieben unendlich lange Jahre hatte sie mit ihm in der Hölle gelebt, bevor … alles ein plötzliches Ende gefunden hatte.

Sie schüttelte sich innerlich. Hoffentlich fand nie jemand heraus, wie ihr Mann gestorben war. Bei dem Gedanken an jene grauenvolle Nacht wurde ihr immer noch übel und sie bekam Atemnot.

Daniel ließ seine Hand näher zu ihrer Körpermitte gleiten. Dabei starrte er Emily eindringlich an, aber in seinem Blick lag keinerlei Leidenschaft mehr, eher Neugierde. »Du zitterst und wirkst wie erstarrt.« Schnell nahm er die Hand weg und legte sie erneut auf der Lehne ab. Schlagartig erschien ihr sein Gesichtsausdruck wieder gequält. »Wieso wehrst du dich nicht, wenn du meine Berührungen so schrecklich findest? Weil du meine Angestellte bist?«

Sie hatte keine Ahnung. Sie wusste nur Eines: Daniel war nicht Edward. Außerdem konnte sie immer zurück zu Claire gehen, falls er doch so wäre wie ihr Ehemann.

Daniel wirkte bedrückt, als er sie vorsichtig fragte: »Hat er dir wehgetan, Em? Hat er dich … mit Gewalt genommen?«

Als er sie behutsam umarmen wollte, sprang sie keuchend auf. »Das reicht, Daniel!« Was bildete er sich ein, ihr solch intime Fragen zu stellen? Niemals zuvor hatte das jemand gewagt, nicht einmal ihre Freundin Claire!

Während er den Arm nach ihr ausstreckte und ihr Handgelenk umklammerte, verpasste sie ihm vor Schreck eine Ohrfeige, sodass kurz der Abdruck ihrer Finger auf seiner stoppelbärtigen Wange aufleuchtete.

Oh nein, was hatte sie bloß getan?

Daniel ließ sie abrupt los, woraufhin Emily zwei Schritte zurücktaumelte. Die Angst vor seiner Strafe schnürte ihr die Kehle zu, schwarze Flecken waberten in ihrem Gesichtsfeld und ihr Herz raste. Aber er rieb sich lediglich schief grinsend über die Wange und sagte: »Das habe ich wohl verdient.« Sofort wurde er wieder ernst und murmelte: »Ich will doch nur endlich wissen, was du mir verheimlichst, Em.«

»Nichts!«, stieß sie hervor und stammelte: »I-ich muss zurück zu Sophia.« Hoffentlich erinnerte er sich morgen an wirklich nichts mehr. Sonst wäre sie ihre Anstellung los!

Als er sich erhob, schritt sie sofort rückwärts in Richtung Tür, weil sie befürchtete, er würde sie nun trotzdem bestrafen. Stattdessen schenkte er ihr einen letzten, intensiven Blick, der zwischen Trauer und Qual schwankte, wandte sich um und ging zum Bett. Als er sich vor dem gewaltigen Möbelstück gähnend streckte, bewunderte sie gegen ihren Willen das Spiel seiner Rückenmuskeln und vermochte nicht, den Raum zu verlassen. Sie schnappte nach Luft, als er vor ihren Augen die Hose öffnete und sie ihm herunterrutschte.

Zwei muskulöse, wohlgeratene Gesäßhälften kamen zum Vorschein, die so makellos wirkten wie die einer gemeißelten Statue. Es folgten lange, genauso wohlgeformte Beine, die leicht behaart waren. Am meisten faszinierte sie, dass sich sein Oberkörper von den breiten Schultern bis zur Taille verjüngte, ähnlich wie die Form eines Pfeiles, als ob der Schöpfer höchstpersönlich gewollt hätte, dass sich Emilys Blicke dort, an der engsten Stelle, konzentrierten. Und wie sie sich dort konzentrierten!

Sie hatte noch nie einen Mann völlig nackt gesehen; Edward hatte immer seine Kleidung anbehalten, selbst als er die Ehe mit ihr vollzogen hatte. Doch das, was sie sah, gefiel ihr. Daniel gefiel ihr. Aber das hatte er schon immer.

Als er einen Blick über seine Schulter warf und ein fast

schon diabolisches Grinsen über seine sinnlichen Lippen huschte, riss sie die Tür auf und rannte, so schnell sie es im dunklen Haus vermochte, nach oben. In Daniel schien ebenfalls ein Teufel zu stecken, aber ein ganz anderer als in Edward. Daniel war ein sündhaft schöner Verführer, der es ihr Tag für Tag schwerer machte, ihm zu widerstehen. Würde er, sobald sie ihm völlig verfallen war, genauso zum Dämon werden wie Edward? Sie wusste bloß: Der Anblick seiner herrlich festen Pobacken würde sie jetzt bis in den Schlaf verfolgen …

## Kapitel 11 – Mehr Offenbarungen

Als Daniel mit leichten Kopfschmerzen erwachte, verriet ihm seine Standuhr, dass es bereits fast Mittag war. Verdammt, Rochford hatte ihm einen ziemlich kräftigen Schlag auf den Kopf verpasst und der Alkohol tat den Rest dazu. Er fühlte sich, als wäre er unter die Räder einer Kutsche geraten.

Während er sich vorsichtig im Bett aufsetzte, drehte sich das Zimmer vor seinen Augen. Sein Blick fiel auf den erloschenen Kamin, den Sessel und die Stiefel, die davor lagen. Prompt erinnerte er sich, dass Emily ihm gestern gefolgt war, um ihn zu versorgen!

»Verflucht«, murmelte er und sank zurück in die Kissen. Er hatte sich ihr gegenüber wie ein Idiot benommen!

Zuerst war er kalt und abweisend zu ihr gewesen, um sie sich vom Leib zu halten. Schließlich hatte er sich nicht deshalb beim Boxen verausgabt, damit sie ihm sofort wieder einheizte! Sie hatte sich jedoch nicht abwimmeln lassen und war mit ihm ins Schlafzimmer gegangen! Wenn

Smithers nicht aufgetaucht wäre – was hätte er dann getan?

Die Trauer um Imogen würde Daniel wohl niemals ganz verlassen, genau wie er ihre gemeinsamen Jahre nie vergessen wollte. Doch er spürte deutlich, wie sich sein Blick nach vorne richtete. Es war kein Verrat an seiner toten Frau, selbst wieder Lebensfreude zu fühlen. Wobei … nun war es Emily, die ihn mit ihrer Anwesenheit quälte.

Er verausgabte sich körperlich, um die Erinnerungen an ihren Duft, ihr Lächeln und die Wärme ihres Körpers loszuwerden, und schon stand sie mitten in der Nacht vor ihm und erzeugte in ihm wieder jenes Verlangen, dem er entfliehen wollte. Und dann hatte er die wohl weltgrößte Dummheit überhaupt begangen und sie bedrängt, ihm mehr über ihren Mann zu erzählen. Emily musste ihn dafür hassen!

Stöhnend rollte er sich aus dem Bett und verzichtete auf seine Morgengymnastik. Er brauchte dringend Kaffee und musste sich um seine Geschäfte kümmern. Alles Weitere würde sich schon irgendwie ergeben …

Als er später in seinem Arbeitszimmer saß und vor der Tür Sophias süßes Kinderlachen hörte, vollführte sein Herz einen Doppelsprung. Ob Emily wieder mit seiner Tochter spazieren ging? Das herrliche Wetter lud auf jeden Fall dazu ein. Er musste sich unbedingt bei ihr entschuldigen, bevor sie auf die Idee kam, zu kündigen. Sophia brauchte sie, nur das zählte jetzt. Auch wenn ihn Emilys Nähe fast verrückt machte, weil er niemals mit ihr zusammen, ihr nicht der Mann sein konnte, den sie verdiente, wollte er dennoch Zeit mit ihr verbringen – und mit seiner Tochter.

Er legte Feder und Papiere zur Seite, schnappte sich seinen Zylinderhut und lief zu den Treppen. Jeder Schritt, jede Erschütterung, schmerzte immer noch in seinem Kopf, deshalb würde auch ihm frische Luft guttun.

Als er an der Balustrade ankam, sah er Emily und seine Tochter mit Smithers unten an der Eingangstür in ein Gespräch vertieft. Ihm fiel sofort auf, dass Emily ein neues Kleid trug. Zumindest hatte er es an ihr bisher nie gesehen. Es schimmerte beige, fast golden, und war mit einem Blümchenmuster übersät. Daniel kannte sich nicht so gut aus mit diesem Thema, aber es schien nach dem neusten Trend geschnitten zu sein, zumindest in der Zeitschrift, die er jeden Morgen las, hatte er beim Überblättern der Modeseiten ähnliche Kleider gesehen. Der runde Ausschnitt zog sich fast von Schulter zu Schulter, sodass besonders am Dekolleté viel Haut zu erkennen war, ohne dass es vulgär wirkte. Die Ärmel reichten nur bis zu den Ellenbogen, an denen sie sich bauschten, auch die Handschuhe schimmerten goldbraun. Ihr feuerrotes Haar verbarg sie unter einem Hut, der aus genau demselben Stoff gefertigt war. Ihr Erscheinungsbild wirkte schlicht, aber elegant.

Seine Tochter trug ein ähnliches Kleid, woraufhin Daniels Herz erneut einen wilden Satz machte. Die beiden sahen bezaubernd aus, wie Ladys.

Noch hatten sie ihn nicht bemerkt, da er nur langsam die Stufen hinunterschritt und alle mit dem Kinderwagen beschäftigt waren. Henry half, ihn die kleine Treppe an der Haustür nach unten zu tragen. Das Gefährt sah wie eine offene Mini-Kutsche mit Sonnendach aus und konnte geschoben anstatt gezogen werden. Das Fahrgestell bestand aus vier Holzrädern, doch der Aufbau der kleinen Kutsche besaß auch Kufen, die für die Benutzung im Winter gedacht waren. Diese Sonderanfertigung war nicht gerade leicht aufzutreiben gewesen, aber für sein Kind scheute Daniel keine Mühen oder Kosten.

Emily hob Sophia auf den Arm und wollte gerade mit Henry – der sie bestimmt wieder begleiten würde – nach draußen gehen. Da rief Daniel: »Mrs Rowland! Darf ich mich Ihnen anschließen?«

Fast schon panisch riss sie die Augen auf und starrte ihn so lange an, bis er vor ihr stehen blieb. Erst dann schien sie ihre Stimme wiedergefunden zu haben und sagte schief lächelnd: »Wir wollten gerade in den Park gehen und dort ein Eis kaufen, Mylord.«

»In dem kleinen Kaffeehaus?«

Sie nickte mechanisch, während Sophia interessiert an den Bändern ihres Hutes zupfte. »Ich habe heute Morgen in der Zeitung gelesen, dass es eine neue Geschmackssorte gibt. Bestimmt stehen dort viele Leute Schlange, Mylord.«

»Das macht mir nichts aus.« So leicht bekam sie ihn nicht los. »Ich lade Sie ein, Mrs Rowland.«

Smithers, der immer noch an der Tür stand, betrachtete ihn skeptisch.

Daniel warf ihm einen Blick zu, der besagen sollte: »Ich habe Emily nicht angerührt, mich aber in ihrer Gegenwart wie ein Trottel benommen, wofür ich mich entschuldigen möchte.«

Sein Butler schien seine Miene einigermaßen richtig gedeutet zu haben, denn er seufzte nur leise und setzte wieder seinen neutralen Gesichtsausdruck auf.

Emily straffte sich. »Danke, Mylord, sehr großzügig von Ihnen.«

Weil er nicht wusste, ob gleich noch ein »Aber« folgen würde, nahm er ihr Sophia aus den Armen und setzte sie flugs in den Kinderwagen, bevor die Kleine protestieren konnte.

Sophia streckte einen Arm nach Emily aus und schaute

Daniel empört an, blieb jedoch sitzen.

Henry, der die ganze Szenerie in Ruhe beobachtete, grinste ununterbrochen vor sich hin, aber nur, bis ihm Daniel einen scharfen Blick schenkte. Sofort duckte sich der junge Mann, eine Entschuldigung murmelnd, an ihm vorbei und verschwand in Richtung Küche.

»Dann wollen wir mal«, sagte Daniel gut gelaunt und schob den Wagen durch den Vorgarten.

»Mylord«, flüsterte Emily aufgeregt neben ihm. »Vielleicht sollte ich lieber den Wagen schieben!«

»Wie Sie wollen, Mrs Rowland«, erwiderte er und überließ ihr das Gefährt, kurz bevor sie von seinem Grundstück auf die Straße bogen.

»Rebell«, murmelte sie schmunzelnd, woraufhin er lachte. Offenbar hatte sie ihm das Meiste schon verziehen. Er war jedoch froh, endlich einmal ungestört mit ihr reden zu können. Eine Erklärung war er ihr auf jeden Fall schuldig.

Sie schlenderten ein paar Minuten schweigend an den noblen Häusern vorbei in Richtung Park, wobei er, wie es sich wegen des Standesunterschiedes gehörte, vor Emily lief. Sie betrachteten die eleganten Kutschen sowie die Herrschaften und Damen in ihren feinen Gewändern. Daniel nickte einem betagten Earl zu, der ihnen mit seiner jungen Gattin beim Grosvenor Square entgegenkam und seinerseits den Hut zückte. Lord Beecham war einer von Daniels Nachbarn und schenkte sowohl ihm als auch Emily neugierige Blicke.

Der Earl of Hastings besuchte mit der Nanny und seiner Tochter den Park. Das würde sicher für Gesprächsstoff sorgen! Seltsamerweise störte ihn das kein bisschen. Er konnte schließlich spazieren gehen mit wem er wollte.

Daniel war schon ewig nicht mehr hier entlang marschiert und nun flanierte er in Begleitung einer jungen, wunderschönen Frau – das erweckte natürlich Aufmerksamkeit. Seit Imogens Tod mied er weitgehend Gesellschaft – die von seinen Freunden ausgenommen – und besuchte kaum noch Veranstaltungen. Am Grosvenor Square hatte sich aber nicht viel verändert, wie er sofort bemerkte. Der quadratische Platz mit der kleinen Grünanlage in der Mitte gehörte dringend modernisiert. Die Kutschen wirbelten auf den unbefestigten Straßen jede Menge Staub auf und die Öllampen hatten auch schon ihre besten Zeiten hinter sich. Ein fester Fahrbahnbelag und Gaslaternen würden dieses Viertel enorm aufwerten. Vielleicht sollte Daniel endlich mal wieder das Parlament besuchen und die Vorschläge bei einer Sitzung anbringen. Er hatte sich ohnehin schon zu lange vor seinen Verpflichtungen gedrückt.

Nachdem sie die Grosvenor Street passiert hatten und vor ihnen an der Park Lane die ersten Bäume des Hyde Parks auftauchten, drehte er sich zu Emily um und sagte lächelnd: »Du hast ein wunderschönes Kleid an.«

Ihr Gesicht rötete sich. »Vielen Dank. Es ist das erste, das ich mir selbst gekauft habe.« Ihr Teint wurde noch dunkler und sie kratzte sich mit dem kleinen Finger schnell am Nasenrücken, als sie nachsetzte: »Von meinem ersten Einkommen.«

Er hatte ihr einen Teil im Voraus bezahlt, falls sie sich noch mit gewissen Dingen ausstatten musste. Schließlich hatte er keine Ahnung, was ein Kindermädchen alles brauchte. Die Sachen für Sophias Erziehung musste sie natürlich nicht von ihrem Geld bezahlen.

Seine Tochter saß brav im Wagen und gähnte fast ununterbrochen. Doch gleichzeitig riss sie ihre großen Augen auf, als hätte sie Angst, etwas zu verpassen.

»Du liest also auch jeden Morgen Zeitung?«, fragte Daniel, weil er sich daran erinnerte, was sie über die neue Eissorte erzählt hatte, und verlangsamte seine Schritte, bis sie nebeneinander hergingen. Heute würde er alle Regeln einfach über den Haufen werfen – und irgendwie fühlte sich das befreiend an.

Sie schmunzelte. »Ja, und ich lese nicht nur den Modeteil, falls du darauf hinaus willst.«

»So kenne ich dich noch von früher.« Fröhlich zwinkerte er ihr zu. »Du hattest schon immer Interesse an Dingen, die nicht für Frauen bestimmt sind.«

»Wer entscheidet überhaupt, für was sich Frauen interessieren sollen und für was nicht?« Herausfordernd starrte sie ihn an, während sie durch ein gusseisernes Tor im Zaun den Park betraten.

Als er nichts erwiderte, sagte sie etwas leiser, ohne ihn anzusehen: »Es sind immer Männer. Keine einzige Frau sitzt im Parlament, weder bei den Tories noch bei den Whigs.«

»Vielleicht wird sich das eines Tages ändern.«

Überrascht riss sie die Augen auf. »Meinst du wirklich?«

»Die industrielle Revolution schreitet mit großen Schritten voran. Nehmen wir nur einmal den Baumwollhandel und die Textilverarbeitung oder die zahlreichen Erfindungen. Ich habe das Gefühl, jeden Tag über etwas Neues zu lesen. Die Dampflokomotiven oder die Dampfmaschinen, die in Fabriken Einzug finden, faszinieren mich am meisten … Es tut sich auf allen Ebenen so viel! Ich habe einen Freund, dessen Frau interessiert sich brennend für Mathematik. Da sie keinen Zugang zu den naturwissenschaftlichen Bibliotheken der Akademien hat, wurde er Mitglied bei der Royal Society, um dort Zutritt zu erlangen. Jetzt schreibt er für seine Frau Artikel und Abhandlungen ab und setzt sich dafür ein, dass sie eine Ausnahmegenehmigung erhält, um ebenfalls aufgenommen zu werden.«

Emily starrte ihn an, als würde er ihr eine Abenteuergeschichte erzählen. »Und hat er Erfolg?«

»Bisher leider nicht. Aber womöglich dürfen bei uns auch Frauen eines Tages politische Entscheidungen treffen und Universitäten besuchen.«

»Die Geschichte mit deinem Freund und seiner Frau ist sehr romantisch und klingt beinahe wie ein Märchen.« Emily seufzte verträumt. »Wusstest du, dass Katharina II. die wohl mächtigste Frau ihrer Zeit war? Vierunddreißig Jahre lang hat sie als Zarin das Russische Reich regiert. Sie hieß übrigens auch Sophia.«

Daniel beugte sich über den Wagen. »Hörst du, Tochter? Dir steht Großes bevor. Vielleicht wirst du einmal die zukünftige Königin von England?«

Sophia war mittlerweile eingeschlafen, und Daniel schüttelte lächelnd den Kopf. »Aber nicht mit dieser Einstellung, junge Lady.«

Emily lachte. »Sie wollte heute partout keinen Mittagsschlaf machen, doch ein Ausflug mit dem Wagen schafft jedes Mal Abhilfe.«

»Du machst das wirklich gut mit ihr«, raunte Daniel und fand, dass es nun endlich an der Zeit war, für sein abscheuliches Verhalten geradezustehen. »Ich möchte übrigens bei dir um Verzeihung bitten. Du bist eine ehrbare Frau und ich habe dich verletzt. Es tut mir leid.«

»Du warst betrunken«, murmelte sie und wandte sofort ihr gerötetes Gesicht ab.

»Das ist keine Entschuldigung, Em! Ich hätte dich weder anfassen noch beleidigen dürfen.«

»Du hast mir nicht wehgetan, Daniel. Nicht … körperlich.«

*Aber Edward, oder?*, dachte er und sagte: »Ich wollte dich nur reizen, damit du mir endlich mehr über deinen Mann erzählst. Ich bin zu weit gegangen, weil mir der Alkohol meine Hemmungen genommen hat.«

Als sie flüsterte: »Wie bei Edward …«, stockte sein Atem.

Vorsichtig bemerkte er: »Dann habe ich mit meiner Vermutung recht?«

Erst dachte er, sie würde ihm nicht antworten, doch nachdem ein Pärchen an ihnen vorbeigegangen war, sagte sie leise: »Ja, er hat mir wehgetan, wenn … er betrunken war.«

Ein eisiger Knoten platzte in seinem Magen. »Oh Gott, Em, das tut mir so leid! Und ich Esel muss dir schreckliche Angst eingejagt haben.«

»Nur ein bisschen.« Sie lächelte ihn zittrig an. »Du bist anders als er. Dich scheint Alkohol nicht aggressiv zu machen.«

»Ich hatte mich auch vorher schon körperlich verausgabt.«

»Trotzdem glaube ich nicht, dass du ein gewalttätiger Mensch bist. Genau wie Mr Smithers bemerkt hat, hattest du schon als junger Mann ein gutes Herz und hast die Schwachen beschützt.« Sie lächelte weiterhin verhalten, wobei eine neue Röte um ihre süße Nase wanderte. »Du hast die Strafe auf dich genommen, als ich euren Butler mit Kirschen beworfen habe, und du hast ein Herz für Schnecken.«

Als er lachte, stimmte auch Emily mit ein, was sämtliche Last von seinen Schultern nahm. Es tat gut, sich mit ihr zu unterhalten und ihrer Vergangenheit näherzukommen. Es würde sicher auch ihr guttun, sich all die hinter ihr liegenden Schrecken von der Seele zu reden.

Als der Pavillon des Kaffeehauses in Sicht kam, vor dem sich tatsächlich eine kleine Menschenschlange gebildet hatte, verlangsamte Daniel seine Schritte, weil er unbedingt noch mehr aus ihr herausbekommen wollte. »Willst du deswegen nicht seinen Titel tragen?«, fragte er zögerlich. »Weil er ein barbarischer Mistkerl war?«

»Ja!«, stieß sie eine Spur zu laut hervor. Schnell setzte Emily hinzu: »Weißt du, dass ich es sehr genieße, mit dir spazieren zu gehen? Edward hat mich in den letzten Jahren nirgendwo mehr hingenommen. Ich musste immer zu Hause sitzen, durfte keine Freundinnen empfangen.«

Als sie den Kopf senkte und kurz zu Sophia in den Wagen sah, die selig schlummerte, wollte er Emily am liebsten in die Arme ziehen und nie mehr loslassen. Was musste diese tapfere, stolze Frau alles ertragen haben? Was genau hatte Edward ihr angetan? Daniel spürte, dass es viel mehr geben musste, was sie sich nicht zu erzählen traute. Ehrlich gesagt hatte er auch keine Ahnung, ob er die ganze Wahrheit überhaupt wissen wollte. »Dieser Mistkerl hat dich wie seinen Besitz behandelt.«

»Ich war sein Besitz. Das hat er mir immer wieder eingebläut.« Ihr Blick richtete sich in die Ferne auf ein paar Kinder, die Eichhörnchen fütterten. »Damals dachte ich, das sei unter den meisten Adligen normal; ich kannte nur das liebevolle Miteinander meiner Eltern und … habe mich gefügt so gut ich konnte.«

Es war sicher kein Phänomen unter Seinesgleichen, dass Männer ihre Frauen schlecht behandelten. Doch egal, wie es war – das alles hatte Emily nicht verdient. Daniel schwor sich, nie wieder so viel zu trinken, dass er nicht mehr wusste, was er tat – zumindest solange Emily bei ihm wohnte. Das würde seinem Kopf auch besser bekommen.

Was konnte er nur tun, um sie ein wenig aufzuheitern? Er wollte ihr unbedingt ein Stück von dem zurückgeben, was Edward ihr verwehrt hatte. »Nimmst du meine Entschuldigung denn an?«

»Oh, natürlich!« Emily blickte sich verstohlen um, und als in der Nähe eine Kutsche vorbeiratterte, sagte sie: »Mir

tut es auch leid, dass ich dich geschlagen habe. Es war ...
ein Reflex.«

Daniel rieb sich kurz über die Wange, als könnte er ihre
Finger darauf noch fühlen. »Du kannst ordentlich austei-
len. Vielleicht solltest du unserem Boxverein beitreten?«

Sie grinste. »Nie im Leben! Das gehört sich nun wirklich
nicht für eine Dame.«

Nachdenklich runzelte er die Stirn. Womöglich wäre es
gar keine schlechte Idee, wenn Frauen sich verteidigen
könnten. Nur wäre er niemals fähig, Em ein paar Tricks zu
zeigen. Er war ihr ohnehin schon wieder viel zu nahe gekommen. Allein dieser Ausflug zerrte an seiner Beherrschung, sie nicht an sich zu reißen, um sie zu küssen.

Er widerstand dem Drang, loszulaufen, einfach zu rennen, um sich körperlich zu verausgaben, damit er dieses
verdammte, sehnsüchtige Ziehen, das sich seines ganzen
Körpers bemächtigte, endlich loswurde. Wenn er doch
jetzt nur eine Runde mit Rochford boxen könnte!

»Das Boxen bringt mich übrigens auf andere Gedanken«,
gestand er ihr. »Deshalb mache ich das.«

Ihr Blick huschte über seine Brust. »Es scheint dir auch
gut zu bekommen.« Schnell wandte sie das Gesicht ab. »Bis
auf die blauen Flecken.«

Was hatte Emily gestern alles von ihm zu sehen bekommen? Verdammt, daran konnte er sich nun wirklich nicht
mehr erinnern. Er wusste nur, dass er nackt aufgewacht war.
Er schlief meistens ohne Nachthemd oder Pyjama, denn
darin fühlte er sich eingeengt.

Er lockerte sein Krawattentuch, weil ihm plötzlich viel
zu heiß war. Wo würde das alles mit ihnen noch hinführen?

Bestimmt eine halbe Stunde lang standen sie vor dem Kaffeehaus in der Menschenschlange, bis sie endlich das kleine Gebäude betreten konnten und ihnen ein freier Tisch zugewiesen wurde. Sophia war mittlerweile aufgewacht und quengelte. Daniel bot Emily an, sie eine Weile auf den Arm zu nehmen, damit sie in Ruhe die Speisekarte studieren konnte.

»Ich glaube, ich werde für Sophia ein Schokoladengetränk nehmen und selbst das neue Eis mit Orangengeschmack testen«, sagte sie strahlend. »Die Früchte sollen angeblich aus den royalen Gewächshäusern stammen!«

Die anwesenden Herren und Damen warfen Daniel seltsame Blicke zu, als ob er eine Jahrmarktsattraktion auf dem Schoß hielt. Schmunzelnd nahm ihm Emily die Kleine ab, und Daniel bestellte für sie. Er selbst nahm sich Kaffee und ein Stück Kuchen. Eis würde seine Kopfschmerzen wahrscheinlich wieder hervorkitzeln. »Möchtest du auch etwas trinken, Em?«

»Nein, aber vielen Dank. Ich werde Sophia bei der Schokolade helfen. Sie schafft niemals die ganze Tasse allein.«

Während sie am Tisch saßen und zuschauten, wie an der Theke in Rekordzeit das Eis zubereitet wurde, erklärte Emily seiner Tochter, wie das funktionierte: »Siehst du diese Eisform aus Zinn, die einer Ente nachgebildet ist? Dort hinein wird das flüssige Sorbet gegeben. Anschließend wird die Figur in salzhaltiges Eiswasser getaucht. Durch den Abkühlprozess verfestigt sich die Süßspeise, und wenn man die Form aufklappt, sieht das Eis aus wie ein Vogel.« Da sich Sophia eher für das Blümchenmuster auf ihrem Kleid interessierte, lächelte Emily ihn an. »Ist das nicht faszinierend, Daniel? Ich würde zu gerne aus wissenschaftlicher Sicht erfahren, wie genau das mit der Abkühlung vonstattengeht.«

Er räusperte sich leise. »Vielleicht habe ich ein Buch über die Eisherstellung in meiner Bibliothek. Ich werde später danach suchen.«

»Das wäre wunderbar!« Zu Sophia sagte sie: »Vielleicht sollte ich dir das Buch vorlesen.«

Daniel hatte keine Ahnung, wie viel von dem, was Em seiner Tochter erzählte, die Kleine überhaupt schon verstand, dennoch sagte er: »Sie wird eher Forscherin und keine Regentin, wenn du ihr so viel über Wissenschaft erzählst.«

Emilys Augen strahlten. »Wäre es nicht fantastisch, wenn sie eine Eismaschine für zu Hause erfinden würde? Dann könnten wir immer Eis essen!«

Wir ... In Daniels Magen kribbelte es, als hätte er zu viel Limonade auf einmal getrunken. Er kam sich ohnehin gerade vor, als würden sie einen Familienausflug machen und er nicht die Nanny seiner Tochter begleiten. Bestimmt glaubten so gut wie alle Anwesenden, Emily wäre seine Frau und Sophia ihr gemeinsames Kind. Wundersamerweise machte Daniel dieser Gedanke nichts aus. Zudem liebte er es, wenn Emilys Augen vor Begeisterung leuchteten. Leider fühlte er sich dadurch nur noch mehr zu ihr hingezogen. Sie war so schön, dass er sie ununterbrochen ansehen wollte.

Er räusperte sich erneut und raunte: »Eis zum Dinner wäre tatsächlich Luxus.«

Emily ganz allein für sich zu haben, wäre auch ein Luxus, den er sich leider niemals leisten konnte, weil er einen Erben brauchte. Weil sie die Nanny war. Weil sie ein bedeutendes Geheimnis vor ihm hatte ... Doch in genau diesem Augenblick, während sie ihn anstrahlte, würde er alles Geld der Welt geben, um sie glücklich zu machen.

# Kapitel 12 – Ballvorbereitungen

Daniel überlegte unentwegt, was er tun könnte, um Emily eine Freude zu bereiten. Das Buch über die Eisherstellung hatte er gefunden, aber das reichte ihm noch nicht.

Ein paar Tage später, als Smithers ihm die aktuelle Ausgabe der Times auf den Frühstückstisch legte, kam Daniel das Schicksal zu Hilfe. Im Almack's wurde ein Maskenball veranstaltet! Alle Besucher waren in diesem exklusiven Club verpflichtet, in Kostümen zu erscheinen. Das wäre das perfekte Ereignis, um Emily auf andere Gedanken zu bringen. Dabei konnte er sich auch nach einem neuen Ehemann für sie sowie einer Frau für sich selbst umsehen und den neusten Klatsch und Tratsch aufschnappen – und das völlig unerkannt! Niemand würde wissen, dass er mit seiner Nanny eine Veranstaltung besuchte. Perfekt!

Um den Ball zu überstehen, sollte er sich zuvor jedoch noch einmal ordentlich körperlich verausgaben. Und Emily und er brauchten dringend eine passende Verkleidung. Er musste sofort seinen Schneider zu sich bestellen, denn der Ball fand bereits in zwei Wochen statt!

Emily schluckte hart, als sie in ihrem Zimmer am Schreibtisch saß und den versiegelten Brief in der Hand hielt, den Henry ihr gerade vorbeigebracht hatte. »Er ist von Lord Hastings«, hatte der Bursche gesagt und war sofort wieder verschwunden.

Wollte Daniel ihr kündigen?

Ihre Finger zitterten, als sie das Siegel erbrach und das Papier auffaltete. Hastig überflog sie die schön geschwungene Handschrift – dann erstarrte Emily. Ihr Herz raste jedoch. Daniel bat sie, möglichst diskret und unauffällig um zwei Uhr zu ihm zu kommen. In sein Schlafzimmer! Am helllichten Tag!

Sie bebte am ganzen Körper, die Buchstaben drehten sich vor ihren Augen. Was hatte das zu bedeuten?

*Ich habe eine Überraschung …*, schrieb er.

Eine Überraschung?

Zitternd atmete sie aus. Also keine Kündigung. Aber welche »Überraschung« könnte er ihr in seinem Schlafzimmer präsentieren?

Der Ausflug mit ihm zum Kaffeehaus in den Park war wundervoll gewesen und Emily hatte sehr wohl gespürt, wie nahe er dabei nicht nur seiner Tochter, sondern auch ihr gekommen war. Sie hatten sich noch ewig unterhalten, später sogar zusammen mit Sophia auf der Wiese gespielt. Es war Emilys bisher schönster Tag seit Langem gewesen.

»Daniel, was hast du bloß vor?«, murmelte sie.

Sie hatte keine Ahnung, wie sie ihre Freundschaft einordnen sollte. Wollte er, dass sie mehr für ihn wurde, als bloß die Nanny seiner Tochter zu sein? Sollte sie seine Geliebte werden? Claire wäre sicherlich entzückt! Und sie selbst?

Ihr Herz vollführte wilde Sprünge. Als kleines Mädchen hatte sie geträumt, mit Daniel unter dem Apfelbaum zu tanzen, ihn darunter zu küssen … Es war immer ihr größter Wunsch gewesen, Daniel eines Tages zu heiraten. Damals hatte sie noch nicht gewusst, dass die Eltern bestimmten, wen die Tochter zum Mann nahm. Oder der zukünftige Gatte bat beim Vater um Erlaubnis, um die Hand der Tochter anhalten zu dürfen.

Natürlich war Daniel nie zu ihrem Vater gekommen. Er war ein Earl! Außerdem war es manchmal auch besser, wenn Träume einfach nur Träume blieben. Emily gefiel diese Anstellung sehr, und sie wollte ihre Arbeit nicht wegen einer Liebschaft, die sicher nicht ewig hielt, verlieren. Doch wie lange würde sie ihm widerstehen können, falls er ihr gleich ein unmoralisches Angebot unterbreitete?

Sie fühlte sich mit jedem Tag stärker zu Daniel hingezogen und liebte auch Sophia immer mehr. Sollte das hier alles enden, egal auf welche Weise, würde es ihr das Herz brechen.

Emily starrte aus dem Fenster und betrachtete die Regentropfen, die dagegen prasselten. Da sie und Sophia heute nicht nach draußen gehen konnten, hatte Emily bis jetzt mit ihr gespielt, und der Mittagsschlaf war längst überfällig. Die Kleine lag gähnend in ihrem eigenen Bettchen im Kinderzimmer und spielte mit einem Mobile, das darüber befestigt war, während Emily immer wieder einen Blick durch die geöffnete Tür warf, um nach ihr zu sehen. Eigentlich hatte sie gerade Claire schreiben wollen, aber das würde sie am Abend nachholen.

Noch einmal las sie Daniels Brief, diesmal in Ruhe. Vielleicht hatte sie ja wegen ihrer Aufregung etwas völlig anderes verstanden?

Nein, da stand: *Bitte komm um zwei Uhr in mein Schlafzimmer und pass auf, dass dich dabei niemand sieht ...*

Es erleichterte sie ein wenig, dass sie auch Sophia mitbringen und niemand anderem die Aufsicht überlassen sollte. Dann hatte er hoffentlich nichts Unanständiges vor. Wollte er mit ihr über die Erziehung seiner Tochter sprechen? Aber wieso in seinem Schlafzimmer? Und warum tat er derart geheimnisvoll?

Hektisch schaute sie auf die Taschenuhr ihres Vaters, die neben ihr auf dem Tisch lag. Sie hatte nur noch fünfzehn Minuten Zeit!

Sie kratzte all ihren Mut zusammen, steckte sich die Haare noch einmal ordentlich hoch, weil sich ein paar Strähnen gelöst hatten, und holte anschließend Sophia aus ihrem Bettchen. Der Kleinen waren bereits die Augen zugefallen, nun wurde sie aber sofort wieder munter, quengelte jedoch.

»Pst«, machte Emily. »Du musst leise sein, damit Richard Rabbit nicht aufwacht.«

In Sophias Bettchen lag ein kleines Stofftier, das Emily so getauft hatte. Henry hatte ihr bei einem Spaziergang einmal verraten, dass Lizzy es genäht hatte. Sophia liebte das Häschen genauso sehr wie ihr Schnuffeltuch, deshalb mussten beide Dinge auch immer überallhin mitkommen.

Sicherheitshalber nahm Emily sie auch jetzt an sich, weil sie nicht wusste, wie lange Daniels »Überraschung« dauern würde, und schlüpfte aus dem Zimmer, nachdem sie sich vergewissert hatte, dass sich niemand im Gang befand.

Mit Sophia auf den Armen huschte sie die Treppen hinunter und, ohne anzuklopfen, in Daniels Schlafzimmer. Dabei kam sie sich wie eine Einbrecherin vor.

Er stand am Fenster, ihr den Rücken zugekehrt, drehte sich jedoch sofort um. »Schön, dass du es einrichten konntest«, sagte er ruhig und kam auf sie zu. »Hat euch jemand gesehen?«

Sie schüttelte den Kopf. »Ich denke nicht.«

»Gut«, raunte er, wobei er sie viel zu intensiv anstarrte.

»D-du hast eine Überraschung für mich?«, fragte sie vorsichtig, wobei sie Sophia fest an sich gedrückt hielt.

Er nickte. »Bitte folge mir in die ehemaligen Räume meiner Frau. Dort wartet jemand auf uns.«

Emily hätte beinahe einen Sprung rückwärts gemacht, bis der Satz »Dort wartet jemand auf uns« endlich richtig in ihrem Kopf ankam. Daniel hatte noch jemanden herbestellt?

Dann dämmerte es ihr. Gewiss plante er, wieder zu heiraten, und wollte sie bitten, ihm bei der Auswahl neuer Stoffe behilflich zu sein. Bestimmt wollte er das Schlafzimmer für seine zukünftige Gattin neu einrichten lassen und ihre weibliche Meinung dazu hören.

Ihr Herz sank, und sie folgte ihm durch sein Ankleidezimmer in das Boudoir der Lady. Der elegant ausgestattete, kleine Raum enthielt alles, was sich eine Frau bloß wünschen konnte. Emily entdeckte einen aus Mahagoni gefertigten Tisch, zwei Stühle, einen Frisiertisch, gleich drei Kommoden, einen Schrank für die Wäsche und einen für Bücher!

Auf dem Waschtisch, der aus hellerem Holz gestaltet und kunstvoll verziert war, befanden sich eine Waschschüssel und ein Krug. In den beiden Porzellanschalen würden normalerweise eine Seife und ein Schwamm liegen; unter dem Tisch stand der Nachttopf. Eine weitere Tür im Raum führte wahrscheinlich in das Schlafzimmer der ehemaligen Dame des Hauses.

Daniel ging jedoch nicht weiter, sondern hielt vor einer gußeisernen Sitzbadewanne in einer Ecke des Raumes. Über dem Wannenrand hingen verschiedene Stoffmuster in allen Farben.

Aha, genau wie sie vermutet hatte! Direkt neben einem Schemel stand ein elegant gekleideter Mann, dessen Haar leicht ergraut war. Er trug es im Nacken zusammengebunden, und ein breites Band baumelte von seiner Schulter, auf dem Striche und Zahlen zu erkennen waren, ähnlich wie auf einem Proportionalzirkel nach Galilei. Emily hatte solch ein Band noch nie gesehen, und mit Mathematik kannte sie sich leider nicht sonderlich gut aus. Aber eines ahnte sie: Bei diesem Mann handelte es sich bestimmt um den Innenausstatter.

Hatte sie wirklich geglaubt, Daniel würde sie zu seiner Geliebten machen wollen?

Sie wusste nicht, ob sie erleichtert oder enttäuscht sein sollte.

»Darf ich dir meinen Schneider Mr Croft vorstellen?«, sagte er.

Emily nickte dem älteren Mann zu. »Sehr erfreut, Mr Croft.«

Schneider? Daniel wollte ihr ein Kleid schenken? Nun war sie vollends verwirrt. Das konnte sie sich doch selbst kaufen!

Mr Croft begrüßte sie mit einer eleganten Verbeugung. »Es ist mir eine Ehre, ihr Kostüm anfertigen zu dürfen, Mrs Rowland.«

»Kostüm?« Nun verstand sie überhaupt nichts mehr.

»Das ist meine Überraschung«, antwortete Daniel schmunzelnd. »Wir werden zu Almack's gehen. Dort findet ein Maskenball statt.«

»Wir gehen auf einen Ball?« Ihre Stimme überschlug sich beinahe. »Du meinst … du und ich? Wir beide zusammen? Al…mack's?« Himmel, das war einer der exklusivsten Clubs der Stadt!

Sein Lächeln wurde breiter. »Ja, wir beide zusammen.«

»Oh … Daniel!« Am liebsten hätte sie ihn jetzt umarmt, doch das gehörte sich natürlich nicht. Außerdem hing Sophia wie ein Sack in ihren Armen, wobei die Kleine das Schnuffeltuch in der einen und den Hasen in der anderen Hand hielt. Sie schien jede Sekunde einzuschlafen. Immer wieder riss sie die Augen auf, als wollte sie nichts verpassen, doch ihre Lider wurden ständig aufs Neue schwer.

Daniel streckte Emily einen Arm hin. »Gib sie mir, damit Mr Croft deine Maße nehmen kann. Ich gehe solange mit ihr in mein Schlafzimmer.«

»Wirklich?« Mit Sophia war in diesem Zustand nicht zu spaßen. Ihr Gemüt konnte ganz schnell umschlagen. »Ich weiß nicht, ob das eine gute Idee ist. Sie ist müde und quengelig. Eigentlich müsste sie ihren Mittagsschlaf machen.«

»Dann erzähle ich ihr eine Geschichte.«

»Das würdest du tun?« Es erwärmte ihr Herz, dass er sich persönlich um seine Tochter kümmern wollte, damit sie – das Kindermädchen! – ein neues Kleid bekam. Außerdem musste sie sich ein paar Freudentränen wegblinzeln. Daniel wollte sie auf einen Ball ausführen! Claire würde bei diesen Neuigkeiten durchdrehen.

Was für ein seltsamer Earl war er bloß? Was waren seine Absichten? Er verwirrte sie immer wieder aufs Neue.

Als er ihr Sophia abnahm, streckte sie Emily sofort die Ärmchen hin und rief: »Emmi, Emmi!«

Emily drückte ihr einen Kuss auf die Stirn. »Ich bin gleich wieder bei dir, Süße. Dein Vater wird solange auf dich aufpassen. Sei schön brav.«

Die Kleine machte große Augen, drückte Richard Rabbit an ihre Brust und hielt krampfhaft ihr Tuch fest.

»Sie teilt nicht so gerne, oder?«, fragte Daniel schmunzelnd, wobei er nicht Sophias »Schätze« zu meinen schien, sondern Emily, so eindringlich wie er sie gerade anstarrte.

Sie lächelte schief, ohne etwas zu erwidern, und sah zu, wie Daniel mit seiner Tochter davonschritt. Mittlerweile war er kein ganz Fremder mehr für Sophia, und er konnte mit ihr den Raum verlassen, ohne dass sie in Tränen ausbrach.

Während Mr Croft sie bat, sich auf den Schemel zu stellen, und routiniert ihre Maße nahm – wobei er dieses Zahlenband benutzte –, lauschte sie ständig, ob sie Kindergeschrei hörte. Aber alles blieb ruhig. Also unterhielt sie sich mit dem Schneider, weil sie wissen wollte, welches Kleid er für sie nähen würde. Doch er hatte seiner Lordschaft versprechen müssen, nichts zu verraten.

Als Mr Croft sie schließlich aus seinen Diensten entließ, wollte sie sofort nach Daniel und seiner Tochter sehen. Sie öffnete die Tür zu seinem Schlafzimmer und fand die beiden in seinem riesigen Himmelbett. Daniel hatte sich an die kunstvoll geschnitzte Rückwand gelehnt und schien zu schlafen, während Sophia auf seiner Brust lag und ebenfalls die Augen geschlossen hatte. Sie hielt ihr Schnuffeltuch in der Hand, Daniel das Häschen.

Emilys Herz schmolz bei diesem zuckersüßen Anblick, aber sie konnte sich ein Grinsen nicht verkneifen. Wer hatte hier bloß wen geschafft?

»Daniel«, flüsterte sie. »Mr Croft wartet auf dich. Du bist an der Reihe.«

»Bin wach«, murmelte er und schlug seine schönen grauen Augen auf. »Ich kann mich nur nicht bewegen, meine Beine sind eingeschlafen.«

Schmunzelnd kletterte Emily auf die hohen Polster, wobei sie versuchte, auf allen vieren möglichst damenhaft zu wirken und nicht wie eine verruchte Frau, die zu ihrem Liebhaber ins Bett kletterte. Es sollte ihr peinlich sein, doch er war immer noch ihr Freund, so wie früher, als sie Kinder gewesen waren. Es fühlte sich nicht verkehrt an, mit ihm im selben Bett zu sitzen. Vorsichtig hob sie Sophia von ihm herunter, um sie neben ihm wieder behutsam abzulegen. Die Kleine schlief zum Glück weiter.

Daniel legte Richard Rabbit neben sie, stand aber nicht auf, sondern starrte Emily durchdringend an.

Sofort schoss ihr die Hitze ins Gesicht und sie suchte nach einem unverfänglichen Gesprächsthema. Doch alles, was ihr einfiel, war: »Mr Croft wird denken, ich sei deine

Geliebte.«

Lässig zuckte er mit einer Schulter. »Soll er ruhig.«

»Das ist skandalös«, flüsterte sie aufgeregt. »Wenn sich das herumspricht!«

Behutsam legte er ihr eine Hand auf den Arm. »Ich zahle Mr Croft einen Extrabonus für seine Verschwiegenheit und dafür, dass er die Kostüme rechtzeitig fertig bekommt. Er arbeitet schon seit Ewigkeiten für unsere Familie und hat uns noch nie enttäuscht. Nur Smithers ist eingeweiht.«

Auf den alten Butler war Verlass, das wusste Emily mittlerweile.

Langsam zog Daniel die Hand weg und stand auf. »Dein Ruf wird keinen Schaden nehmen.«

Das erleichterte sie ungemein. »Wer kümmert sich um Sophia, wenn wir auf dem Ball sind?«

»Becky.« An der Tür zu seinem Ankleideraum blieb er stehen und richtete seine Kleidung, während Emily ebenfalls von den Polstern rutschte.

»Und was erzählen wir ihr?«, fragte sie.

Er runzelte die Stirn. »Dass dich deine Freundin schon vor Monaten gebeten hat, sie an diesem Abend ins Theater zu begleiten, und du sie nicht enttäuschen willst?«

Emily wollte gerade erwidern, dass sie das Hausmädchen nur ungern anschwindeln wollte, aber im Grunde tat sie mit Daniel nichts anderes und fühlte sich schäbig deswegen. Er hätte die ganze Wahrheit verdient, doch sie wusste nicht, ob ihr das nicht auch noch Ärger einbringen könnte. Deshalb hatte sie nach Edwards Tod auch keinem erzählt, dass er sehr wahrscheinlich ein grausames Verbrechen begangen hatte, um das zu bekommen, was ihm niemals zugestanden hätte. Nicht, dass sie noch für seine unfassbar dreiste Tat ins Gefängnis musste – oder weil sie ihre Vermutung nie geäußert hatte – und beim Verhör herauskam, wie er gestorben war. Lieber schwieg sie für immer. Das Erbe wäre ohnehin an den entfernten Verwandten gegangen; nichts hätte sich daran geändert.

»Na gut«, sagte sie schließlich und konnte kaum erwarten, Claire zu schreiben. Ihre Freundin brannte darauf, jede Neuigkeit sofort zu erfahren, und dass Emily mit »ihrem Lord« bald auf einen Maskenball ging, würde sie hoffentlich nicht in Ohnmacht fallen lassen! Emily konnte es selbst kaum glauben, dass sie das »Almack's« besuchen würde! Der elegante Club, in denen nicht nur Männer, sondern auch Frauen Mitglied werden konnten, war ein beliebter Treffpunkt für beide Geschlechter und galt als der exklusivste Heiratsmarkt von ganz London! Für manch eine Debütantin war es sogar wichtiger, bei Almack's zugelassen, als bei Hofe vorgestellt zu werden. Das musste ein Traum sein!

Ein Komitee der einflussreichsten Damen der High Society bestimmte, wer Mitglied werden durfte. Wie hatte es Daniel nur geschafft, für sie eine Eintrittskarte zu ergattern?

# Kapitel 13 – Kutschfahrt zum Club

In den zwei Wochen nach dem Besuch des Schneiders schwirrte Emily fast ununterbrochen der Kopf. Als sie sich an dem heiß erwarteten Abend im ehemaligen Boudoir von Lady Hastings ihr Kostüm anzog, konnte sie nicht glauben, dass das gerade wirklich passierte. Claire befand sich bei ihr, um ihr beim Ankleiden und Frisieren zu helfen, da schließlich kein Hausmädchen wissen durfte, dass sie mit Daniel einen der letzten großen Bälle dieser Saison besuchen würde! Bloß Smithers war eingeweiht. Überall im

Raum brannten Kerzen und Lampen, weil es draußen mittlerweile fast ganz dunkel geworden war.

Neugierig zog Claire die Schubladen des Toilettentisches auf und fand weiße Perlen, an denen ein winziger Bügel angebracht war, sodass sie sich an einer Haarsträhne befestigen ließen.

»Claire«, zischte Emily, »hör auf, hier alles zu durchsuchen!«

»Denkst du, das sind echte Perlen?« Ihre Freundin drehte eine zwischen ihren Fingern hin und her.

»Bestimmt!«

»Perfekt!« Schon klipste sie die erste Perle in Emilys Haar.

»Claire, das geht doch nicht!«

»Du leihst sie dir ja nur aus. Sie passen perfekt zu deinem Kostüm.« Claire zauberte eine kunstvolle Frisur, wobei der obere Teil hochgesteckt war und der Rest in langen roten Wellen über Emilys Schultern floss. Darüber lag ein hauchfeiner, durchsichtiger weißer Schal, der wie Meeresgischt aussah. Ihr ärmelloses Kleid bestand aus schimmernder smaragdgrüner Seide, war zur Taille eng geschnitten und bauschte sich zu ihren Schuhen. Auf dem Rock lagen in einer zweiten Schicht handtellergroße »Schuppen« aus demselben Stoff, und der Saum zu ihren Füßen war bestickt mit kleinen Fischen, Seesternen und anderen Meeresbewohnern. Niemals zuvor hatte sie ein solch wundervolles Kleid gesehen. Dazu gehörten natürlich noch die farblich passenden Handschuhe und eine Maske, die ihr halbes Gesicht bedecken würde. Emily wollte sie erst später aufsetzen und schob sie vorsichtig in eine der großen Taschen des schwarzen Mantels, der über dem Wannenrand hing. Auch den hatte der Schneider extra für sie gefertigt.

»Du wirst die schönste Meerjungfrau des Abends sein«,

erklärte Claire lächelnd.

»Die Überraschung ist Daniel eindeutig gelungen.« Emily drehte sich vor dem großen Spiegel und begutachtete anschließend die feinen Slipper, die im gleichen Grün schimmerten wie ihr Kleid.

Claire zupfte noch hier und da etwas zurecht und reichte ihr dann denn langen Kapuzenmantel. »Was hat er für ein Kostüm?«

»Das weiß ich leider nicht.«

»Dein Lord tut ja sehr geheimnisvoll.« Claire half ihr in den Mantel und zog behutsam die Kapuze über Emilys Frisur. »Ob er dich heute Nacht küssen wird? Vielleicht macht er dir einen Antrag!«

Emily verdrehte die Augen. »Wir gehen nur als Freunde hin.«

»Das glaubst du doch wohl selbst nicht«, murmelte Claire frech grinsend. Ihr schien es großen Spaß zu machen, sie auf diese Abenteuerreise zu schicken, und sie hatte sich sofort bereiterklärt, als Alibi zu dienen.

Daniel hatte sich ihr in den letzten Tagen nicht mehr genähert, zumindest nicht auf diese »eine« Weise. Das fand Emily einerseits enttäuschend, da sie gehofft hatte, ihre Freundschaft würde sich weiterentwickeln, zu etwas Größerem anwachsen. Andererseits war es besser so. Sie wusste schließlich, dass sie ihren Traum niemals leben konnte. Deshalb genoss sie die wenigen gemeinsamen Stunden mit Daniel sehr, wenn sie zusammen aßen oder spazieren gingen. Er gab sich auch immer mehr mit Sophia ab, und die Kleine war langsam ganz vernarrt in ihn.

Nachdem Emily fertig angezogen war, atmete sie tief durch, pustete mit Claire alle Lichter aus und huschte mit ihr in den Gang. Niemand sollte mitbekommen, dass sie aus dem Zimmer der ehemaligen Lady kamen!

Gemeinsam gingen sie die große Treppe nach unten und begegneten dort nur einem Hausmädchen mit einem Kohleeimer. Emily glaubte, sie hieß Janett. Die junge Frau lief mit gesenktem Haupt an ihnen vorbei nach oben und murmelte einen Gruß.

Emily grüßte zurück, während sie mit Claire weiter in die Halle eilte. Smithers öffnete ihnen die Tür und wünschte leise einen »schönen Abend«. Claires Zweispänner stand vor Daniels Anwesen; der Kutscher half ihnen auf die Sitzbänke. Dann ging es auch schon los, und sie fuhren zwei Straßen weiter bis zu einem kleinen Park. Dort verabschiedete sich Emily mit einer festen Umarmung von ihrer Freundin und stieg in Daniels große, geschlossene Kutsche ein, die vor dem Zaun auf sie gewartet hatte. Sein unverkennbares Familienwappen prangte auf der seitlichen Tür: ein goldfarbener Schild mit einem schwarzen Adlerkopf und Rosenranken, die sich um das Abzeichen schlängelten.

In der Kabine war es dunkel, und Emily erkannte kaum Daniels große Silhouette. Sie wusste aber, dass er bei ihr war, weil in der Kutsche der zarte Duft von Sandelholzseife lag.

»Guten Abend«, sagte sie, wobei sie versuchte, ihre Stimme ruhig klingen zu lassen. In Wahrheit raste ihr Herz vor Aufregung und Vorfreude auf den Ball. Emily streckte die Arme aus, um nach der Sitzbank zu tasten – da hörte sie ein Rascheln.

Die Kutsche schwankte leicht, und schon fühlte sie Daniel direkt bei sich. »Warte, ich helfe dir.«

Zielsicher fasste er an ihren Unterarm, und sie wünschte, sie würde keine Handschuhe tragen, um ihn besser spüren zu können.

Was hatte sie nur wieder für Gedanken? Sie würde ihm auf dem Ball nahe genug sein, ihn direkt bei sich fühlen, noch dichter als jetzt.

Er half ihr auf die Bank und setzte sich ihr gegenüber. Durch ein Klopfen am Kutschdach gab er seinem Fahrer zu verstehen, dass sie bereit waren, und schon ruckelten sie los. Dann raunte Daniel: »Guten Abend, schöne, unbekannte Lady«, woraufhin sie grinste und neckend hinzusetzte: »Heute Nacht bin ich eine Meerjungfrau, und mit wem habe ich das Vergnügen?« Emily war zu gespannt, wie er aussah!

»Rate«, flüsterte er und beugte sich vor. Zumindest glaubte sie, dass er das tat.

»Ich kann gar nichts erkennen, das ist unfair!«

»Na gut, ich gebe dir einen Tipp.« Ein Schmunzeln lag in seiner Stimme. »Mein Kostüm hat auch etwas mit Wasser zu tun, genau wie deines.«

»Hm …« Angestrengt versuchte sie, irgendetwas zu sehen, leider ohne Erfolg. Als was könnte sich Daniel verkleidet haben? Er liebte die griechische Mythologie oder auch die Zeit der alten Römer. Dann wusste sie es: »Du bist Poseidon oder Neptun, der Gott des Meeres!«

»Siehst du hier irgendwo einen Dreizack?«, fragte er amüsiert.

»Ich sehe kaum die Hand vor meinen Augen! Bitte gib mir einen weiteren Hinweis.«

Er lachte leise. »Du bist ziemlich neugierig. Aber einen Gott zu spielen, wäre auch keine schlechte Idee gewesen. Vielleicht das nächste Mal.«

»Eingebildeter Kerl«, murmelte sie grinsend und überlegte fieberhaft.

Als sie sich immer mehr an die Dunkelheit gewöhnte und hin und wieder das schwache Licht einer Straßenlaterne durch die Scheibe fiel, erkannte sie, dass er einen Hut trug. Doch sie konnte die genaue Form nicht ausmachen.

»Jetzt weiß ich es«, sagte sie keck. Wenn er ihr nicht weiterhelfen wollte, würde sie ihn eben so lange ärgern, bis er ihr freiwillig verriet, als was er sich verkleidet hatte. »Du bist ein venezianischer Gondoliere!«

Sie vernahm ein amüsiertes Schnauben, ansonsten erwiderte er nichts.

Emily kicherte. »Bootsbauer?«

»Ts«, machte er bloß.

»Jetzt habe ich es. Du bist eine Schiffsratte!«

»Freches Weib.« Er lachte leise. »Aber du kommst der Sache schon näher.«

Gewiss war er als Kapitän verkleidet, aber sie wollte ihn weiter necken. »Du bist die dicke Katze des Schiffskochs?« Nun musste sie sich den Bauch vor Lachen halten. »Daniel, ich kann es kaum erwarten, dieses Kostüm zu sehen!«

»Mach dich nur lustig.« Er gluckste. »Ich werde dich zu keinem einzigen Tanz auffordern.«

»Wenn du eine dicke Katze bist, komme ich ohnehin nicht bis an deine Arme.«

Auf diese Weise ging das Spiel weiter, wobei Emily absichtlich nur noch lustige Verkleidungen nannte. Sie liebte es, ihn aufzuziehen, und es nahm ihr ein wenig die Nervosität.

Was, wenn sie auf dem Ball jemandem begegnete, der sie erkannte?

*Nicht darüber nachdenken*, ermahnte sie sich. Heute wollte sie einfach nur Spaß haben und alle Sorgen vergessen.

Als die Kutsche plötzlich hielt und Daniel sagte: »Wir sind da«, sprang sie fast von der Bank auf. Gleich würde es ernst werden.

Der Kutscher öffnete die Tür, und noch mehr Laternenlicht drang in die Kabine. Da erkannte Emily endlich, dass auf Daniels Kopf ein schwarzer Dreispitz mit goldener Borte saß. Weil er einen dunklen Umgang anhatte, sah sie nicht genau, was er darunter trug. Nur weiße Kniehosen, Strümpfe und schwarze Schnallenschuhe spitzten hervor. Am meisten faszinierte sie aber seine pechschwarze Maske, die fast über sein ganzes Gesicht reichte und nur Lippen und Kinn frei ließ. Er sah damit wie ein Straßenräuber aus! Das gefiel ihr, und ihr Herz vollführte einen kräftigen Doppelschlag. Die leichte Abschürfung an seinem Kinn unterstrich diesen wilden Eindruck noch.

Sie lehnte sich zu ihm vor, um ihm behutsam mit dem behandschuhten Daumen über den Kratzer zu fahren. »Sag, hast du wieder geboxt?«

»Hm«, brummelte er und räusperte sich. »Soll ich dir mit der Maske helfen?«

Natürlich! Die hatte sie beinahe vergessen!

»Ja, bitte.« Schnell zog sie die grüne Seidenmaske aus der Manteltasche und reichte sie ihm. Um die Augenaussparungen herum hatte sie weiße Verzierungen, die wohl Meeresgischt darstellen sollten, und würde auch bei ihr das ganze Gesicht bis auf die Mundpartie verdecken.

Vorsichtig hob sie die Kapuze vom Kopf, während sich Daniel neben sie auf die Bank setzte, damit er mit den Bändern die Maske befestigen konnte. Für einen Moment verharrte er so dicht bei ihr, dass sie diesen wunderbaren Mann beinahe einatmen konnte. Er roch so verdammt gut!

»Wunderschön«, raunte Daniel, nachdem er fertig war, wandte schnell den Blick ab und reichte ihr die Hand.

»Ja, Mr Croft hat wirklich ganze Arbeit geleistet.« Emily nahm seine Hand, und er half ihr aus der Kutsche. Diese reihte sich an zahlreiche andere Kutschen, die an der Straße standen. Der Fahrer hatte weiter entfernt vom Eingang des Clubs geparkt, damit niemand das Familienwappen der Hastings erkennen und sehen konnte, wer aus der Kutsche stieg. Daniel hatte ihr am Tag zuvor genau erklärt, wie sie vorgehen würden. Um wirklich völlig unerkannt in den Ballsaal zu gelangen, sollte er ihr am Eingang das Sprechen überlassen und schweigen, falls sie angeredet wurde.

Da die Patroninnen von Almack's bestimmten, wem sie für zehn Pfund Sterling Jahresgebühr eine nicht übertragbare Einschreibung zukommen ließen, hatte Emily natürlich gefragt, wie Daniel an ihre Eintrittskarte gelangt war. Er hatte gemeint: »Ich habe meine Beziehungen spielen lassen«, ihr dann jedoch zugezwinkert. »Meine Frau war gut mit der Countess of Jersey bekannt.«

Lady Jersey war eine der Patroninnen! Sie sollte sogar die als anrüchig geltende Quadrille eingeführt haben, die zuvor nicht im Almack's getanzt worden war. Emily liebte diesen Tanz!

Oh je, ihre Aufregung wuchs langsam ins Unermessliche.

Sie legte ihre Hand auf den Unterarm, den Daniel ihr anbot, und nebeneinander schritten sie auf den hell erleuchteten Haupteingang zu. Emily war niemals zuvor in diesem Gebäude gewesen! Der eher bescheiden wirkende, rechteckige Backsteinbau befand sich an der King Street, St. James's Square, und bestand im Grunde aus vier Stockwerken, enthielt wegen der hohen Räume jedoch überwiegend nur zwei Etagen. Im zweiten Stock lag der große Ballsaal mit den sechs hohen Rundbogenfenstern, die ebenfalls hell erleuchtet waren. Auch einen Speiseraum sowie ein Spielzimmer sollte es geben.

Ihre Knie zitterten heftig, als sie sich vor der Garderobe hinter zahlreichen anderen Gästen einreihten. Eine Eintrittskarte für das Almack's zu besitzen, bedeutete, zur High Society zu gehören! Die Patroninnen kamen regelmäßig zusammen, um zu entscheiden, wer den Club betreten durfte und wer wegen schlechten Benehmens seine Karte wieder abgeben musste – was als soziales Desaster gewertet wurde. Für Herren waren Kniehosen vorgeschrieben, und die Türen wurden Punkt dreiundzwanzig Uhr geschlossen. Es hieß, dem Duke of Wellington wurde einmal der Eintritt verwehrt, weil er lange Hosen trug und sieben Minuten zu spät eintraf. Im Almack's herrschten strenge Regeln – und trotzdem war sie hier!

Als sie kurz vor der Garderobe hielten, zückte Daniel eine Karte und reichte sie einem Bediensteten. Der studierte erst das Stück Papier und anschließend sie beide eingehend. Schließlich nickte er, sie durften weitergehen und ihre Mäntel ablegen. Sie hatten es geschafft. Sie waren drin!

Nun erblickte sie Daniels Kostüm endlich ganz. Zu den weißen Kniehosen trug er eine weiße Weste mit goldenen Knöpfen und ein Krawattentuch, darüber einen dunkelblauen Kapitänsfrack, der mit zahlreichen goldfarbenen Borten und Abzeichen verziert war. »Du siehst fantastisch aus, Daniel!«

»Vielen Dank.« Er deutete eine leichte Verbeugung an. »Das Kompliment gebührt Mr Croft.«

Nein, nur Daniel stand dieses Kostüm hervorragend, keinem anderen. »Ich wusste es. Du bist ein Kapitän!« Und er sah nicht nur fantastisch, sondern anbetungswürdig aus! So stattlich und … einfach zum Anbeißen!

Gespielt empört blickte er sie an. »Ich bin ein Admiral der königlichen Flotte und kein einfacher Kapitän, holde Maid der Meere.«

»Natürlich.« Sie kicherte und krallte sich an seinem Arm fest. »Himmel, Daniel, ich bin schrecklich nervös.«

»Das brauchst du nicht zu sein«, sagte er ruhig und hielt mit seinen grauen Augen ihren Blick gefangen. Hinter seiner Maske wirkten seine Iriden noch dunkler. »Ich werde immer bei dir sein. Wenn es dir hier nicht gefällt, fahren wir sofort wieder nach Hause.«

»Danke.« Wieso machte er das alles für sie? Was waren seine Motive?

Normalerweise suchten die Frauen hier nach einer guten Partie, die Herren nach der passenden Braut. Hatte Daniel sie deswegen mitgenommen, damit er sich unauffällig nach einer neuen Gattin umsehen konnte?

Das glaubte sie nicht. Wie sollte er auch jemanden erkennen? Alle Besucher waren verkleidet – wenn auch nicht so originell wie sie beide. Die meisten Frauen schienen eine Prinzessin oder Königin darzustellen, weil sie protzige Kleider, Krönchen und jede Menge teuren Schmuck trugen. Die Männer stellten wohl das passende Gegenstück dar, einen Prinzen oder König. Auch einen Scheich erkannte sie und eine Frau in einem orientalisch anmutenden Kostüm. Kein anderer Mann sah jedoch so hervorragend aus wie Daniel.

Falls er wirklich nach einer Frau Ausschau hielt, würde jeder denken, dass sie bereits ein Paar waren. Es gehörte sich als unverheiratete Dame schließlich nicht, mehr als zwei Mal mit demselben Mann zu tanzen. Das galt quasi schon als Verlobung! Und sie war mit Daniel hier. Mit einem Earl! Wie unschicklich. Verrückt!

Emily schwebte im Himmel.

Über eine breite Treppe ging es der immer lauter werdenden Musik entgegen. Sofort strömte ihr der Geruch von erhitzten Leibern und jeder Menge Duftwässerchen in die Nase. Es wurde gelacht, getuschelt und geschnattert. Einige Köpfe drehten sich zu ihnen herum; Emily erntete anerkennende, aber auch neidische Blicke von anderen Frauen.

Immer weiter ging es voran, und schon betraten sie den

großen Ballsaal, der aus allen Nähten zu platzen schien, so viele Leute waren gekommen. Zweistufige Kristallleuchter mit unzähligen brennenden Kerzen hingen von der verspiegelten Decke, der Boden war mit feinstem Parkett ausgelegt, und mit rotem Samt bezogene Stühle und Sofas standen an den Wänden, damit sich die Besucher zwischen den Tänzen ausruhen konnten. Die Patroninnen sollten ihr eigenes Sofa am oberen Ende des Raumes besitzen, das Emily wegen der zahlreichen Besucher aber nicht erkennen konnte.

Roséfarbene Vorhänge hingen vor den riesigen Fenstern, und auch an den Wänden befanden sich zahlreiche Spiegel. Dadurch wirkte der Saal noch größer und sie reflektierten das Licht der Kerzen.

Das Orchester saß auf einem Balkon mit vergoldetem Gittergeländer; Schweiß glänzte auf den Gesichtern der Musiker.

Emily wusste überhaupt nicht, wohin sie zuerst sehen sollte. Sie wollte alles in sich aufnehmen und nie wieder vergessen. Dem berüchtigten Dandy George Brummell zufolge, sollte Almack's »der siebte Himmel der Modewelt« sein, und weiß Gott, er hatte recht. So viele teure Kleider hatte Emily niemals zuvor an einem Ort versammelt gesehen.

Als sich Daniel zu ihr beugte und ihr ins Ohr raunte: »Du bist die Schönste von allen«, kam sie sich an seiner Seite wie eine Märchenprinzessin vor. Er hatte das Eintrittsgeld bezahlt, damit sie diesen exklusiven Ort besuchen durfte, ihr ein außergewöhnliches Kleid anfertigen lassen, und er begleitete sie persönlich auf diesen Ball … Wie konnte sie sich nur jemals bei ihm revanchieren?

# Kapitel 14 – Der Maskenball

»Möchtest du etwas trinken, bis der nächste Tanz beginnt?«, fragte Daniel und erklärte Emily: »Es gibt jedoch nur Tee und Limonade, keinen Alkohol.«

Ihre Augen hinter der Maske strahlten. »Limonade, bitte. Die trinke ich ohnehin viel lieber. Und stimmt es, dass es hier nur dünn geschnittenes Brot gibt, weil sich das Almack's von den teuren Privatbällen abheben möchte?«

Er schmunzelte. »Das stimmt.« Gab ein Adliger ein Fest, versuchte jeder Gastgeber, den anderen zu übertreffen, und bot nur die besten Speisen, Weine und Musikanten an.

»Faszinierend.« Emily hielt immer noch krampfhaft seinen Arm fest und schien alle Eindrücke auf einmal aufnehmen zu wollen. Es lohnte sich schon jetzt, mit ihr hierher gekommen zu sein. Daniel hatte wirklich großes Glück, dass Imogen hervorragend mit Lady Jersey bekannt gewesen war. Er musste der betagten Dame jedoch versichern, dass seine Begleitung aus bestem Hause stammte – darauf legten die Patroninnen mehr Wert als auf Vermögen – und er sie ihr eines Tages vorstellen würde. Dass er einen Adelstitel besaß, war zwar von Vorteil, mehr wogen jedoch Erziehung und gutes Benehmen. Davon besaß Emily reichlich.

Sie schlenderten zu dem Tisch, an dem ein Bediensteter Limonade ausschenkte, und tranken, solange das Orchester eine Pause einlegte. Manche Tänze dauerten bis zu einer halben Stunde und kosteten nicht nur den Musikern Kraft. Für gewöhnlich erlitten immer wieder Damen einen Schwächeanfall oder mussten vorzeitig an die frische Luft. Je mehr der Abend voranschritt, desto stickiger wurde es im Saal. Die Kerzen verströmten Hitze und verbrauchten Sauerstoff, genau wie die zahlreichen, schwitzenden Menschen. Oft ging ein Ball von acht Uhr abends bis vier Uhr früh. Daniel war gespannt, wie lange es Emily aushalten würde.

Sie tranken aus und warteten, bis das Orchester ein neues Lied anstimmte und der Ansager eine »Quadrille« ankündigte. Dieser Tanz war ihnen als Kinder noch nicht beigebracht worden, da er erst in den letzten Jahren in Mode gekommen war. Er bestand aus sechs Figuren, und jede folgte einem anderen Muster. Dazwischen gab es immer wiederkehrende Tanzteile. Im Großen und Ganzen war er sehr kompliziert.

»Fühlst du dich der Quadrille gewappnet?«, fragte Daniel.

»Darauf kannst du deine schönen Schnallenschuhe verwetten.« Emily lachte und zog ihn an der Hand aufs Parkett. Vier Paare standen sich jeweils im Quadrat gegenüber; dann ging es auch schon los und sie verbeugten sich. Anschließend wurde die Verbeugung zum Gegenpaar wiederholt.

Emily tanzte völlig fehlerfrei. Gerne wurde die Schrittfolge vertauscht, aber sie kam kein einziges Mal durcheinander. Jeder Vorwärtsschritt begann mit dem rechten Bein, zurück ging es mit dem linken.

Daniel hatte die Quadrille zuletzt vor zwei Jahren mit Imogen getanzt und musste sich eisern konzentrieren, um bei der Sache zu bleiben. Aber nicht nur die Schrittfolgen verwirrten ihn zuweilen, auch Emily lenkte ihn ab. Ihr Lachen klang betörend, und sie war die schönste Frau im Saal. Er sah nur noch sie, ihr feuerrotes Haar, ihr grünschillerndes Kleid. Andere Männer drehten sich ständig zu ihr um und stolperten deshalb beim Tanzen fast über ihre Beine; deren Begleiterinnen betrachteten sowohl Emily als auch ihre Gatten mit finsterer Miene.

Emily sah aus wie Atargatis, die Urmutter aller Meerjungfrauen. Dem Mythos nach fiel Atargatis als Ei aus dem Himmel und landete im Fluss Euphrat. Daniel hatte diese alte Geschichte schon oft gelesen. Als das Ei aufbrach und Atargatis heraussstieg, raubte sie den Menschen mit ihrer Schönheit die Sinne. Ihr Oberkörper war der einer attraktiven Frau, der Unterleib glich dem eines Fisches und … sie hatte Männer kastriert.

Daniel schluckte hart. Emily lockte ihn wie eine Sirene die Besatzung eines Schiffes, das unaufhaltsam auf die scharfen Klippen zusteuerte. Er und sein ganzes Imperium würden untergehen, wenn er es nicht schaffte, auf Abstand zu bleiben. Sie war leider nicht die Richtige für ihn, so sehr er sie auch wollte.

»Woher kannst du den Tanz so gut?«, fragte Daniel, als die »Tour de Main« an der Reihe war. Dazu standen sie sich einander gegenüber, reichten sich in Schulterhöhe die rechten Hände und gingen mit acht Schritten um die gemeinsame Achse nach rechts.

»Claire und ich haben ihn fast jeden Nachmittag in den letzten Jahren getanzt, um etwas *Verruchtes* zu tun, wie meine Freundin es nennt. Ihr Mann muss leider sehr viel arbeiten, also haben wir es uns schön gemacht.«

Das freute Daniel für sie und er stellte sich vor, wie die beiden Frauen ausgelassen gelacht hatten. Emilys Haar hatte sich dabei gelöst und war ihr über die nackten Schultern geflossen … Prompt vergaß er die nächste Schrittfolge, doch zum Glück stand für die weniger Geübten ein »Ansager« am Rande der Tanzfläche und rief ihnen zu, welche Figur als Nächstes folgte. »Nun die Promenade!«, brüllte er über die Musik hinweg, oder: »Damenkette!«

Kam man an einem anderen Tanzenden vorbei oder ging man aufeinander zu, wurde die Person gegenüber immer mit einem leichten Kopfnicken begrüßt. Die eine oder andere »Prinzessin« verlor dabei fast ihr Krönchen, was Emily zusehends amüsierte. Sie verlor nie die Fassung, wahrte ihre Haltung wie eine echte Lady und meisterte die Quadrille mit Bravour.

Als die Musik endete, atmete nicht nur sie schwer. Auch Daniel blieb für einen Moment die Luft weg und er schwitzte hinter der Maske. »Ich könnte noch einmal eine Limonade vertragen«, sagte er, als er Emily zu einer Couch führte.

»Ich zwei!« Glücksselig grinste sie ihn an. »Könntest du mir bitte eine mitbringen? Ich möchte mich schnell frischmachen.«

»Natürlich«, raunte er und beschrieb ihr den Weg zu den Waschräumen.

Sie schwebte förmlich davon und schien regelrecht zu funkeln. Doch das waren natürlich nur die Perlen in ihrem wundervollen Haar. Daniel sah ihr jedoch an, dass mit dem heutigen Abend ein Traum für sie in Erfüllung ging, was auch ihn glücklich machte. Er hatte Em noch nie so ausgelassen gesehen.

Als Kind war sie ein richtiger Wildfang gewesen, mit Feuer im Blut und immer für einen Scherz zu haben. Von dem damaligen Temperament schien nicht mehr viel übrig geblieben zu sein, aber jetzt blitzte wieder etwas von der alten Emily durch.

Er besorgte ihre Getränke, und während er sich mit den Gläsern in der Hand auf eine freie Couch setzte und auf Emily wartete, stellte sich ein maskierter Mann im Piratenkostüm neben ihn.

»Ihr habt wundervoll miteinander getanzt«, drang die Stimme seines Freundes Rochford an Daniels Ohren.

Er schnaubte amüsiert. »Du bist also doch erschienen.« Am Nachmittag war sich Rochford noch nicht sicher gewesen, ob er nicht lieber ins Brooks's gehen und ein paar Partien Whist spielen sollte.

»Ich gestehe, meine Neugier hat gesiegt. Ich wollte endlich einmal deine zauberhafte Nanny zu Gesicht bekommen.«

»Du hast uns auf der Tanzfläche erkannt?«, murmelte Daniel schmunzelnd und rieb sich über die Abschürfung an seinem Kinn.

»Ich würde dich sogar erkennen, wenn du einen Kartoffelsack über dem Kopf tragen würdest, Hastings. Ich weiß, wie du dich bewegst, geschmeidig wie eine Großkatze. Außerdem habe ich einen bleibenden Eindruck bei dir hinterlassen.« Rochford grinste spitzbübisch. Daniel hatte sich heute extra mit seinem Freund im Hinterzimmer ihres Lieblingsclubs getroffen, um für den Ball gerüstet zu sein. Dabei hatte er beim Boxen für eine Sekunde nicht aufgepasst, weil er mit den Gedanken bei Emily gewesen war.

Während Rochford sprach, musterte er die herumstehenden Paare. »Außerdem ist das feuerrote Haar deiner Meerjungfrau nicht zu übersehen. Sie ist wirklich eine Schönheit, Hastings. Vielleicht überlege ich es mir doch noch und heirate sie.«

Daniel warf ihm einen solch finsteren Blick zu, dass sein Freund lachte.

»Keine Sorge, ich habe mich nicht als Pirat verkleidet, um sie dir wegzuschnappen. Allerdings werde ich gleich die eine oder andere Grazie genauer unter die Lupe nehmen. Zwei attraktive Witwen habe ich schon gesichtet.«

Manchmal hatte Daniel den Eindruck, Rochford würde alle Frauen begehren. Zumindest tat sein Freund immer, als wäre er ein Frauenheld. Wenn ihn Daniel jedoch nach seinem Liebesleben oder den nächtlichen Aktivitäten fragte, hielt er sich meist bedeckt. *Ein Gentleman genießt und schweigt*, sagte Rochford stets.

Einen Casanova wollte Daniel gewiss nicht für seine Em, sondern einen zuverlässigen, treuen Partner, der ihr ein sicheres Heim bieten konnte. Er sollte wirklich dringend damit anfangen, ihr einen Mann zu suchen, bevor er sie nicht mehr gehen lassen konnte und sein Herz endgültig an diese rothaarige Sirene verlor.

An dem Tag, als Mr Croft bei ihm gewesen war und Emily Angst gehabt hatte, sein Schneider könnte sie für seine Geliebte halten, hatte er ihre Worte nicht mehr aus dem Kopf bekommen. Was, wenn er sie tatsächlich zur Geliebten nahm? Daniel wäre stets gut zu ihr, es würde ihr an nichts fehlen und Sophia würde es bestimmt auch gefallen, wenn Emily für immer bei ihnen blieb …

Verflucht, was waren das bloß für Gedanken? Er sollte sich schleunigst eine neue Frau suchen, um Emily aus dem Kopf zu bekommen.

»Hast du schon etwas über ihren Mann herausfinden können?«, fragte er Rochford.

Sein Freund beugte sich leicht zu ihm herunter und senkte die Stimme. »In der Tat. Ein paar Männer, die ihn noch von früher kannten, weil sie mit ihm die Universität besucht oder anderweitig mit ihm zu tun hatten, erzählten, dass er sich völlig verändert hätte und an Amnesie litt. Oft erkannte er nicht mal seine alten Freunde. Edward soll früher wenig Kontakt zu anderen gepflegt und sehr zurückgezogen gelebt haben sowie gerne gereist sein. Er war also oft lange Monate nicht in London und wohnte sonst lieber auf dem Land. In den letzten Jahren ließ er sich aber öfter blicken, spielte und trank viel. Dabei betonte er ständig, dass er nach einem brutalen Überfall auf seine Kutsche nicht mehr der Alte sei.«

Daniel horchte auf. Das klang alles sehr mysteriös. »Hat er auch über Emily geredet?«

»Ich glaube eher nicht. Einige konnten sich aber erinnern, dass er die Tochter eines wohlhabenden Baronets geheiratet hat und mit ihr aufs Land gezogen ist. Ihren Namen wusste jedoch keiner mehr oder was aus ihr wurde. Edward kam immer allein für ein paar Tage nach London, um zu trinken und zu spielen. Hin und wieder war er auch in eine Schlägerei verwickelt.«

Emily war bestimmt froh gewesen, wenn der Mistkerl sie für längere Zeit allein gelassen hatte. Daniel war auch froh, dass sich keiner mehr an ihren Namen erinnerte. Das ersparte ihr viel Schmach. Langsam verstand er, warum sie so wenig über die gemeinsame Zeit mit diesem Viscount preisgab. Ob Edward sie geschlagen hatte?

Sein Freund blickte ihn ernst an, das erkannte Daniel sogar durch die Maske.

»Was ist los, Rochford? Ich sehe doch, dass du noch was für mich hast.«

»Edward soll angeblich Lord Babington getötet haben. Aber niemand konnte ihm etwas nachweisen. Ein Fischer fand Babington Tage nach seinem plötzlichen Verschwinden tot in der Themse. Dabei soll er ein guter Schwimmer gewesen sein. Einige vermuten, Edward habe ihn wegen hoher Spielschulden umgebracht. Denn nachdem er beim Whist eine sehr große Summe verloren hat, ist er wieder handgreiflich geworden und hat Babington bedroht. Edward wurde gerne jähzornig, wenn er zu viel getrunken hat.«

Daniel erstarrte, und eisige Schauder krochen über seinen Rücken. Er hatte von Babingtons Tod in der Times gelesen. Ob wirklich Edward dahintersteckte? Zum Glück war dieser Schweinehund gestorben, bevor er Emily überdrüssig geworden wäre. Hätte er sie sonst ebenfalls getötet? Falls die Gerüchte über den Mord überhaupt stimmten. Ob

Emily davon wusste?

Als er ihr feuerrotes Haar zwischen den Leuten aufblitzen sah, überlegte er, ob er ihr Rochford vorstellen sollte, doch da war sein Freund bereits wieder in der Menschenmenge verschwunden.

Daniel beschloss, über die Neuigkeiten zu schweigen, und diesen Abend für sie unvergesslich und vor allem unbeschwert zu machen. Das hatte sie mehr als verdient.

# Kapitel 15 – Eine unvergessliche Nacht

Emily hatte auf dem Ball jede Sekunde ausgekostet und fast die halbe Nacht mit Daniel getanzt. Daher befanden sie sich erst nach drei Uhr morgens auf dem Rückweg in seine Stadtvilla. Schulter an Schulter saßen sie in der Kutsche und schwiegen einvernehmlich. Ihr taten die Füße weh, aber sie bereute nichts. Keiner war ihnen in die Quere gekommen, nichts und niemand hatte den wundervollen Abend ruiniert. Emily hatte sich noch nie so frei, so glücklich gefühlt. Sie sollte müde sein, stattdessen pulsierte ihr ganzer Körper immer noch vor Energie.

Sie spielte mit den Bändern ihrer Maske, die auf ihrem Schoß lag, und wandte Daniel das Gesicht zu. Es war zu dunkel, um zu erkennen, ob er sie anblickte oder vielleicht sogar döste. Sein langes Bein berührte leicht ihr Kleid, sodass sie beinahe aus einem Reflex heraus ihre Hand auf seinen Oberschenkel gelegt hätte. Schmunzelnd erinnerte sie sich, was diese herrlichen Männerbeine alles vermochten. Die Quadrille hatte ihm wohl weniger gelegen, ansonsten war er ein wundervoller Tänzer, der sie sicher über das Parkett geführt hatte. Am liebsten wollte sie die Nacht noch einmal wiederholen.

»Vielen Dank, dass du mir diesen fantastischen Abend ermöglich hast«, sagte sie leise, um ihn nicht zu wecken, falls er schlief.

Sie spürte, wie er sich leicht an sie lehnte, und plötzlich lag einer seiner Arme um ihre Schultern.

Glücklich seufzend schmiegte sie sich an ihn, woraufhin er ihr einen sanften Kuss auf die Schläfe hauchte.

»Mir hat der Abend auch großes Vergnügen bereitet«, murmelte er in ihr Haar. »Ich habe mich zu lange hinter meinem Schreibtisch verkrochen und gar nicht mehr gewusst, wie viel Spaß man haben kann.«

Sie gluckste, weil sie sich daran erinnerte, wie herrlich sie sich amüsiert hatten. Sobald Daniel jemanden in seinem Kostüm erkannt hatte, hatte er ihr berichtet, um wen es sich bei dem Herrn oder der Dame handelte und sofort eine lustige oder interessante Geschichte parat gehabt.

»Der Abend war mehr als wunderbar, Daniel. Wie kann ich mich nur jemals für deine Großzügigkeit erkenntlich zeigen?«

»Das brauchst du nicht«, raunte er, wobei sie glaubte, immer noch seine Lippen an ihrem Haaransatz zu fühlen. »Es hat sich doch für uns beide gelohnt.«

Emily widerstand dem Drang, den Kopf zu drehen, damit sie Daniel küssen konnte. Wo standen sie beide nun? Waren sie einfach nur sehr gute Freunde? Führten sie eine eher geschwisterliche Beziehung? Manchmal fühlte es sich tatsächlich so an, aber dann gab es diese Momente, in denen Daniel sie anders ansah. Intensiver. Feuriger …

Sie konnte sich nicht länger den Kopf darüber zerbrechen, denn die Kutsche hielt und Daniel half ihr hinaus. Schweigend liefen sie nebeneinander den düsteren Weg durch den Vorgarten bis zur Villa, umrundeten dann jedoch das Gebäude.

»Wohin gehst du?«, fragte sie flüsternd. Da es bereits dämmerte, erkannte Emily gerade genug, um nicht irgendwo dagegen zu laufen.

»Hintertür.« Daniel zog einen Schlüssel unter einem Busch hervor und sperrte die Küchentür auf. »Ich wollte nicht, dass Smithers auf uns wartet. Der alte Mann braucht schließlich seinen Schlaf.«

Nachdem sie eingetreten waren, sperrte Daniel wieder ab und nahm Emily an der Hand, da es im Haus noch wesentlich dunkler war als draußen. Sicher führte er sie nach oben bis zu ihrem Zimmer. Doch als sie sah, dass Becky selig in ihrem Bett schlief und Sophia daneben lag, brachte sie es nicht über das Herz, das Hausmädchen zu wecken.

»Ich werde im Sessel schlafen«, flüsterte sie Daniel zu und wollte ihm gerade eine gute Nacht wünschen, als er sie an der Hand zurück in den Flur zog.

»Das kommt überhaupt nicht in Frage.« Er schloss die Tür und führte sie wieder zu den Treppen.

»Du hast recht!« Wieso war ihnen das nicht schon vorher eingefallen? »Wir haben den Plan nicht bis zum Ende durchdacht.«

Er blieb nicht stehen, sondern ging mit ihr weiter nach unten. »Was meinst du?«

»Na, Becky wird sich doch wundern, warum ich zu dieser extrem frühen Stunde von meiner Freundin zurückkomme, und vielleicht Fragen stellen, ob ich mich mit Claire gestritten habe, oder so. Ich will sie nicht noch mehr anlügen.«

Er schwieg ein paar Sekunden, bevor er sagte: »Du kannst im ehemaligen Schlafzimmer meiner Frau übernachten.«

»Daniel«, zischte sie. »Das geht doch nicht!«

»Keiner wird davon erfahren. Das Zimmer wird nur ein

Mal im Monat geputzt, niemand betritt es sonst.«

Ihr Herz raste, als er sie in sein Schlafzimmer schleuste. Dort brannte eine Lampe, die wahrscheinlich Mr Smithers für ihn angelassen hatte, und Daniel führte sie weiter in sein Ankleidezimmer. »Du kannst mein Wasser nehmen«, sagte er nun in normaler Lautstärke, schüttete sich ein wenig davon in seine Waschschüssel und drückte Emily das Gefäß in die Hand. »Ich komme noch schnell mit und mache dir Licht.«

Sie wusste gar nicht, wie ihr geschah, aber plötzlich befand sie sich wieder im Boudoir der ehemaligen Lady Hastings. Daniel entzündete zuerst die Lampe auf dem Frisiertisch und öffnete anschließend die Tür zum Schlafzimmer. Dort zog er ein weißes Tuch von dem riesigen Himmelbett, das genauso prachtvoll wirkte wie das von Daniel, und machte ihr auch dort ein Licht an.

»Falls du noch etwas brauchst«, raunte er, wobei er ihr tief in die Augen blickte, »sag mir einfach Bescheid. Du weißt ja, wo du mich findest.«

Und wie sie das wusste! Prompt hatte sie wieder sein herrlich festes Gesäß und seinen breiten Rücken vor Augen. »Danke«, sagte sie heiser – dann stand sie allein im Boudoir.

Sie zitterte am ganzen Körper, als sie das Wasser in die Schüssel goss, um sich ihre Hände zu waschen und das erhitzte Gesicht zu erfrischen. Himmel, was suchte sie hier bloß? Schon die ganze Nacht hindurch fühlte sie sich, als würde sie unter Spannung stehen. Sie hatte zwar nicht viel Ahnung von Elektrizität, aber so musste es sich anfühlen, wenn ein Blitz von einem Objekt zum anderen übersprang. Ununterbrochen hatte ihre Haut geprickelt.

Sie wussten beide, wohin ihre Anwesenheit in seinen privaten Räumen führen würde. Gehen konnte Emily jedoch auch nicht. Ihr Herz sehnte sich schon zu lange nach diesem wunderbaren Mann, der ihr heute einen riesengroßen Traum erfüllt hatte. Sollte er zu ihr kommen, hätte sie wahrscheinlich nicht mehr die Kraft und den Willen, ihn abzuweisen.

꒰✿꒱

Daniel musste verrückt sein, Emily die Räumlichkeiten von Imogen anzubieten. Aber er hätte sie niemals auf einem Sessel schlafen lassen können! Hoffentlich dachte sie nun nicht, er hätte das alles genau so beabsichtigt. Doch er hatte wirklich »den Plan nicht bis zu Ende gedacht«.

Natürlich gab es in seiner Villa auch Zimmer für Besucher, aber die waren alle nicht hergerichtet und … Verdammt, er hatte nur einen Vorwand gebraucht, um Em in seiner Nähe zu wissen! Und diese Nähe würde ihn nun für den Rest der Nacht in den Wahnsinn treiben. Bestimmt machte er kein Auge zu.

Unentwegt schritt er in seinem Ankleidezimmer auf und ab, während er seinen Hut auf den Rasiertisch legte und das Krawattentuch abzog. Der Kapitänsfrack landete über der Lehne des Stuhls, die Schnallenschuhe darunter. Nach und nach entledigte er sich seiner Sachen, bis er nur noch die engen Breeches trug. Dann tauchte er die Hände in das kühle Wasser, um sich damit kraftvoll über sein Gesicht zu reiben. Er musste wieder zu Verstand kommen!

Als er im Nebenraum ein Rascheln hörte, wandte er das Gesicht der Verbindungstür zu. Daniel hatte sie nicht ganz zugedrückt, sie stand wenige Millimeter offen.

Ob sich Emily gerade auszog?

*Ich werde nicht nachsehen!*, befahl er sich und begann wieder, im Zimmer auf und ab zu laufen.

Die Tür war nur angelehnt, Emily so nah …

Verdammt!

Er wollte nicht spionieren, gewiss nicht, aber er besaß kaum noch Selbstbeherrschung. Also zog er die Tür ein paar Millimeter weiter auf und schaute direkt auf Emily. Ihre Füße waren nackt; die Strümpfe und Handschuhe hingen ordentlich am Waschtisch. Vergeblich versuchte sie, am Rücken an die Häkchen ihres Kleides zu gelangen.

Natürlich – Claire hatte ihr beim Ankleiden geholfen. Ohne Unterstützung würde sie nie aus dem Kostüm kommen!

Er klopfte behutsam an der Tür und zog sie danach sofort ganz auf, ohne auf ihre Antwort zu warten. »Brauchst du Hilfe?«

Fast schon panisch starrte sie ihn an. »Nein!«

»Ist alles in Ordnung?«

Plötzlich schien sie Angst vor ihm zu haben. »Ja! Ich … schaffe das schon irgendwie.«

Nein, sie hatte keine Angst, sie verbarg etwas vor ihm. Denn als er auf sie zutrat, drehte sie ihm nicht den Rücken zu, wie es sich gehören würde. Schließlich trug er kaum noch etwas am Leib.

Er merkte, wie sie vehement versuchte, nicht auf seine nackte Brust zu starren, aber ihre Blicke wanderten immer wieder an ihm herunter.

Verdammt, es gefiel ihm, wenn sie das tat!

»Em«, sprach er sanft, als er direkt vor ihr hielt und mit dem Zeigefinger ihr Kinn anhob, damit sie ihm in die Augen sehen musste. »Bitte sag mir, was du hast.«

»Nichts«, wisperte sie. Ihre Lippen zitterten.

»Es ist wegen ihm, nicht wahr?« Nun klang er nicht mehr ganz so sanft, vor allem, wenn er daran dachte, was Rochford ihm erzählt hatte. Dennoch versuchte er, Ruhe zu bewahren, um Emily nicht noch mehr aufzuwühlen.

Sie schluckte mühsam, dann nickte sie.

»Was hat er dir angetan, Em?« Mit dem Daumen strich er zärtlich über ihre Wange, weil eine Träne daran heruntergerollt war.

»Ich will nicht, dass du es siehst«, flüsterte sie.

Sein Magen verkrampfte sich schmerzhaft, als hätte ihm Rochford einen seiner berühmten »Schwinger« verpasst. Daniel wollte mehr denn je wissen, was ihr dieser Bastard von Ehemann angetan hatte. Wäre Edward noch am Leben, würde Daniel ihn umbringen! »Bitte dreh dich um«, befahl er behutsam, aber er wollte sie zu nichts zwingen. Er war nicht Edward. »Egal was es ist, Em, du kannst es mir sagen. Vielleicht geht es dir danach besser.«

Sie bebte am ganzen Körper, aber sie weinte nicht, als sie ihm den Rücken zukehrte und ihr wunderschönes Haar anhob.

Auch Daniels Finger zitterten, während er im schwachen Schein der Lampe Haken für Haken öffnete, bis das Kostüm zu Boden rutschte. Darunter trug Emily ein hauchdünnes, fast durchsichtiges Hemd aus feinster Seide, das denselben tiefen Ausschnitt besaß wie ihr Kleid. Sanft strich er mit den Fingerspitzen über die zarte Haut unterhalb ihres Nackens, fuhr tiefer zwischen ihre Schulterblätter und schob seine Hand auch ein Stück in den Ausschnitt. Am liebsten wollte er sie überall berühren!

Sie roch unglaublich gut, nach Frau und diesem zarten Zitronenduft, der sie immer umhüllte. Daniel wollte mehr von ihr sehen. Alles!

Als er sie auf ihren grazilen Nacken küsste, an dem sie besonders intensiv nach Frau duftete, sog sie zitternd die Luft ein.

»Ist dir das unangenehm?«, fragte er leise, wobei sein

Herzschlag in den Ohren donnerte.

»Nein«, wisperte sie. »Es fühlt sich gut an.«

Er wusste, er sollte jetzt gehen, aber sein Körper gehorchte ihm nicht mehr. Langsam zog er die Träger des Hemdchens über ihre Schultern, bis auch das fiel. Darunter war sie splitternackt. »Du bist wunderschön«, raunte er, wobei er sich an ihrer Figur kaum sattsehen konnte. Nur schade, dass lediglich eine Lampe im Raum brannte und er Emily nicht so gut erkannte, wie er es gerne würde. Deshalb behalf er sich weiterhin mit seinen Händen, die er über ihren Rücken gleiten ließ, um sie überall zu befühlen. Seine Lippen folgten; sanft strich er mit ihnen über ihre weiche Haut an ihrem rechten Schulterblatt und von dort aus immer tiefer.

Ihr Körper war geformt wie eine Sanduhr, mit wohlgerundeten Hüften und einer schmalen Taille. Daniel sank hinter ihr auf die Knie, während er ihre herrlich runden Pobacken küsste. Vehement unterdrückte er ein Stöhnen. Allein dieser Anblick rüttelte so arg an seiner Beherrschung, dass er am liebsten sofort seinen steinharten Schwanz hervorgeholt und zwischen diese drallen Backen geschoben hätte.

»Daniel«, stieß sie atemlos hervor, ließ ihr Haar fallen und krallte die Finger um die Lehne ihres Stuhles.

»Ist das in Ordnung für dich?« Seine Stimme klang so tief, dass er sie fast selbst nicht mehr erkannte. Aber Emily erregte ihn auf nie gekannte Weise.

»Ja«, hauchte sie, und er versprach: »Ich werde nichts tun, was du nicht willst.«

Dabei wollte er gerade überwiegend solche Sachen tun, die er noch mit keiner Frau gemacht hatte. Zum Beispiel mit der Zunge zwischen ihre wohlgeformten Pobacken fahren oder Emily gleich bäuchlings über einen Sessel legen

150

und ihre Beine spreizen, damit er … *Nicht daran denken!*

Seine erregenden Gedanken fanden ohnehin ein jähes Ende, als er eine raue Erhebung über ihrem Steißbein ertastete. Er sah genauer hin und entdeckte eine kreisrunde, etwa zwei Zentimeter große Narbe. Auf einer ihrer herrlich runden Pobacken waren ebenfalls verblasste Verletzungen zu sehen. Sie sahen aus wie Zahnabdrücke!

»Hat er … eine Zigarre auf dir ausgedrückt?«, grollte Daniel und erhob sich. Plötzlich war seine Lust verflogen. »Und hat er dich gebissen?«

Er hörte, wie sie leise aufschluchzte, bevor sie nickte.

»Wie oft hat dir der Bastard Gewalt angetan?«, knurrte er.

»Ein paar Mal«, wisperte sie erstickt. »Meistens war er zum Glück zu betrunken und ist schnell müde geworden.«

»Willst du deshalb seinen Titel nicht mehr tragen?«

Endlose Sekunden lang schwieg sie, bevor sie sich zu ihm umdrehte und weinend an ihn drängte.

War er zu weit gegangen? Hatte er zu viel von ihr verlangt?

»Em …« Sofort hob er sie auf die Arme, drückte sie an seine Brust und schritt mit ihr in sein Schlafzimmer. Dort platzierte er sie sanft auf seinem Bett und deckte sie zu. Er selbst legte sich auf die Laken und zog Emily anschließend an sich.

Seufzend vergrub sie das Gesicht an seiner Brust, und es erleichterte ihn, dass ihre Tränen versiegt waren.

Behutsam strich er ihr über den Rücken. »Was hat dieser Bastard dir noch alles angetan?«

»Er hat mir seine Macht demonstriert, indem er mich manchmal tagelang in meinem Zimmer eingesperrt hat. Auch meine Zofe durfte dann nicht zu mir und Claire war es ohnehin nie erlaubt, mich zu besuchen. Er hat immer gesagt, ich sei schuld, dass es mit Nachwuchs nicht klappt.

Ich würde ihn nicht genug reizen und ...« Ein Beben ging durch ihren Körper, bevor sie die Luft ausstieß, als wäre sie erschöpft. »Ich will nicht darüber reden, nur alles vergessen.«

Anscheinend hatte Edward ein Problem gehabt, richtig hart zu werden. Daniel hatte schon davon gehört, dass bei einigen Männern zu viel Alkohol dazu führte, den Beischlaf nicht mehr vollziehen zu können. Einerseits war Daniel froh, dass Emily mit diesem Bastard nicht zu oft das Bett teilen musste, andererseits hatte ihr Edward in seinem Zorn wohl Gewalt angetan.

Sollte er ihr erzählen, was Rochford herausgefunden hatte?

Lieber nicht. Er musste ihr nicht berichten, was die anderen glaubten. Das würde sie nur zusätzlich verstören. Edward war Vergangenheit ...

Zittrig lächelte sie ihn an. »Du bist ganz anders als er. Zärtlich und verständnisvoll.« Ihr Blick wanderte zu seinem Mund und ihr Gesicht kam immer näher. Ihre Lippen teilten sich, und kurz bevor sie seinen Mund trafen, wisperte sie: »Lass mich vergessen, Daniel. Bitte mach, dass ich mich an nichts mehr erinnern kann.«

Daniel konnte ihr nicht länger widerstehen. Zu lange hatte er keine Frau mehr gespürt, ihren Duft eingeatmet, ihre zarte Haut berührt. Er vermisste das alles.

Er vermisste ... »Em.«

Er raunte noch einmal ihren Kosenamen, denn sie war nicht irgendeine beliebige Frau für ihn, dann umarmte er sie fest und küsste sie.

Emily kroch halb auf ihn, wobei ihr die Decke bis zu den Hüften rutschte, sodass sich ihr nackter Oberkörper an seine Brust schmiegte. In seinem Magen prickelte es und ihm wurde schwindelig, als hätte er zu viel Champagner getrunken. Sie schmeckte süß wie Beeren und ihre Lippen waren kleine, weiche Kissen, wie gemacht, um liebkost zu werden. Sie war so schön, so lieblich, klug und verletzbar, dass er sie zukünftig vor allem Übel der Welt beschützen wollte.

Daniel zerwühlte ihr Haar, während er sie verlangend küsste, und versprach: »Ich werde diese Nacht für dich unvergesslich machen.«

## Kapitel 16 – Das erste, echte Mal

Noch nie war Emily auf diese Weise geküsst worden. *Richtig* geküsst worden. Ihr Körper schien zu schweben, während er gleichzeitig in Flammen stand und ihre Lippen ein Eigenleben entwickelten. Sie kam sich schrecklich verrucht vor, wie sie so nackt auf Daniel lag, der selbst nur noch eine Hose trug, aber das war ihr völlig egal. Sie wollte Daniel am liebsten überall gleichzeitig und so intensiv wie möglich spüren. In ihr passierte gerade etwas, das sie sich nicht erklären konnte. Niemals zuvor war so etwas geschehen. Sie kam sich wie ein Vulkan kurz vor dem Ausbruch vor.

Daniel ein paar weitere Geheimnisse anzuvertrauen, hatte ein wenig Druck von ihrer Seele genommen, und sie fühlte sich so leicht wie ewig nicht mehr. Im Moment lagen all ihre Probleme, all ihre Bedenken in weiter Ferne. Sie wollte bloß noch genießen und schöne Emotionen zulassen, auf die sie viele Jahre lang verzichten musste. Es gab nur noch Daniel und sie, als würden sie in einer Blase stecken, in der sie ihr eigenes, kleines Universum besaßen.

Er vergrub die Finger in ihrem Haar, und eine Perle nach

der anderen flog aufs Bett, während er ihre Frisur zerwühlte. Auch das war ihr gleichgültig. Sie genoss seinen warmen Körper unter sich und vor allem seine wahnsinnig guten Küsse. Seit wann gefiel es ihr, wenn ein Mann mit seinem Mund den ihren eroberte?

Seit eben. Weil es nicht irgendein Mann war, sondern Daniel.

Er keuchte an ihre Lippen, als er seine Hände an ihrem Rücken bis zu den Pobacken gleiten ließ und sie sanft drückte. Dieses Feuer, das in Emily wütete, schien von ihrem Bauch immer tiefer zu wandern bis zwischen ihre Schenkel, wo es alles in Brand setzte. Ihr Schoß pulsierte wild und verlangend und schien auf mehr zu warten. Doch was war dieses »Mehr«?

Von Claire wusste sie, dass eine Frau beim Liebesspiel einen Punkt überschreiten konnte, an dem sich all die angestauten, positiven Wahrnehmungen auf einen Schlag entluden und ein noch viel intensiveres Gefühl hervorriefen. Diesen Zenit hatte sie allerdings noch nie erreicht, geschweige denn überschritten. Doch jetzt bekam Emily zumindest eine Ahnung, wovon ihre Freundin gesprochen hatte.

»Daniel«, raunte Emily, wobei sie nicht aufhören konnte, ihn zu küssen. Er schmeckte gut, er küsste perfekt … Er war wie ein sündhaft schöner Dämon, der sie mit einem Bann belegt hatte und aus ihr eine verdorbene Frau machte. Sie zerwühlte sein dickes, weiches Haar und rieb ihren Unterleib an der Decke sowie seinem harten Schenkel, der darunter lag.

»Warte«, raunte er – schon riss er das Laken zwischen ihnen weg und nestelte an seiner Hose.

Emily wich ein Stück zur Seite, damit er sich ausziehen und sie ihn währenddessen bewundern konnte. Dabei klemmte sie sich jedoch das Laken unter die Arme, weil es sich ungewohnt anfühlte, sich Daniel – oder überhaupt jemandem – ganz nackt zu zeigen.

Sie hatte auch noch nie jenen Teil eines Mannes zu Gesicht bekommen, mit dem er »Liebe machen« konnte. Edward hatte immer seine Kleidung getragen und Emily auf den Bauch gedreht, als hätte er sie während des kurzen, fast schon brutalen Aktes nicht ansehen können. Das war kein »Liebe machen« gewesen und zum Glück hatte es nie lange gedauert. Auf diese Weise musste sie wenigstens nicht Edwards ekelhaften Atem riechen.

Bei Daniel hingegen konnte es ihr nicht langsam genug gehen. Sie liebte es, mit ihm zusammen zu sein, ihn zu betrachten und seine Reaktionen zu studieren, die sie bei ihm hervorrief. Sie liebte außerdem seinen ansehnlichen, straffen Körper und wie er sich unter ihren Fingern anfühlte.

Kaum hatte er die Breeches abgestreift und aus dem Bett geworfen, stockte ihr der Atem. Zum ersten Mal erblickte sie einen Mann nackt, und bei Gott, hier hatte sein Schöpfer ein wahres Wunderwerk vollbracht! Alles passte perfekt zusammen, vom kleinen Zeh bis zum … Sie schluckte. So sah also der Penis eines erwachsenen Mannes aus! Natürlich kannte sie Penisse aus Anatomiebüchern oder von Statuen – doch die hatten weder so lang noch so hart gewirkt, ragten nicht aus einem Nest gekräuselter Haare und waren niemals vom Körper abgestanden. Ob das so gehörte?

Aus der purpurfarbenen Spitze perlte ein dicker, glasiger Tropfen, und als sein Penis zuckte, lief der Tropfen an einer Ader entlang. Kraftvoll und fast ein wenig Furcht einflößend sah sein Geschlecht aus. Wie konnte es bei einer Frau passen?

»Du darfst mich überall berühren, wenn du willst, und dir alles ganz genau ansehen«, raunte Daniel mit einem

Schmunzeln in der Stimme, nachdem er sich wieder neben ihr ausgestreckt hatte.

Sie biss sich auf die Unterlippe, um sich ein Grinsen zu verkneifen. »Tut mir leid, ich …« Ihr Gesicht glühte. »Das ist alles sehr neu für mich.«

Sein durchtriebenes, aber ehrliches Lächeln ging ihr durch und durch. »Es freut mich, dass wir diesen Bereich zusammen erkunden können.«

Diesen … Bereich? Meinte er damit seine Körpermitte oder das Liebesspiel im Allgemeinen? Vielleicht beides. Und er hatte recht, sie freute sich ebenfalls, diese intime Angelegenheit gemeinsam mit ihm erleben zu dürfen, mit dem Mann, dem sie vertraute. Sie wusste, dass Daniel nie etwas tun würde, was sie nicht wollte. Er starrte zwar gierig auf ihre Brüste, die unter dem Laken spannten und leicht schmerzten, weil sich die Spitzen hart zusammengezogen hatten, doch er fasste sie nicht an oder riss das Tuch weg.

Weil sie ein neugieriger und interessierter Mensch war, wollte sie sich die Chance natürlich nicht entgehen lassen, ein solch wunderschönes Objekt der männlichen Spezies zu erforschen. Mutig streckte sie einen Arm aus, um bei seiner Brust zu beginnen. Seine Haut war weich und ein paar Haare wuchsen dort. Die hatte sie ja auch schon nachts einmal befühlt und außerdem zu sehen bekommen, als er betrunken im Sessel Platz genommen hatte. Damals hatte er jedoch auch Hosen getragen und Emily sich gefragt, wie die Region unterhalb seines Bauchnabels aussah. Von dort führte eine Spur schwarzer Härchen bis zu dem Nest aus Haaren.

Als sie über seine Lenden strich, zuckten Daniels Bauchmuskeln. »Du musst nicht so behutsam sein. Männer sind nicht aus Porzellan.«

»Oh, das weiß ich doch, du unmöglicher Kerl!« Sie lachte, und die lockere Atmosphäre nahm ihr ein wenig die Scheu.

Grinsend hob er die Brauen. »Ich finde es nur ein wenig ungerecht, dass du alles von mir siehst, während du dich hinter dem Laken versteckst.«

Mutig ließ sie es fallen, sodass er nun ihren ganzen Oberkörper erblicken konnte. Schlagartig wurde er ernst und seine Augen schienen ihm fast aus den Höhlen zu fallen. Emily wollte erneut lachen, doch dann wurde ihr bewusst, dass er sie wirklich schön fand. Edward hatte sie niemals auf diese Weise angesehen.

»Darf ich?«, fragte er und hob eine Hand.

Sie nickte, ohne zu zögern, und schon stupste er mit der Fingerspitze eine ihrer empfindlichen Knospen an.

Leise stöhnend schloss sie die Augen. Wie konnte sich eine solch leichte Berührung nur so gut anfühlen?

Als er die zweite Hand dazunahm und ihre Brüste sanft knetete, beugte sie sich zu ihm, um ihn wieder zu küssen. Sie musste ihren Mund beschäftigten, denn diese ungewohnten Laute aus ihrer Kehle waren ihr ein wenig peinlich. Doch jetzt war nicht der richtige Moment für Scham, denn sie wusste nicht, wie viel Zeit ihr noch mit Daniel blieb. Schließlich würde das zwischen ihnen nicht ewig dauern, also wollte sie jede Sekunde auskosten und dafür ihre Ängste überwinden.

Mutig rieb sie mit einer Hand über seine wohlgeformte Brust und tiefer über den flachen Bauch, bis sie schließlich an sein Geschlecht stupste.

»Berühre mich überall, Em«, raunte Daniel an ihren Lippen, woraufhin sie seine Männlichkeit vorsichtig umschloss.

Nun stöhnte auch er laut und kehlig, wobei er ihr die Hüften entgegen drückte. »Fester.«

Sie tat, wonach er verlangte, und befühlte diesen fremden Körperteil, der gleichzeitig hart war und eine fast schon samtene Oberfläche besaß. Als sie mit dem Daumen seine dicke, weiche Spitze zusammendrückte, keuchte er heftig und drehte sich mit ihr herum, sodass sie nun unter ihm auf dem Rücken lag.

»Em, du weißt nicht, was du mit mir anstellst«, flüsterte er heiser an ihrem Mund und küsste sie erneut verlangend.

Sie fuhr durch sein Haar, das ohnehin schon durcheinander war, weshalb er nun, zusammen mit seinen Bartstoppeln, wie ein Pirat aussah. Sie liebte es, wie er sich unrasiert und ungeniert vor ihr zeigte, genoss es, diese neue Seite an ihm zu entdecken – nicht den perfekten Gentleman, sondern den schamlosen Liebhaber, der ihr all seine interessanten Körperstellen völlig unverhüllt präsentierte. Emily könnte ewig mit ihm nackt im Bett liegen, um jeden Zentimeter an ihm genau zu erforschen. Mit beiden Händen strich sie an den Muskelsträngen seines Rückens hinab, bis sie bei seinen festen, wohlgeformten Pobacken ankam.

Sein Gesäß war das Erotischste, was sie jemals erblickt oder gefühlt hatte. Als sie hineinkniff, drückte Daniel den Unterleib fest an sie, sodass sie seine harte Männlichkeit an ihrem Geschlecht spürte. Das pochte mittlerweile wie verrückt, und ein süßes, verlangendes Ziehen breitete sich von dort in ihrem ganzen Körper aus.

Daniel bewegte sich heftiger auf ihr, rieb seinen harten Penis in ihrem feuchten Spalt und müsste nur noch zustoßen, um in sie einzudringen. Plötzlich flackerten jedoch verdrängte Gefühle und Bilder in ihr auf, und sie hatte Angst, dass es wehtun könnte. Nicht immer hatte es das, meist war es unangenehm, aber zu ertragen gewesen, weil Edward irgendein Öl benutzt hatte. Doch manchmal hatte sie danach sogar geblutet …

Daniel musste bemerkt haben, dass sie sich verspannte, denn er hielt inne, küsste ihr Gesicht und ihre Nasenspitze. »Scht, entspann dich, Em. Dann wird es schön für dich.« Intensiv musterte er sie, als wollte er jede ihrer Gefühlsregungen ablesen. »Ich mache es schön für dich.«

»Ja«, wisperte sie, zog seinen Kopf zu sich heran und küsste ihn zärtlich auf den Mund. »Das tust du schon.«

Sie wollte weinen vor Freude, weil sie mit diesem Mann solch ein Glück erfuhr. Er war selbst im Bett rücksichtsvoll und ein zwar verruchter, aber wahrer Gentleman.

Küssend bahnte er sich einen Weg über ihr Kinn und ihren Hals tiefer. Emily grub die Finger in sein Haar, als er mit den Lippen abwechselnd ihre Brustspitzen umschloss und sanft daran saugte. Himmel, erneut raste pure Lust zwischen ihre Beine.

Mit der Zunge zog er Kreise auf ihrer Haut und küsste ihren Bauch. Dabei rutschte er immer tiefer an ihr hinab. Schließlich drückte er ihre Schenkel auseinander und küsste die empfindliche Haut an den Innenseiten.

Emily hielt die Luft an. Das gehörte sich nicht! Er konnte alles sehen!

Ihr Gesicht brannte vor Scham und sie wollte die Schenkel zusammenkneifen – was natürlich nicht ging, weil er dazwischen kniete.

»Scht«, machte er nur wieder und raunte: »Du bist wunderschön«, bevor er die Lippen auf ihren Schoß presste, der sich ihm schutzlos und geöffnet präsentierte.

»Daniel!« Sie keuchte seinen Namen, während sich der Betthimmel vor ihren Augen drehte. So etwas durfte er nicht tun!

Oder doch?

Ihre Gedanken verschwammen; das herrlich pulsierende Ziehen wanderte von dort unten tief in ihren Bauch.

Daniel machte etwas mit seiner Zunge; sie konnte nicht genau sagen, was, weil ein mächtiges, neues Gefühl sie durchströmte. Er zupfte mit den Lippen an der empfindlichen Perle und schob einen Finger in sie. Als es tatsächlich nicht wehtat, entspannte sie sich völlig und zog sogar die Beine an. Nun war sie es, die sich ihm schamlos präsentierte, und es gefiel ihr.

»Daniel«, wisperte sie und schnappte nach Luft, als das unbegreiflich starke Gefühl immer weiter zunahm. In ihrem Schoß zog und pulsierte es köstlich und … irgendetwas raste auf sie zu!

»Lass dich fallen, Em«, raunte er an ihrer feuchten Scham. »Lass es einfach geschehen.«

Und sie ließ es zu.

Das gigantische Gefühl schlug wie eine Welle über ihr zusammen und riss sie mit sich fort zu einem unbekannten Ufer. Sie schwebte und ertrank gleichzeitig – und sie liebte es.

Tränen liefen über ihr Gesicht, als sie wieder im Hier und Jetzt ankam. Nun wusste sie, wovon Claire gesprochen hatte. Emily konnte nicht glauben, dass etwas, das sie bisher verabscheut hatte, so wunderschön sein konnte.

Daniel blickte sie ernst an und krabbelte über sie, wobei er sich mit den Ellbogen abstützte. »Ist alles in Ordnung?«

»Mehr als das«, flüsterte sie und küsste ihn. Er schmeckte anders, roch nach ihrer Lust. Aber sie ekelte sich nicht davor. Mit Daniel schien plötzlich alles Unschickliche grandios zu sein.

Nachdem das Nachglühen ihres Körpers ein wenig nachgelassen hatte, fragte sie: »Hast du auch dieses unglaubliche Gefühl verspürt?«

»Einen Höhepunkt?« Er schmunzelte. »Nein, aber ich war nah dran.«

»Kann ich etwas tun, damit es bei dir auch so schön wird?«

Er kniff kurz die Lider zusammen, als hätte er Schmerzen, und raunte: »Das kannst du. Aber nur, wenn du wirklich möchtest.«

»Ich will es.«

»Dann schlaf mit mir, Em.«

»Ich ... mit dir?«

Lächelnd drehte er sich mit ihr herum und zog sie auf sich, sodass sie auf seiner harten Männlichkeit saß. »Ja, du bestimmst, wie weit du gehen möchtest.«

Nun verstand sie und kam sich gleichzeitig dumm vor. Sie wusste so wenig über diesen Akt. Das wollte sie alles möglichst schnell nachholen. Also rieb sie sich an Daniels Erektion, und als er sie an der Wurzel festhielt und ihr tief in die Augen blickte, nickte sie, hob ihr Becken und ließ sich langsam auf ihn sinken.

Seine dicke, runde Spitze glitt mühelos in sie, so als würde er perfekt für sie passen. Er füllte sie aus, dehnte sie mit seiner Länge. Daniel lag stöhnend und beinahe wehrlos unter ihr – was ihr gefiel. Weil sie auf ihm saß, hatte sie die Zügel in der Hand. Je tiefer sie ihn hereinließ, desto mehr wand er sich unter ihr und stöhnte. »Em, du bringst mich noch um!«

Sie grinste. Natürlich sah sie ihm an, wie gut es ihm gefiel. Und sie fand auch Gefallen daran, diese Macht über ihn zu haben, ihm Lust zu verschaffen. Er hatte seine Arme neben dem Kopf angewinkelt und hielt die Augen geschlossen. Als sie über seine Brust fuhr, keuchte er auf, und sie spürte, wie er leicht in ihr zuckte.

Nachdem sie ihn schließlich ganz aufgenommen hatte, drückte es nur ein bisschen, fühlte sich aber ansonsten himmlisch an. Sie musste auf die Stelle starren, an der sie miteinander verbunden waren, weil sie es einfach nicht glauben konnte.

»Du bist so schön, Em«, raunte er und fuhr zärtlich über ihre Wangen, bevor er seine Hände auf ihre Brüste legte. »Ich liebe einfach alles an dir.«

*Und ich liebe dich*, wollte sie erwidern, verkniff es sich aber gerade noch. Sie wollte den wunderbaren Augenblick nicht zerstören. Stattdessen fragte sie lächelnd: »Was soll ich jetzt tun?«

»Bewege dich auf mir«, raunte er und fasste an ihre Hüften. »Auf und ab.«

Sie tat, wie ihr befohlen, und er führte sie, gab ihr die Geschwindigkeit vor.

Emily kam sich erneut schrecklich verrucht vor und die Situation war ihr auch ein wenig peinlich. Sie ritt einen Lord, als wäre er ein Pferd! Emily wollte über dieses Bild lachen, aber das würde wohl Daniels Lust trüben. Er blickte sie völlig ernst an, starrte auf ihre Brüste, knetete sie und stöhnte immer heftiger. Dabei sah er unglaublich attraktiv aus. Wie er so losgelöst zwischen ihren Schenkeln lag … Sie spürte wieder, wie sich ihr Schoß lustvoll verkrampfte. Sie war zwar noch weit davon entfernt, auf diesen fantastischen Gipfel zuzusteuern, aber dieses Gefühl war ebenfalls sehr schön. Ja, sie fand Gefallen daran, auf Daniel zu reiten.

»Em«, stöhnte er mehr, als dass er sagte, und packte sie fester an den Hüften. »Mach ein wenig … langsamer. Tiefer …«

Als er den Kopf in den Nacken legte und sich seine Bauchmuskeln hart anspannten, wusste sie, dass er nun seinen Höhepunkt erreichte. Daniel stöhnte losgelöst, wisperte dabei Worte, die sie nicht verstand. Doch sie wusste: Genau in diesem Augenblick verströmte er seinen Samen in ihr. Emily unterdrückte ein Schluchzen, weil er keinen fruchtbaren Boden vorfinden würde. Allerdings war es besser so. Als unverheiratete Frau ein Baby zu bekommen, wäre ein Skandal!

Ihr wäre das jedoch völlig egal …

Als er die Augen öffnete, lächelte er sie an und zog sie auf sich. Sie blieb auf seiner Brust liegen, wobei ihr Kopf nah an seinem Hals ruhte, und lauschte seinem wild schlagenden Herz. Außerdem war er immer noch in ihr – was sich wunderbar anfühlte, auch wenn er langsam weicher wurde.

In diesem Moment wollte sie nirgendwo anders sein, sondern einfach nur hier mit ihm liegen und das Nachglühen ihrer Leidenschaft genießen.

Daniel breitete die Decke über sie aus, dann legte er die Arme um Emily. »War es schön für dich?«, fragte er sanft.

»Das beste Mal meines ganzen Lebens«, flüsterte sie glücklich, woraufhin er ihren Scheitel küsste. »Und die beste Nacht meines Lebens.«

»Ich hatte dir ja versprochen, dass diese Nacht für dich unvergesslich wird, und ich halte immer meine Versprechen.«

Sie gluckste leise und kuschelte sich noch fester an ihn. »Sind alle Earls so von sich überzeugt?«

»Das kann ich nicht beurteilen. Ich habe noch mit keinem anderen Earl das Bett geteilt.«

Sie lachte erneut. »Ich wusste gar nicht, dass Sie so verdorben sind, Lord Hastings.«

»Das wusste ich bis jetzt auch nicht«, raunte er und gähnte. »Schlaf gut, Em.«

»Du auch«, murmelte sie, doch Emily fiel nur in einen leichten Schlummer. Sie war noch viel zu aufgewühlt nach all den Ereignissen. Außerdem durfte sie nicht ewig bei ihm liegen bleiben. Sie musste zurück zu Sophia!

Seit sie auf Claires Kinder aufgepasst hatte, schien sie eine innere Uhr zu besitzen, die sie fast jeden Morgen rechtzeitig erwachen ließ. So auch heute. Als sie die Augen aufschlug, sagte Daniels Standuhr, dass es längst Zeit war, Becky abzulösen. Es war auch schon richtig hell draußen!

Vorsichtig machte sie sich aus Daniels Umarmung los und vermisste diese intime Nähe sofort. Doch es half alles nichts …

Nachdem sie ihn eine kleine Weile beobachtet hatte, wie er tief und selig schlief, sammelte sie leise alle Perlen ein, die sie zwischen den Laken fand, und deckte Daniel wieder zu. Danach schlich sie ins Boudoir. Dort legte sie die Perlen zurück in die Schublade, machte sich schnell frisch, richtete ihre Haare und schlüpfte in ihr Kostüm. Da sie es ohne Hilfe nicht ganz schließen konnte, zog sie einfach ihren Mantel darüber, sodass niemand sehen konnte, was sie darunter trug. Anschließend wanderte sie nach oben in ihr Zimmer.

Becky war gerade dabei, Sophia anzukleiden, und Emily übernahm sie dankend. Becky blieb zum Glück zurückhaltend und fragte sie nicht über den »Theaterbesuch mit Claire« aus, sondern erstattete ihr kurz Bericht, bevor sie ging. Sophia war ein kleiner Engel gewesen.

Gähnend legte Emily den Mantel ab, während die Kleine lebhaft durchs Zimmer lief und »Spiel, Spiel!«, rief. Nun spürte sie, wie die Müdigkeit sie übermannte. Sie musste jedoch noch durchhalten, bis Sophia ihren Mittagsschlaf machte. Dann würde sich Emily ebenfalls hinlegen.

Aber sie bereute nichts. Könnte doch von nun an jede Nacht so wundervoll sein wie die letzte! Sie dürfte mit Daniel tanzen, bis ihr die Füße wehtaten, mit ihm Liebe machen und in einem Bett liegen. Tagsüber kümmerte sie sich um Sophia, und sie unternahmen schöne Ausflüge mit

Daniel, als wären sie eine richtige Familie.

Doch Sophia war nicht ihre Tochter und Daniel nicht ihr Mann. Aber ein wenig von einer heilen Welt durfte sie wohl träumen.

# Kapitel 17 – Der Tag danach

Als Daniel gegen Mittag erwachte, fand er Emily nicht mehr neben sich. Ob er vielleicht nur geträumt hatte, was gestern passiert war?

Nein, ihr zitroniger Geruch lag noch überall in seinem Zimmer, außerdem der Duft ihres Liebesspiels. Daniel hatte nicht geträumt, und er erinnerte sich an alles. Sie hatten miteinander geschlafen!

Wie fantastisch sie sich angefühlt und wie sie sich auf ihm bewegt hatte. Ihre Unerfahrenheit erregte ihn, ebenso, dass er mit ihr etwas völlig Neues ausprobieren konnte. Imogen hatte nie auf ihm gesessen, er nie von ihr gekostet. Experimente waren in ihrer Beziehung nicht vorgekommen. Mit Emily war das etwas anderes. Schon immer hatte sie ihn zu den verrücktesten Dingen herausgefordert, ihn dazu gebracht, gegen Konventionen zu verstoßen. Bei ihr konnte er sich fallenlassen, einfach nur er selbst sein. Und wenn er mit ihr schlief, brauchte er auch keine Angst zu haben, ein uneheliches Kind zu zeugen. Emily wäre die perfekte Geliebte für ihn.

Bei diesem Gedanken kam er sich erbärmlich vor. Er würde genau das bekommen, was er wollte, Emily aber nicht. Wobei das auch nicht ganz stimmte, denn am liebsten wollte er sie richtig, als seine Frau, und das wäre vielleicht auch in ihrem Interesse. Bloß war das leider nicht möglich. Zwar könnte er Sophia absichern und ihr alles vererben, was nicht an den Titel gebunden war. Sämtlichen Zugewinn aus seinen Geschäften durfte er ihr vermachen. Doch alles andere würde an seinen nichtsnutzigen Cousin Alastair fallen. Daniel wollte gar nicht daran denken.

Die Ländereien und der Titel wurden seit Generationen innerhalb seiner Familie weitergegeben, Daniels Vorfahren hatten dem König treu gedient und sich Land und Titel redlich verdient. Sein Vater und Daniel waren im Parlament angesehene Mitglieder gewesen. Seine Trauerzeit war vorbei, deshalb würde er sich dort ebenfalls bald wieder einbringen. Wenn er sich jedoch seinen Cousin im House of Lords vorstellte, wie der Gesetze überprüfte, änderte, neue Gesetze vorschlug oder über Schuld und Unschuld eines Angeklagten entscheiden musste, wurde ihm übel. Alastair hatte schon als Junge ein böses, sadistisches Wesen besessen und die Macht, andere mitzureißen – es würde nichts Gutes dabei rauskommen.

Im Grunde gab es für einen Adligen nichts Schlimmeres, als keinen männlichen Erben zu zeugen. Daniel hatte dem König gegenüber eine Verpflichtung und die würde er nicht einhalten können, wenn er Emily zur Frau nahm. Seine ganze Ausbildung hatte dazu gedient, für sein Land und die Krone da zu sein, sollte er gebraucht werden, genau wie sein zukünftiger Sohn nach ihm. Durfte er alles wegen einer Frau hinwerfen?

Im Moment wusste er darauf keine Antwort, denn die ganze Situation war noch zu frisch und er hatte sich nie zuvor Gedanken über einen anderen Weg gemacht.

Stöhnend drehte er sich auf den Bauch. Warum konnte in seinem Leben und auch im Leben von Emily nicht alles nach Plan laufen? Er wollte diese wunderbare Frau nie wieder missen. Mit ihr war alles anders. Intensiver. Heißblütiger.

Mit Imogen hatte er nie so viel Leidenschaft erfahren. Zwischen ihnen herrschten Freundschaft und tiefer Respekt. Zwar war Daniel seinen ehelichen Pflichten nicht ungern nachgekommen, aber dieses Feuer zwischen ihnen hatte es nie gegeben. Dieses sinnliche Verlangen hatte er niemals gespürt und auch nicht gesucht, weil er nicht gewusst hatte, dass so etwas überhaupt möglich und er zu solchen Gefühlen fähig war.

Leider war Emily nicht die richtige Frau für ihn, aber er wollte sie unbedingt. Er musste sie bloß überzeugen können, bei ihm zu bleiben, als seine Geliebte. Sie machte sein Leben bunter, sie vervollständigte ihn. Er war unglaublich gern mit ihr zusammen, am liebsten rund um die Uhr.

Bei ihm würde es ihr an nichts fehlen und er dafür sorgen, dass sie nie wieder an ihren widerlichen Ehemann denken musste. Daniel wollte all die schrecklichen Erinnerungen vertreiben, die sie noch von diesem Mistkerl besaß. Wenn Daniel auch nur an diesen Schweinehund dachte, wurde er so wütend, dass er etwas zerschlagen wollte! Wie konnte jemand seiner süßen Emily bloß so etwas Widerliches antun? Sie einsperren, beißen … mit einer Zigarre verbrennen!

Daniel sprang aus seinem Bett und begann sofort, Liegestütze zu machen, bevor er wirklich noch etwas zerstörte. Er hörte nicht auf, bis seine Muskeln brannten und sein Atem raste.

Verdammt, es hatte ihn ziemlich erwischt.

Stöhnend und grinsend zugleich schlenderte er in sein Ankleidezimmer, wo bereits ein frischer Krug Wasser auf ihn wartete. Wie ein Wirbelwind war Emily in sein Leben gefegt und hatte ihn mit sich gerissen. So etwas war ihm noch nie passiert.

Zwischen Imogen und ihm war die Liebe langsam erblüht – es war auch eine arrangierte Ehe gewesen – und hatte sich im Laufe der Jahre gefestigt. Zwischen Emily und ihm waren die leidenschaftlichen Gefühle von Beginn an kraftvoll aufgeflammt.

Konnte etwas Bestand haben, das so schnell begonnen hatte? Womöglich war es auch genauso schnell wieder zu Ende?

Er wollte es auf jeden Fall mit ihr probieren, denn er hatte jetzt schon das Gefühl, ohne sie nicht mehr atmen zu können.

⁂

Den ganzen Tag über versuchte Daniel, sich auf seine Geschäfte zu konzentrieren, die er leider nicht länger aufschieben konnte. Umso mehr freute er sich, als er Emily und seine Tochter endlich zum Dinner traf.

Emily tat so, als hätte die heiße Nacht niemals stattgefunden, und sprach ihn wie immer vor seinen Angestellten formell an. Doch ihre Wangen leuchteten und ein süßes Lächeln umspielte ihre Lippen, wann immer sich ihre Blicke trafen.

Wie sehr er diesen Mund jetzt küssen … und auch an anderen Stellen spüren wollte.

Hastig wandte er den Blick von ihr ab. Er durfte sie nicht ständig anstarren. Die Angestellten tuschelten schon.

Im weiteren Verlauf des Dinners versuchte sich Daniel, auf Sophia zu konzentrieren, die heute keinen rechten Appetit verspürte und unentwegt sabberte. Er verstand langsam, warum viele Adlige die eigenen Kinder lieber von Nannys betreuen ließen. Ständig musste man sich um sie kümmern, ihnen den Mund abwischen und auch sonst alles für sie tun, was ein Erwachsener längst allein erledigen konnte. Ob Emily die Arbeit nicht zu viel wurde? Sie machte jedoch nicht den Eindruck, wirkte in Sophias Nähe stets gut gelaunt und ging immer liebevoll mit ihr um.

»Was habt ihr heute noch vor?«, fragte Daniel, nachdem sie die Nachspeise beendet hatten.

»Wir gehen gleich ein wenig in den Garten. Aber ich werde Sophia heute früh ins Bett bringen. Sie bekommt ein neues Zähnchen, ist quengelig, müde und hat ein wenig erhöhte Temperatur.«

Alarmiert warf er einen Blick auf sein Kind, danach auf Henry, der wie immer völlig ungerührt neben der Tür stand. »Soll ich einen Doktor rufen lassen?«

Emily lächelte sanft. »Es ist wirklich alles so, wie es sein soll, Mylord. Bitte machen Sie sich keine Sorgen.«

Da sie tatsächlich unbekümmert wirkte, wusste er, dass er ihr vertrauen konnte. Emily war schließlich diejenige, die Erfahrung mit Kindern hatte, nicht er. Sie wäre bestimmt eine wundervolle Mutter geworden.

Daniel wollte zu gerne mit ihr und seiner Tochter in den Garten gehen, doch er musste sich zurückhalten, um die Gerüchteküche nicht noch mehr zu befeuern. Deshalb wünschte er ihr und Sophia einen schönen Abend, bevor er sich in sein Arbeitszimmer zurückzog. Aber er konnte es kaum erwarten, sie wiederzusehen.

❦

Unruhig marschierte Daniel in seinem Schlafzimmer auf und ab. Er wünschte, Emily würde zu ihm kommen, aber das war natürlich unmöglich. Sie musste auf Sophia aufpassen. Hoffentlich ging es seiner Tochter wirklich gut. Mit Fieber war nicht zu spaßen. Seine Mutter war an einer Lungenentzündung gestorben und hatte auch sehr hohe Temperatur gehabt. Emily hatte ihm bei ihrem Ausflug in den Park anvertraut, dass ihre Eltern beide innerhalb weniger Tage an einem Fieber gestorben waren.

Er riss sich das Krawattentuch ab und zog sich weiter aus, bis er nur noch in Hemd und Hose durch den Raum tigerte. Vielleicht sollte er Rochford besuchen; das würde ihn vielleicht von der ganzen Situation mit seiner Tochter und Emily ablenken. Daniel musste mit jemandem sprechen, vor allem brauchte er einen Rat wegen seiner »Beziehung« zu Em — wobei ihm sein Freund wieder dasselbe sagen würde wie beim letzten Mal. Alles Reden half ohnehin nichts, weil er genau wusste, was er wollte: Emily.

Um sie zu sehen, blieb ihm nur eine Möglichkeit: Er musste zu ihr nach oben gehen. Und was gäbe es für einen besseren Vorwand, als sich nach dem Gesundheitszustand seiner Tochter zu erkunden?

Daniel straffte sich, eine Idee formte sich in seinem Kopf. Emilys Bett war breiter als ein normales … Als er das frühere Kindermädchen Lizzy gefragt hatte, ob sie etwas bräuchte, hatte sie verschämt gesagt: »Ein breiteres Bett wäre wundervoll, Mylord.« Sie hatte ihm nie erzählt, dass sich Sophia nachts zu ihr schlich; Daniel hatte immer geglaubt, sie würde es brauchen, damit Henry bei ihr liegen könnte, denn natürlich hatte er bemerkt, wie der Bursche sie anschaute. Vielleicht hatte auch beides zugetroffen … Auf jeden Fall hatte er ihr eines gekauft, weil sie ihre Arbeit ordentlich und zuverlässig erledigt und sich nie etwas hatte zuschulden kommen lassen.

Ja, er würde Emily besuchen! Schließlich war das sein Haus, er konnte hingehen, wohin er wollte. Trotzdem würde er darauf achten, nicht gesehen zu werden.

Er eilte die Treppen nach oben und klopfte nicht an, um keine Aufmerksamkeit zu erregen. Doch es war zum

Glück alles still. Auch hinter Emilys Tür hörte er nichts. Leise öffnete er sie und trat ein.

Sie saß am Schreibtisch vor dem Fenster, ihm den Rücken zugedreht, und schien etwas zu notieren. Noch drang ein wenig Helligkeit von draußen herein; zusätzlich stand eine Lampe neben ihr. Doch er hatte nur Blicke für ihr langes rotes Haar, das ihr in großen Wellen über die Schultern floss. Am liebsten wollte er sofort die Hände darin vergraben. Emily hatte sich schon für die Nacht zurechtgemacht und trug ein weißes Hemd, das ihr bis zu den Knöcheln reichte. Sehr brav und züchtig. Dabei war sie eine leidenschaftliche Frau.

Auf ihrem Kopfkissen lag eine Schlafhaube. Er hasste diese Kopfbedeckungen für die Nacht und benutzte sie nicht, weil er nichts am Körper spüren wollte außer … Emily.

Als er die Tür schloss, klickte es, und sie drehte sich sofort auf dem Stuhl herum. »Daniel!«

»Entschuldige, ich wollte dich nicht erschrecken«, sagte er leise, um seine Tochter nicht zu wecken, doch er sah sie nicht. Emilys Bett war leer, die Tür zum Kinderzimmer angelehnt.

Neugierig trat er näher. »Was machst du?«

Schnell stand sie auf und ihre Wangen färbten sich. »Ich schreibe einen Brief an Claire.«

Er schmunzelte, denn er konnte sich genau vorstellen, was in dem Brief stehen würde. »Schläft Sophia schon?«

»Hm.« Nervös spielte sie an einer Haarsträhne. »Du siehst aus, als wolltest du schon zu Bett gehen.«

»Wollte ich.« Daniel strich sich über das Haar und schmunzelte. Er hatte völlig vergessen, dass er nur noch Hemd und Hose trug! »Aber dann …« Leise räusperte er sich. »Wie geht es Sophia?«

»Gut. Willst du sie sehen?«

Er nickte, und Emily zog die Tür zum Nebenraum auf. Hier brannte kein Licht, aber da die Vorhänge noch nicht geschlossen waren, konnte er alles erkennen. Das Spielzeug war aufgeräumt, Sophias Kleidung hing ordentlich über einem Stuhl.

Sie schlichen an ihr Bettchen, und Emily befühlte ihre Stirn. Die Kleine lag auf dem Rücken; in einer Armbeuge hielt sie ihr Häschen, in der anderen Faust lag ihr Tuch. Etwas Spucke lief aus ihrem Mundwinkel und ihre Bäckchen waren sanft gerötet.

»Ist die Temperatur gestiegen?«, fragte er flüsternd.

»Nein, ihr geht es wirklich gut.«

»Sie schläft gar nicht bei dir.«

»Ich versuche, sie an ihr eigenes Bett zu gewöhnen. Dort schläft sie mittlerweile auch ein. Aber nachts krabbelt sie oft zu mir unter die Decke.«

»Stört dich das?«

Emily schüttelte lächelnd den Kopf. »Ich mag es, wenn sie sich an mich kuschelt.«

Daniel konnte kaum den Blick von Sophia abwenden und war heilfroh, dass ihr wirklich nichts fehlte. »Sie sieht so süß und unschuldig aus, wenn sie schläft. Genau wie du.«

Als sie zurück in Emilys Zimmer gingen, lehnte sie grinsend die Tür an. »Du bist vor mir eingeschlafen. Also kannst du das gar nicht beurteilen.« Sie straffte sich und verschränkte die Arme vor der Brust, als hätte sie Angst, er könnte durch den dünnen Stoff ihre Brüste erkennen. »Bist du nur gekommen, um nach deiner Tochter zu sehen?«

»Auch.« Er kratzte sich am Nacken und wusste einfach nicht, wie er sich ihr nähern sollte! Im Moment kam er sich wie ein dummer Junge vor. »Falls du dich gerade einsam fühlst, kann ich mich auch an dich kuscheln«, sagte er schief lächelnd. »Dann hätten wir beide was davon.« Oh Mann, was für ein miserabler Annäherungsversuch!

Nun wurden ihre Wangen genauso rot wie die seiner Tochter. Sie lächelte nicht, starrte aber auf seinen Hals, den für gewöhnlich ein Tuch verdeckte. »Daniel, wir dürfen das nicht mehr tun.«

»Was?«, fragte er unschuldig und trat dicht zu ihr, sodass er ihren sanften Zitronenduft wahrnahm. »Das hier?« Langsam senkte er den Kopf, und als sie nicht zurückwich, schob er ihr Haar zur Seite, um sie seitlich auf den Nacken zu küssen.

Emily rührte sich nicht, blieb kerzengerade stehen, aber er spürte, wie ihr Körper unter seinen Küssen erbebte und ihr Atem hektisch gegen sein Ohr schlug.

»Ich weiß, dass du es genauso sehr willst wie ich, Em«, raunte er, wobei er sich traute, federleicht mit seinen Händen über ihre Arme zu streicheln.

Zitternd holte sie Luft. »Ich … liebe deine Berührungen, aber …«

»Aber?«

Nun wich sie leider doch einen Schritt zurück und blickte ihn ernst an. »Was bin ich für dich?«

»Du bist eine wunderschöne Frau, meine Freundin und« *… meine Geliebte, wenn du willst*, wollte er sagen. Doch er brachte es nicht über die Lippen, denn er hatte Angst vor ihrer Reaktion. Wenn er dieses eine Wort aussprach, gäbe es kein Zurück mehr. Entweder würde sie ihn abweisen oder einverstanden sein. Akzeptierte sie, seine Geliebte zu werden, müsste er ihr jedoch klarmachen, dass er sie niemals heiraten könnte. Doch das wusste sie längst; sie konnte ihm keinen Erben schenken. Aber auch seiner zukünftigen Gattin müsste er klarmachen, dass es bereits eine Frau in seinem Leben gab, die er nie mehr missen wollte.

Er war ein Earl, er konnte eine Geliebte *und* eine Ehefrau haben! Das war in seinen Kreisen nichts Ungewöhnliches. Er wollte jedoch kein Mistkerl sein, schon gar nicht Emily gegenüber. Sie war lange genug mit einem Scheusal verheiratet gewesen.

Was für eine verzwickte Situation!

Daniel wollte jetzt nicht über all das und schon gar nicht über seine Zukunft nachdenken. Er wollte hier und jetzt einfach nur mit Emily zusammen sein. Mit ihr glücklich sein. Sich in ihr verlieren und alles vergessen.

»Und?«, hakte sie zögerlich nach. »Was wolltest du noch sagen?« Sie war mittlerweile bis zu ihrem Bett zurückgewichen und stieß mit den Kniekehlen dagegen.

Daniel kam wieder auf sie zu. »Du bist die schönste und interessanteste Frau, der ich je begegnet bin«, raunte er und legte zärtlich die Hände an ihre Wangen.

Sie schmiegte sich in seine Berührung und schloss die Augen. »Daniel …«, wisperte sie, und es klang wie eine Verheißung.

Er hielt es nicht länger ohne Emily aus und küsste sie. Zuerst zart, dann immer verlangender.

Als sie stöhnend gegen seine Brust sank und sich an ihn klammerte, durchströmte ihn pures Glück. Sie schienen in ihrer eigenen kleinen Welt gefangen zu sein, genau wie gestern.

Als sie ihn ebenso leidenschaftlich zurück küsste und sich an ihn schmiegte – wobei sie süße, leise Seufzer von sich gab –, wusste Daniel: Sie wollte es ebenso sehr wie er!

Behutsam drängte er sie aufs Bett, bis sie sich unter ihm auf dem Rücken ausstreckte. Daniel schlüpfte schnell aus Hemd und Hose, genoss Emilys Blicke, die neugierig und gierig zugleich über seinen nackten Leib wanderten, und legte sich schließlich auf sie. Abermals küssten sie sich, wobei er ihr Nachthemd an den Hüften nach oben schob.

Emily erstarrte unter ihm. Mist, er war zu schnell vorgeprescht.

»Was, wenn Sophia aufwacht?«, fragte sie ihn atemlos.

»Bekommst du das mit?«

»Meistens schon. Entweder ruft sie nach mir oder sie kommt wie ein kleiner Elefant angerannt.«

Zärtlich knabberte er an ihren Lippen. »Ich habe gelesen, Elefanten bewegen sich äußerst leichtfüßig. Selbst tonnenschwere Bullen hinterlassen kaum Abdrücke auf dem Boden.«

»Du Angeber!« Sie lachte leise. »Dann ist sie eben ein übermütiges Fohlen.«

Er liebte es, wenn sie nicht so verkrampft war und sie Spaß miteinander hatten. »Gut, wir passen auf. Besser, du lässt dein Nachthemd an, obwohl ich dich viel lieber nackt hätte.« Er kniete sich zu ihren Füßen hin, um ihr Stück für Stück das Nachthemd nach oben zu schieben. Dabei küsste er ihr Schienbein, ihre Knie und Oberschenkel.

Er hörte, wie Emily schneller atmete, und als er den Stoff über ihre weiblichste Stelle hob, musste er einfach wieder von ihr probieren. Doch er wollte sich Zeit lassen, jede Sekunde auskosten und es auch für sie schön machen. Deshalb verteilte er erst nur zarte Küsse auf ihrem Schamhügel.

»Daniel«, flüsterte sie atemlos, wobei sie die Finger in sein Haar krallte. »Das gehört sich doch nicht!«

Grinsend hob er den Kopf. »Gefällt es dir nicht?«

Im Schein der Lampe sah er, wie sich ihre Wangen dunkler färbten. Als sie nichts erwiderte, senkte er erneut die Lippen auf ihre nach Frau und Lust duftende Stelle. Doch diesmal zog er mit den Fingern ihre süße, kleine Spalte auseinander, damit er mit der Zunge durch das samtene

Tal fahren konnte.

Emily erbebte unter ihm. Ihre Finger krallten sich erneut in sein Haar und sie drückte ihm die Hüften entgegen. Daniel liebte es, ihr auf diese Weise Lust zu verschaffen, doch diesmal wollte er sie ansehen, wenn er sie zum Höhepunkt brachte. Darum musste er sich beherrschen, nicht zu viel von ihr zu kosten. Aber sie schmeckte so gut!

Er war bereits so hart, dass es schmerzte – was ihm außer bei Emily noch nie passiert war. Doch er beherrschte sich und ging weiter langsam vor, schob ihr Nachthemd höher, küsste ihren weichen Bauch und stöhnte, als er bei ihren wundervollen Brüsten ankam. Auch von ihnen musste er probieren, die Zunge um die harten Knospen kreisen lassen und sie in den Mund saugen.

Emily wurde immer unruhiger, stöhnte verhalten und drückte sich ihm weiterhin entgegen. Ihre Augen hielt sie geschlossen, doch als er seine heftig pochende Erektion zwischen ihre Beine drängte, riss sie die Lider auf. Er spürte, dass immer noch ein kleiner Rest Angst in ihr steckte. Angst vor Schmerzen, vor Demütigung und … Daniel wollte jetzt nicht darüber nachdenken, was ihr alles angetan worden war.

»Scht«, machte er und küsste ihre schönen Lippen. »Ich werde vorsichtig sein.«

»Ich weiß«, wisperte sie, wobei eine Träne in ihrem Augenwinkel glitzerte. »Du machst immer, dass alles schön wird.« Als sie in seinen Nacken griff und ihn fest auf den Mund küsste, tauchte er mit der Spitze in sie. Emily fühlte sich so eng an, dass er schon beim letzten Mal Angst gehabt hatte, ihr wehzutun. Doch dieses Gefühl, fest von ihr umschlossen zu sein, war mit nichts zu vergleichen. Er fühlte sich geborgen, und je tiefer er in sie glitt, desto mehr nahm seine Erregung zu. Er konnte sich kaum noch zurückhalten, aber er wollte dieses schöne Gefühl so lange auskosten, wie es ging. Bloß machte es Emily ihm nicht einfach, denn sie presste ihm regelrecht ihren Unterleib entgegen.

»Em«, raunte er an ihren Mund. »Ich kann nicht sanft sein, wenn du es nicht bist.«

»Dann sei nicht länger sanft«, bat sie ihn atemlos – und er ergoss sich fast bei ihren direkten Worten.

Daniel hob die Hüften, um ein wenig aus ihr zu gleiten, und stieß zu, hinein in ihren feuchten, engen Schoß, der gierig nach ihm zu greifen schien. Dabei küsste er Emily und sah ihr unentwegt in die Augen, bis ihre Lider flatterten. Sie stand kurz davor, den Höhepunkt zu erreichen. Er spürte, wie ihr Schoß erst weicher wurde und sich dann in pulsierenden Schüben um ihn krampfte. Nun hielt auch ihn nichts mehr. Während er tief in sie stieß, unterdrückte er ein Brüllen, weil es fast schmerzte, als sein Samen aus ihm schoss. Aber als er ihn in sie pumpte, fegte ein Orgasmus durch ihn hindurch, wie er noch nie einen erlebt hatte. Ihm wurde schwarz vor Augen, so intensiv waren die fantastischen Gefühle, die ihn durchströmten. Doch da gab es nicht nur die körperliche Erregung, die ihn bis ins Mark erschütterte. Tief in seinem Herzen löste sich eine Blockade, und während er Emily in die Augen blickte, erkannte er, dass er seine Seele an dieses wundervolle Geschöpf, das er niemals richtig haben konnte, verloren hatte …

Daniel wusste, er sollte langsam gehen, doch er musste Emily ununterbrochen ansehen. Sie lag auf der Seite, ihm das Gesicht zugewandt, und sah mit ihrem roten Haar, von dem ihr eine Strähne über die Wange fiel, wie ein sündhaft schöner Engel aus. Am liebsten wollte er die Strähne berühren, sie um die Finger wickeln, aber er hatte Angst, sie zu wecken.

Gerade, als seine Lider schwer wurden, hörte er ein Rascheln im Nebenraum. Sofort setzte er sich im Bett auf. Er vernahm schnelle tapsende Schrittchen; plötzlich wurde die Tür aufgedrückt und Sophia, die ein ähnliches weißes Nachthemd wie Emily trug, kam hereingelaufen. Wie immer hatte sie ihr Tuch und das Häschen dabei. Ohne Probleme schaffte sie es auf das Bett, blieb neben Emily sitzen und starrte Daniel aus großen Augen an.

»Scht«, machte er und legte einen Finger an die Lippen. »Emily schläft schon.« Vorsichtig stieg er über sie und seine Tochter, um Platz zu machen, wobei er sich halbwegs mit dem Laken bedeckte.

Sophia war weniger rücksichtsvoll. Sie warf sich regelrecht auf Emily, als würde sie nur ihr allein gehören, und krabbelte über sie. Dann streckte sie sich dort aus, wo Daniel soeben noch gelegen hatte, und drückte sich an Emilys Brust. Die Kleine wusste eben, genau wie er, wo es am schönsten war.

Daniel schmunzelte, als ein sanftes Lächeln über Emilys Lippen huschte. Sie schien es wirklich zu mögen, wenn sich Sophia an sie kuschelte. Zugleich schmerzte ihn dieses wundervolle Bild. Emily würde das nie mit einem eigenen Kind erleben dürfen.

Daniel deckte die beiden zu, gab jeden von ihnen einen sanften Kuss auf die Wange, sammelte seine Kleidung ein, löschte sicherheitshalber die Lampe und ging leise hinaus.

Sollte das von nun an auf diese Weise mit ihnen weitergehen? Er stahl sich jede Nacht in ihr Zimmer, sie liebten sich und danach schlich er zurück in sein Bett? Daniel wusste es nicht. Er wusste nur eines: Ohne Emily fühlte er sich nicht mehr vollständig.

# Kapitel 18 – Die Kündigung

Daniel schlüpfte auch in den nächsten Nächten verstohlen in ihr Zimmer. Emily konnte ihm nicht widerstehen und wollte es auch nicht. Er musste sie verzaubert haben, denn ihr Körper reagierte bereits auf ihn, bloß wenn sie ihn sah. Dann begann ihr Herz vor Freude zu rasen, sie wollte nur noch an ihm riechen und seine warmen, festen Muskeln unter ihren Fingern spüren. Ihr verräterischer Schoß war jedes Mal längst feucht, bevor Daniel sie auch nur richtig berührt hatte.

Er verwöhnte sie auf immer neue Weise. Emily hätte nie zu träumen gewagt, auf wie viele verschiedene Arten man Liebe machen konnte. Danach blieb er meist so lange bei ihr, bis sie eingeschlafen war oder sich Sophia zwischen sie drängte. Gut, dass sie noch nicht richtig sprechen konnte! Würde sie den anderen sonst von Daniels Anwesenheit erzählen? Emily wusste, dass sie nicht ewig so weitermachen konnten. Doch was blieb ihnen übrig? Emily würde es auf jeden Fall genießen, so lange es dauerte …

Heute wollte sie mit Sophia einen Ausflug in den Park machen und insgeheim hoffte sie, dass Daniel sie begleiten würde. Das hatte er leider schon länger nicht mehr getan. Deshalb wollte sie an der Tür zu seinem Arbeitszimmer klopfen und ihn einfach fragen. Mit Sophia auf den Armen schritt sie die Stufen hinab, doch als sie Stimmen hörte, blieb sie stehen, um zwischen dem Geländer hindurchzuspähen.

Im Gang unter ihr stand Henry. Leise sprach er mit einer Frau, die Emily nur von hinten sah, und hörte, wie er sagte: »Ich habe dich so sehr vermisst.«

»Und ich dich erst!« Die Frau hatte ihr braunes Haar zu

einem Zopf geflochten und hielt Henrys Hand. Ihre Stimme kam Emily vertraut vor. Das war Lizzy Brooks, das ehemalige Kindermädchen! Ob sie heimlich Henry besuchte? Waren sie ein Paar?

Emily wollte sie begrüßen, doch als sie unfreiwillig Zeugin ihres Gesprächs wurde, blieb sie weiterhin mit Sophia im Verborgenen stehen.

Hastig blickte sich Henry um, sah aber zum Glück nicht nach oben. »Und Lord Hastings hat dich wirklich wieder als Kindermädchen eingestellt?«

»Ja, ich soll in wenigen Tagen anfangen. Ist das zu fassen?«

Emily blieb die Luft weg und fühlte sich, als hätte ihr jemand die Faust in den Magen gerammt. Daniel hatte … was? Sie musste etwas falsch verstanden haben.

Als Henry jedoch sagte: »Und was wird aus Mrs Rowland?«, wusste sie, dass sie sich nicht verhört hatte. Ihr wurde so schlecht, dass sie sich beinahe übergeben musste.

Lizzy rückte noch näher an Henry und warf einen Blick über die Schulter. »Lord Hastings hat gesagt, dass ich absolutes Stillschweigen bewahren muss. Er möchte auch noch mit dir darüber reden, denn er will …«

In diesem Moment erkannte Sophia ihre ehemalige Nanny und rief: »Lilly! Lilly!«, da sie das Z noch nicht aussprechen konnte.

Abrupt starrten die beiden zu ihnen, und Emily setzte sich sofort in Bewegung.

Lizzy schlug erfreut die Hände zusammen. »Mein süßer, kleiner Engel. Ich habe dich so sehr vermisst!« Sie streckte die Hände aus, und als Emily bei ihnen ankam, drückte sie ihr Sophia in die Arme.

»Hallo, ihr beiden«, sagte Emily und versuchte, sich ihren Schmerz nicht anmerken zu lassen. »Lizzy, bist du zu

Besuch hier?«

Sofort erstarb das Lächeln der jungen Frau und ihr Gesicht rötete sich. »Nein, ich ...«

Emily wollte die brutale Wahrheit nicht noch einmal hören und unterbrach sie, auch wenn das sehr unhöflich war. »Würdest du dich kurz um Sophia kümmern? Ich muss dringend mit Lord Hastings sprechen.« Sie hatte gewusst, dass der Tag kommen würde, an dem er ihrer überdrüssig werden würde. Aber so schnell? Das tat schrecklich weh.

»Natürlich.« Lizzy nickte eifrig. »Ich werde mit ihr nach oben gehen.«

»Danke.« Sie lächelte Lizzy an und schritt weiter. Mutig klopfte sie an die Tür zu Daniels Arbeitszimmer. Ihre Übelkeit nahm zu. Gestern schien doch zwischen ihnen noch alles perfekt gewesen zu sein?

»Herein!« Als seine Stimme durch das dicke Holz hallte, öffnete sie resolut die Tür und trat ein. Daniel saß an seinem großen, düsteren Schreibtisch über irgendwelche Papiere gebeugt und blickte stirnrunzelnd zu ihr auf. »Emily! Ist etwas mit Sophia?«

»N-nein, alles in Ordnung.«

Er stand auf, um ihr einen Stuhl anzubieten. »Setz dich doch.«

»Danke.« Er schob ihr den Stuhl unter und begab sich wieder hinter seinen Schreibtisch. Auf Emily machte Daniel nicht den Eindruck, als hätte sich zwischen ihnen etwas geändert. Aber vielleicht war er ein genauso guter Schauspieler wie Edward?

»Wieso kommst du zu mir?«, wollte er wissen.

»I-ich habe eben Lizzy ... Miss Brooks gesehen. Sie passt kurz auf Sophia auf.«

Er nickte bedächtig und starrte sie eindringlich an. »Gut, wenn du schon da bist ... Eigentlich wollte ich es dir beim

Abendessen erzählen.«

Sie senkte den Kopf, und ihr Magengrummeln nahm wieder zu. »Ich weiß es schon. Du hast Miss Brooks wieder eingestellt.«

»Ja, sie hat mir vor zwei Tagen geschrieben. Ihrer Mutter geht es viel besser.« Er klang beinahe fröhlich. »Lizzy konnte sich einen guten Arzt leisten, doch die Medizin war sehr teuer. Deshalb hat sie mich gefragt, ob ich nicht wieder eine Anstellung für sie hätte.«

Sie schluckte schwer und hob den Kopf, um ihm mutig in die Augen zu sehen. »Als Kindermädchen?«

Er lächelte. »Ich glaube, eine höhere Macht hat mich erhört.«

Ihr klappte der Mund auf, doch sie wusste nicht, was sie erwidern sollte. Es schien ihm wirklich sehr gut zu passen, dass Lizzy wieder hier war. So musste er sich kein neues Kindermädchen suchen und sich nicht länger mit ihr herumplagen.

»Nun schau nicht so entsetzt, Em.« Frech grinste er sie an, bevor er wieder ernst wurde. »Es ist alles halb so schlimm. Smithers hat mir vor ein paar Tagen anvertraut, dass bereits über uns getuschelt wird, weil du mit mir isst, wir zusammen spazieren gehen und ich mich immer mehr mit meiner Tochter abgebe.«

Deshalb wollte er ihr kündigen? Weil das Personal über sie redete?

»Darum denke ich, es ist für alle am besten, wenn wir eine Weile auf dem Land wohnen. Es ist Ende Juli, das Parlament schließt bald, fast jeder reist im August auf sein Landgut oder zu einem Seebad. Warum wir nicht auch? Ich habe schon der Familie Brown in East Sussex geschrieben, die ein Auge auf mein Anwesen hat, damit sie dort alles herrichtet. Nicht weit vom Meer entfernt besitze ich ein kleines Herrenhaus. Es wird dir dort bestimmt gefallen.«

Sie hörte kaum, was er sagte, weil bloß ein einziges Wort durch ihren Kopf hallte: »Wir?«

»Natürlich nicht wir ganz allein. Ich würde gerne Smithers mitnehmen, aber die Reise ist für ihn vielleicht zu beschwerlich, und falls wir über den Winter bleiben, ist er in London besser aufgehoben. An seiner Stelle wird uns Henry begleiten. Dann muss selbstverständlich auch noch Lizzy mit. Um unser leibliches Wohl und den restlichen Haushalt kümmert sich Familie Brown, bestehend aus dem Ehepaar und den beiden erwachsenen Töchtern. Sie wohnen allerdings nicht bei uns, denn ihr eigenes Cottage liegt ganz in der Nähe.« Daniel fuhr sich über den Nacken und starrte auf Emilys Lippen, die unter seinen intensiven Blicken prickelten. »Bis zu unserer Abfahrt wirst du dich noch um Sophia kümmern, dann übernimmt Lizzy.«

Emily konnte noch gar nicht recht begreifen, was gerade passierte. Daniel wollte zu seinem Landsitz reisen – mit ihr? Und offenbar so wenig Bedienstete wie möglich mitnehmen.

»Als … was komme ich mit dir?«, fragte sie vorsichtig. »Als Gouvernante für Sophia? Sie ist noch zu klein für eine Lehreri...« Als er sie verwegen angrinste, verstand sie. »Oh.« Er wollte, dass sie als seine Geliebte mit ihm kam. Er sprach es nicht aus, aber das Wort hing wie ein Schwert zwischen ihnen.

Ihr Herz raste nun vor Aufregung. Vor Erleichterung wollte sie jubeln, aber durfte sie sich wirklich freuen? Was passierte, wenn sie wieder nach London zurückkehrten?

Als sie zuvor geglaubt hatte, Daniel wollte ihr kündigen, hatte sie bemerkt, wie sehr sie ihn wirklich liebte. Ihr Herz wäre gebrochen, wenn er sie verstoßen hätte. Und für einen Weg zurück war es ohnehin längst zu spät. Sie konnte ihn nicht verlassen, nicht jetzt.

Doch empfand er dasselbe für sie?

Falls ja, würde es nichts daran ändern, dass er sie niemals heiraten könnte.

Während Daniel redete, hörte sie plötzlich die Stimme ihrer Freundin deutlich in ihrem Kopf. Bei ihrem letzten Treffen hatte Claire gesagt: *Denk nicht so viel, Emily, sondern genieße einfach die schöne Zeit mit deinem Lord. Du hast ein wenig Glück verdient. Halte es fest, solange es geht …*

Ja, genau das würde sie tun!

Sie entschied, alles auf sich zukommen zu lassen, und war dankbar für seine Diskretion. Je weniger von ihrem Verhältnis wussten, desto besser für sie beide. Denn sollte ihr schreckliches Geheimnis eines Tages ans Licht kommen … Auch daran wollte sie jetzt nicht denken!

Unsicherheit flackerte plötzlich in seinen grauen Augen auf, während er sie stirnrunzelnd musterte. »Em?«

Oh nein, sie hatte ihm gar nicht mehr zugehört!

»Was hältst du nun davon? Wirst du mit mir kommen?«

»Ja«, sagte sie schnell und nickte. »Ich komme mit dir.«

Ein schelmisches Grinsen breitete sich auf seinen Lippen aus und er klatschte in die Hände. »Dann ist es beschlossene Sache. Wir werden verreisen, gleich übermorgen!«

# Kapitel 19 – Hastings Hall

## EAST SUSSEX, ENGLAND
### Juli 1834

Emily versuchte, sich ihre Nervosität nicht anmerken zu lassen, als sie am frühen Morgen mit der Kutsche, die von Henry gelenkt wurde, zu Daniels ländlichem Anwesen aufbrachen. Sie hatte gestern Claire die neue Adresse geschrieben und würde wohl erst dort wieder Post von ihr erhalten.

Daniel hatte beschlossen, die über 66 Meilen nicht an einem Stück zurückzulegen, denn eine solch beschwerliche Reise wollte er keinem von ihnen und schon gar nicht seiner Tochter zumuten. Deshalb übernachteten sie am ersten Tag nach acht Stunden Fahrzeit in einem kleinen Inn. Daniel bewohnte ein eigenes Zimmer in dem Gasthof, Emily schlief anstandshalber mit Lizzy und Sophia in einem Raum. Henry hatte es sich im Stall gemütlich eingerichtet und behielt einen Blick auf die teuren Pferde.

Emily wäre auch viel zu erschöpft gewesen, um sich zu Daniel zu schleichen, auch wenn sie seine Nähe schrecklich vermisste. Nach der anstrengenden Reise tat ihr nicht nur der Rücken, sondern auch der Kopf weh. Schon ewig hatte sie nicht mehr so lange in einer Kutsche gesessen. Zu Edwards Anwesen war es nicht so weit gewesen. Ansonsten hatte sie als Kind nur ein Mal mit ihren Eltern das Seebad in Brighton besucht …

Den Rest der Strecke legten sie am nächsten Tag zurück, damit sie am frühen Nachmittag Hastings Hall erreichen würden. Zum Glück hatten sie hervorragendes Reisewetter und Emily genoss die Aussicht auf die bunten Wiesen und grünen Hügel, wenn sie nicht gerade mit Sophia spielte oder in ihren Roman vertieft war. Sie hatte sich nur ein einziges Buch für die Fahrt mitgenommen, weil Daniel ihr versichert hatte, auf seinem Landsitz über eine kleine Bibliothek zu verfügen. Er saß neben ihr, und sie liebte es, sich mit ihm zu unterhalten und sowohl seine Nähe als auch seine Körperwärme zu fühlen.

Das Geratter der Kutsche schien auf Sophia und Lizzy einschläfernd zu wirken, denn die beiden dösten die meiste Zeit. Dann erlaubte sich auch Emily, sich an Daniels Schulter zu lehnen, um die Augen zu schließen. Sophia hatte nicht viel geschlafen, weil das durchbrechende Zähnchen sie quälte, und Lizzy hatte sich womöglich vorletzte Nacht mit Henry vergnügt, anstatt die letzten Stunden vor der Abreise bei ihrer Mutter zu verbringen. Emily entgingen die zärtlichen Blicke nicht, die sich die beiden bei jeder kurzen Pause zuwarfen.

Emily war bei der Abfahrt nur ein wenig erschrocken, weil Henry auf dem Kutschbock ein großes Messer mitführte und Daniel zwei Pistolen unter der Sitzbank versteckte. Doch das diente ihrem Schutz vor Überfällen, wie er ihr erzählt hatte. Zum Glück galt die Strecke als einigermaßen sicher, und nachts wären sie ohnehin nicht unterwegs.

Edward hatte sich niemals bemüht, sie vor einer drohenden Gefahr zu bewahren. Ob Daniel auch ein düsteres, von Wald umgebenes Gebäude mit einem verwilderten Garten besaß? Bestimmt nicht, er war ein großzügiger Mann. Edward hingegen hatte an allen Ecken gespart, um seine Spielsucht finanzieren zu können – wie ihr leider erst zu spät klargeworden war. Nicht einmal einen Gärtner wollte er sich leisten, deshalb hatte Emily versucht, sich um die Beete zu kümmern. Das hatte sie wenigstens ein bisschen von ihren Sorgen abgelenkt.

Am Nachmittag trafen sie endlich auf Daniels Land ein. Emily hatte nicht gewusst, wie viel Hektar Grund er besaß! Sie fuhren bestimmt noch eine weitere halbe Stunde an satten Wiesen und sanften Hügeln vorbei, auf denen Schafe grasten, bis sein Anwesen in Sicht kam. Das »kleine Herrenhaus« entpuppte sich als zweistöckiges, mit Kletterpflanzen bewachsendes Anwesen, das breiter war als Daniels Stadtvilla, wenn auch nicht ganz so hoch. Im Erdgeschoss gab es fast bodentiefe Fenster, in der Etage darüber etwas kleinere, quadratische Rahmen. Das aus hellbraunem Stein errichtete Gebäude war sehr gut erhalten und der große Garten mit seinen symmetrisch angelegten Blumenbeeten und Hecken sah gepflegt aus. Es gab ein paar Obstbäume und Eichen, aber keinen Wald, der das ganze Areal verdüsterte. Die Sonnenstrahlen erhellten das satte Grün des gemähten Rasens und brachten die bunten Blüten zum Leuchten.

Etwa zweihundert Meter weiter entdeckte sie ein kleineres Gebäude, bei dem es sich wohl um den Stall handelte.

»Es ist wunderschön hier«, sagte Emily und streckte ihren Kopf zum Fenster hinaus. »Ich glaube, ich kann sogar das Meer riechen!«

»Das kann man in der Tat an manchen Tagen«, erklärte ihr Daniel, als sie vor dem Haus hielten und er erst ihr, danach Lizzy mit seiner Tochter aus der Kutsche half. »Willkommen in Hastings Hall.«

Staunend drehte sich Emily im Kreis, um alle Eindrücke aufzunehmen. Dabei sog sie auch tief die Landluft in ihre Lungen. Es roch unglaublich sauber, nach gemähtem Gras und Blumen. Kein Vergleich zum oft stickigen und stinkenden London.

Sie legte den Kopf in den Nacken und entdeckte ein großes Vogelnest auf einem der sechs Kamine des Gebäudes.

»Das ist also dein *kleines* Haus?«

Schief grinsend kratzte er sich am Nacken. »Ich besitze weiter südlich auch noch Land und ein etwas größeres Herrenhaus. Dafür hätte ich aber mehr Bedienstete beschäftigen müssen. Ich wollte jedoch nicht so viele Menschen um uns herum haben.«

Das *etwas größere* Herrenhaus war dann wahrscheinlich ein Schloss … Emily gefiel es, dass Daniel nicht mit seinem Vermögen prahlte wie so manch anderer Adliger, und folgte ihm zum Eingang des Hauses. Dort erwarteten sie ein etwa vierzigjähriger Mann mit seiner gering jüngeren Frau und den beiden Töchtern, die ungefähr zwanzig Jahre alt waren, um Daniel zu begrüßen. Er stellte Emily die Familie Brown vor, was er nicht machen müsste, schließlich war sie nicht die Herrin des Hauses: »Emily, das sind Mr Lloyd Brown, seine Frau Alice und ihre Töchter Melisande und Maybell.« Sie trugen einfache, aber saubere Kleidung und die Frauen zusätzlich beige Hauben.

Mr Brown verbeugte sich, die Frauen machten einen Knicks, und Emily sagte: »Sehr erfreut.«

Mrs Brown trat einen Schritt vor. »Wenn Sie irgendetwas brauchen, Mylady, lassen Sie es uns wissen.«

Mylady?

Als Emily gerade erklären wollte, dass sie nicht mit Daniel verheiratet war, warf er schnell ein: »Vielen Dank, Alice. Ich bin mir sicher, dass wie immer alles zu unserer Zufriedenheit sein wird.« Er mied Emilys fragenden Blick, und in ihrem Bauch kribbelte es. Doch sie wusste nicht, ob es für ihr Seelenheil von Vorteil war, wenn Daniel ihr einen falschen Traum einpflanzte. Irgendwann würde das alles ein Ende haben …

Lizzy, die eine ziemlich verschlafene Sophia im Arm hielt, nahm nie den Blick von Daniels Tochter, als würde sie sich nicht trauen, einen von ihnen anzusehen. Was mochte sie jetzt wohl denken?

Emily konnte sich durchaus vorstellen, was in dem Kopf der jungen Frau vorging: *Das ehemalige Kindermädchen ist zur Geliebten aufgestiegen …*

Ihr wurde plötzlich kalt und warm zugleich, während ihr Hitze ins Gesicht stieg. War es wirklich die richtige Entscheidung gewesen, Daniel zu begleiten? Nun würde man doch erst recht über sie reden! Irgendwie kam sich Emily schäbig vor und sie schämte sich. Die anderen glaubten sicher, sie hätte sich Lord Hastings an den Hals geworfen, um sich dadurch Vorteile zu verschaffen.

Zum Glück löste sich ihre Gruppe auf, denn Mr Brown half Henry mit dem Gepäck, und Maybell, die jüngere Tochter der Familie, zeigte Lizzy und Sophia ihre Zimmer. Aus reiner Gewohnheit wollte sich Emily ihnen anschließen, aber Daniel hielt sie leicht am Arm fest. »Ich werde dir persönlich deine Räume zeigen. Bestimmt möchtest du dich nach der langen Reise ausruhen.«

»Gerne.« Sie war nicht sonderlich müde, dazu war sie viel zu aufgeregt, aber sie wollte gerade tatsächlich ein wenig Zeit für sich, um in Ruhe ihre Situation zu überdenken. Doch sie hörte schon wieder Claire in ihrem Kopf, die sie schalt, genau das nicht zu tun. *Genieße es einfach!*

Sie war aber nun einmal jemand, der ständig über alles nachdachte! In ihrem Kopf herrschte nie Stille.

Daniel führte sie in eine hell gefließte Eingangshalle, die wesentlich schmaler war als die der Villa. »Hast du noch Kraft für einen kurzen Rundgang?«

»Natürlich.« Sie war zu neugierig auf dieses wundervolle Haus.

Sie bogen rechts in einen Gang ab, in dem Bilder von Soldaten oder Admirälen hingen. »Meine Vorfahren«, erklärte er ihr und öffnete die Tür zu einem Raum, der mit lila Tapeten und wundervollen Ornamenten geschmückt war.

»Das ist der Orchideen-Salon, der Aufenthaltsraum für die Damen«, sagte Daniel und führte sie weiter in den ganz in Blau gehaltenen »Hortensien-Raum« für die Herren. Im grünen »Waldsalon« wurde das Abendessen serviert, gefrühstückt wurde bei schönem Wetter auf der Terrasse, ansonsten im »Lavendel-Salon«. Das Musikzimmer nannte sich auch »Narzissen-Salon«, weil seine Wände in einem freundlichen Gelbton erstrahlten.

Ganz hinten im Gebäude lagen die Zimmer für die Bediensteten sowie eine geräumige Küche, in der es einen großen Tisch für die Angestellten gab. Emily konnte eigentlich nur immer »Oh« oder »Ah« sagen, weil sie die Schönheit und Gestaltung jedes einzelnen Raumes überwältigte. Da hatte sich jemand sehr viel Mühe bei der Auswahl der Stoffe und Möbelstücke gegeben, alles war harmonisch aufeinander abgestimmt.

Daniel führte sie zurück in die Eingangshalle und über marmorne Stufen nach oben in den ersten Stock. Für Gäste waren vor Jahren diverse Schlafzimmer eingerichtet worden, die ebenfalls alle nach Blumen benannt waren wie »Kornblumentraum« oder »Hyazinthen-Fantasie«.

»War das deine Idee mit den Blumen?«, fragte sie ihn.

»Nein, die von Imogen«, sagte er schnell, ohne Emily anzusehen.

Sie lächelte ihn sanft an. »Ich finde, deine Frau hatte einen sehr guten Geschmack. Mir gefällt es hier, alles ist so hell, freundlich und voller Farben. Ich liebe es!«

Nun lächelte auch er. »Dir macht es nichts aus, dass an diesem Ort überall Imogens Geist in gewisser Weise weiterlebt?«

»Nein, wieso denn, Daniel? Sie hat dich offensichtlich glücklich gemacht und dir eine wunderbare Tochter geschenkt. Das macht auch mich glücklich.«

Nun breitete sich auch auf seinem Gesicht eine gewisse Röte aus und er griff nach ihrer Hand, um sie zu küssen. »Du bist ein viel zu guter Mensch, Emily.«

Erneut erwärmte sich ihr Gesicht, diesmal jedoch wegen Daniels Kompliment. »Macht es dir denn etwas aus, von ihrem Esprit umgeben zu sein?«

»Ich kann jeden Tag besser damit umgehen, dass sie nicht mehr hier ist«, gestand er ihr. »Schon vor ihrem Tod waren wir eine ganze Weile nicht mehr in Hastings Hall. Als sie schwanger war, sind wir lieber in London geblieben, um schneller einen Doktor holen zu können, falls sie einen gebraucht hätte. Ich habe dieses Land seit drei Jahren nicht mehr besucht. Trotzdem flackert ab und zu eine Erinnerung an Imogen auf, zum Beispiel kurz vor unserer Ankunft. Es gibt da einen Hügel, auf dem wir gerne gepicknickt haben. Oder wenn ich bestimmte Möbelstücke sehe, auf denen sie gesessen hat, muss ich auch an sie denken. Doch die Erinnerung schmerzt mich nicht mehr, es ist nur noch ein Ziehen in meiner Brust, wie ein leises Sehnen.«

»Das klingt sehr schön und traurig zugleich«, wisperte Emily und musste ihre aufsteigenden Tränen zurückhalten. Daniel war ein sensibler Mann, dem sie die wundervollen Jahre mit seiner Frau gönnte. Sie selbst hatte nur schreckliche Erinnerungen an Edward. Deshalb wollte sie jede Menge schöner Andenken mit Daniel sammeln, auch wenn diese sie furchtbar quälen würden, sobald er sich eine neue Gattin suchte.

Er räusperte sich leise und sie gingen weiter. »Imogen und ich waren nie lange hier, meistens nur im Juli oder August für ein paar Wochen, um ans Meer zu fahren. Danach haben wir entweder auf meinem anderen Anwesen gelebt oder sind in London geblieben. Sie brauchte Leben um sich herum, ihre Freundinnen und ihre Modegeschäfte.«

Emily lachte. »Claire ist genauso; sie liebt es, einzukaufen, und treibt ihren Mann Kenneth deshalb regelrecht zur Verzweiflung.«

Sie hielten vor einer Tür und Daniel deutete auf eine andere Tür, die ein paar Meter weiter im Gang lag. »Da vorne schlafe ich, aber das Rosenzimmer ist deines.«

Emily war sofort beeindruckt von dem hohen Raum, der roséfarben tapeziert war, nachdem sie ihn betreten hatte. Sogar der weiche Teppichboden schimmerte leicht rosa. Schwere dunkelgrüne Vorhänge zierten die Fenster; zarte Ornamente und Stuck am Kamin und der Decke rundeten das Bild ab. Am beeindruckendsten sah jedoch das gigantische Himmelbett mit dem seidigen Baldachin aus, das sich perfekt in den Raum integrierte. Jemand hatte – passend zum Namen des Zimmers – eine Vase mit frischen Rosen auf einem kleinen Beistelltisch platziert, die einen zarten Duft verströmten.

»Das ist ein richtiger Prinzessinnentraum«, sagte sie strahlend. Solch ein Zimmer hätte sie sich als Mädchen gewünscht.

An das Schlafzimmer schloss sich das Boudoir an, das wie ein kleiner Wohnraum eingerichtet war. Es gab keine Tür, dafür einen breiten Durchgang. Eine mit dunkelgrünem Samt bezogene Chaiselongue stand vor dem hohen Kamin; an einem Fenster erblickte Emily eine Nische, in der viele Kissen lagen. Was für ein wunderbarer Leseplatz! Und es gab sogar ein Klavier. Ein paar goldgerahmte Landschaftsbilder an den Wänden fügten sich harmonisch ins Gesamtkonzept.

»Und hier geht es zu mir.« Daniel drückte neben dem

Klavier gegen die Wand, und erst als es leise klickte, erkannte Emily die Geheimtür. Wie aufregend!

Sein persönliches Reich war genauso groß wie ihres und in einem ockerfarbenen Ton gehalten, der einen leichten Rotstich besaß.

»Wie heißt dein Zimmer?«, fragte Emily und drehte sich im Kreis.

»Sandelholz-Gemach«, raunte er, woraufhin sie nicht anders konnte und sofort an seinem Hals schnuppern musste.

»Ich liebe diesen Duft. Er passt perfekt zu dir. Riecht warm und weich.«

Er umarmte sie sanft und murmelte an ihren Lippen: »Du bist warm und weich. Ich bin hart wie Ebenholz oder … Mahagoni.«

Emily grinste, als sie spürte, was bei ihm gerade hart wurde, während sie sich an ihn schmiegte.

»Ich habe dich letzte Nacht vermisst«, sagte er mit leicht rauer Stimme, bevor sich seine Hände auf ihr Gesäß schoben und er an ihren Lippen knabberte.

»Ich habe dich auch vermisst.« Glücklich seufzend schlang sie die Arme um seinen kraftvollen Oberkörper. »Doch mir hat alles wehgetan.«

»Dann erhol dich jetzt ein bisschen, damit wir heute Nacht beide ausgeruht sind.« Er räusperte sich schmunzelnd und ließ sie los.

»Ist denn die Nacht nicht zum Schlafen da, Mylord?«, fragte sie unschuldig, und ging hüftschwingend zurück in ihr Zimmer. Sie liebte es, ihn zu necken und ein wenig anzüglich mit ihm zu reden. Das hatte sie nie zuvor getan.

Ihr Gepäck stand bereits neben dem riesigen Bett. Das würde sie gleich auspacken, denn sie hatte nicht viel dabei. Plötzlich fühlte sie Daniel direkt hinter sich. Er hatte sich mal wieder angeschlichen wie ein Kater und raunte an ihr

Ohr: »Ich werde dir zeigen, wozu die Nächte da sind, Emily. Danach willst du nie wieder etwas anderes, als von meinen Händen und meiner Zunge verwöhnt zu werden.«

Sie erschauerte wohlig, denn sie wusste mittlerweile sehr wohl, wozu Daniel fähig war, wie er auf ihrem Körper spielte, als wäre sie ein Instrument, das nur er bedienen konnte.

Schnell trat er einen Schritt zurück und sagte im normalen Plauderton, als hätte er ihr nicht gerade ein unmoralisches Angebot gemacht: »Soll ich eine der Brown-Töchter zu dir schicken, damit sie dir beim Auspacken helfen kann?«

»Danke, das schaffe ich allein«, krächzte sie. Ihr Körper prickelte und ihr Puls klopfte vom Hals abwärts bis zwischen ihre Schenkel.

Seine Augen funkelten frech, weil er ganz genau wusste, welche Reaktionen er bei ihr auslöste. Daniel küsste sie zärtlich auf den Mund, raunte: »Dann sehen wir uns beim Abendessen«, und verschwand durch die Geheimtür, die er hinter sich schloss.

Nun stand sie hier, allein in den riesigen Räumen, und ihr war immer noch leicht schwindelig wegen Daniels verheißungsvollem Versprechen. Erneut schaute sie sich um, da sie zuvor gar nicht jedes Detail hatte aufnehmen können. Hier gab es wirklich alles, was das Herz einer Frau höherschlagen ließ: mehrere Truhen und Kommoden zum Verstauen der Kleidung – nicht dass sie nur ansatzweise so viel anzuziehen hätte –, einen Toilettentisch mit einem riesengroßen Spiegel und eine Wanne, dazu zahlreiche Utensilien, die alle farblich mit dem Zimmer harmonierten: Kämme, Bürsten, Spangen, Handtücher, eine Auswahl an Seifen und Duftwässerchen … Ob das alles einmal Imogen gehört hatte? Die Dinge sahen neu aus, unbenutzt. Wahrscheinlich hatten die Browns das alles besorgt.

In vermögenderen Haushalten gab es jedoch von vielen Dingen einen ausreichenden Vorrat. Vor allem jede Menge gleiche Waschschüsseln, denn die zerbrachen oft.

Sie schlenderte zum großen Fenster, um es zu öffnen, damit sie etwas von der frischen, nach Blumen duftenden Luft abbekam. Von hier oben hatte sie einen wunderbaren Ausblick über den Garten und eine kleine Parkanlage mit Apfel- und Pflaumenbäumen. Weiter dahinter lag ein riesiges Mohnfeld, deren rote Blüten in der Sonne leuchteten. Zwei Eichhörnchen, die aus einer kleinen Gruppe von Eichen gekommen waren, jagten sich gegenseitig über den gepflegten Rasen und kletterten auf den Springbrunnen in der Mitte der Beete, um ein wenig Wasser zu trinken. Von allen Seiten drang Vogelgezwitscher an Emilys Ohren.

Es war wunderschön und idyllisch hier. Sie fragte sich bloß, warum Daniel mit ihr hierhergekommen war. Wollte er ungezwungenen Spaß haben, bevor er eine neue Ehe einging, weit weg von London und dem Getratsche der Leute?

Und wie erging es ihr damit?

Sie wusste es nicht, denn gerade war alles noch zu frisch, zu aufregend. Es fühlte sich jedoch seltsam an, wieder Zeit für sich zu haben. Früher war sie froh gewesen, wenn Edward sie tagelang allein gelassen hatte.

Daniel, hingegen, vermisste sie schon jetzt. Ohne seine oder Sophias Nähe fühlte sie sich unvollständig – und das machte ihr Sorgen. Wie sollte sie in Zukunft bloß ohne die beiden überleben können?

# Kapitel 20 – Geschenke zur Nacht

Nach dem Abendessen, das sie und Daniel wie immer zusammen mit Sophia eingenommen hatten, fand Emily ein weiteres Gepäckstück in ihrem Zimmer. Die kunstvolle, große Truhe gehörte aber nicht ihr! Sie war ihr jedoch aufgefallen, als Henry mit Hilfe anderer Bediensteter den Wagen beladen hatte. Das edle Stück war mit einem azurblauen Stoff bespannt, mit goldfarbenen orientalischen Mustern verziert und mit drei Eisenbeschlägen versehen.

Gerade als sie Daniel benachrichtigen wollte, klopfte er an die geheime Verbindungstür und lugte hinein. »Hast du dein Geschenk schon entdeckt?«

»Die Truhe ist für mich?« Emily verschlug es für einen Moment die Sprache. Solch ein kostbares Präsent hatte ihr noch nie jemand gemacht! »Sie ist wunderschön! Vielen Dank, Daniel.«

Ehrfürchtig strich sie mit den Fingern über den glänzenden Stoff.

»Das ist angeblich eine orientalische Truhe. Ich hatte sie vor zwei Jahren einem Händler abgekauft, der mit seinem Schiff die halbe Welt bereist hat.« Daniel stellte sich neben sie und grinste schelmisch. »Der Inhalt ist aber die eigentliche Überraschung. Er gehört auch dir.«

Mit zitternden Händen öffnete sie den Deckel und fand obenauf feinste Unterkleider aus Seide und hauchdünne Strümpfe. Nacheinander legte sie alles behutsam aufs Bett, während sie weiter auspackte, und kam aus dem Staunen nicht mehr heraus. Sie entdeckte drei Sommerkleider aus teurem Musselin, Batist und Seide in zarten, modischen Pastelltönen: cremeweiß, hellblau und hellgrün. Darunter lagen ein Morgenkostüm, ein Promenadenkleid, ein Reitkostüm, zwei Kleider für Kutschfahrten sowie ein Badekleid.

Anschließend holte sie einen dunkelblauen Spencer hervor. Die kurze, hochgeschlossene Jacke mit den langen Ärmeln endete direkt unterhalb der Brust und bestand aus mit Stickereien verzierter Wolle. Darunter lag ein cremeweißes Cape mit Pelzverbrämung und ein passender Muff. Es folgten gefütterte Unterkleider, Kaschmirschals und ein warmes Wollkleid in einem kräftigen Dunkelgrün für kühlere Tage. Daniel hatte wirklich an alles gedacht!

»Als mein Schneider deine Maße für das Ballkleid genommen hat, habe ich gleich noch ein wenig mehr für dich bestellt«, sagte er beiläufig, während sie krächzte: »Ein wenig?« Die Sachen mussten ein Vermögen gekostet haben! Niemals zuvor hatte sie so viele verschiedene Kleider auf einem Fleck gesehen. Außerdem war das die Ausstattung für eine Lady, nicht für eine Nanny.

Tief durchatmend straffte sie sich. »Daniel, das kann ich nicht annehmen.«

»Schade«, sagte er schelmisch. »Mir passen höchstens die Strümpfe … halbwegs. Na gut, die Schals könnte ich auch noch tragen … und den Muff.«

Sie lachte. »Ich habe mir gerade vorgestellt, wie du darin aussehen würdest. Dann nehme ich diese wunderwunderschönen Kleidungsstücke lieber selbst. Vielen Dank!« Sie warf sich in seine Arme und überhäufte ihn mit Küssen. Doch dann hörte sie schon wieder Claires Stimme in ihrem Kopf: *Nimm mit, was du bekommen kannst. Die Sachen kannst du ja später verkaufen und müsstest vielleicht bis an dein Lebensende nie mehr arbeiten!*

War das Daniels »Bezahlung« für ihre neuen »Dienste«?

Niemals hatte sie seine Geliebte sein wollen und nun befand sie sich mittendrin in diesem Abenteuer. Sie kam sich jedoch nicht wie eine Geliebte vor, denn Daniel gab ihr das Gefühl, seine Lady zu sein.

Als sie ihn zwar nicht losließ, aber ernst anblickte, fragte er: »Was hast du?«

»Ich bin nur ein wenig verwirrt. Das alles ging so schnell mit uns.«

Verwegen hob er eine Braue, als wollte er sagen: »Für mich hätte es schneller gehen können«, und ließ sie weiterreden, ohne sie zu unterbrechen.

»Daniel, was passiert, wenn wir wieder zurück nach London kommen?« Würde es dann genauso mit ihnen weitergehen?

»Das sehen wir dann«, murmelte er, ohne sie anzublicken. Die Kleidungsstücke auf dem Bett schienen plötzlich sehr interessant für ihn zu sein.

»Henry und Lizzy werden bestimmt etwas erzählen«, sagte sie leise.

»Ich habe sie zur Verschwiegenheit verpflichtet.«

»Glaubst du wirklich, sie halten sich daran?«

»Das kann man nie wissen, aber mein Gespür sagt mir, dass die beiden loyal sind. Henry hat außerdem einmal mitbekommen, wie ich ein Dienstmädchen entlassen habe, das Gerüchte über Imogen und mich verbreitet hat. Er weiß, dass ich nicht lange fackele.«

»Aber wenn wir zurück sind, werden doch alle merken, dass ich nicht mehr das Kindermädchen für Sophia bin.« Mussten sie sich dann wieder heimlich treffen?

Er ließ sie los und setzte sich auf ihr Bett. »Lass uns nicht darüber reden, was einmal sein könnte. Wir beide sollten hier einfach mal eine Weile auf andere Gedanken kommen. Findest du nicht?«

Sie nickte bloß, denn im Grunde hatte er recht. Wer wusste schon, was der nächste Tag brachte? Das Leben war kostbar und konnte jeden Moment zu Ende sein. Sie sollte wirklich aufhören, sich ständig den Kopf zu zerbrechen.

Erst jetzt wurde ihr bewusst, dass Daniel weder Krawattentuch noch Weste trug und sein Hemd nicht bis oben hin zugeknöpft war. Sie konnte seinen männlichen Hals und noch ein wenig mehr bewundern. Bevor sie Daniel das erste Mal ohne Krawattentuch gesehen hatte, war ihr gar nicht bewusst gewesen, wie fesselnd und erotisch die Kehle eines Mannes sein konnte. Und erst seine Brust! Zu gerne fuhr sie mit den Händen über seine weiche Haut, um die harten Muskeln darunter zu befühlen.

Er grinste sie plötzlich an, als würde er genau wissen, woran sie dachte. »Würdest du für mich dieses Nachthemd anziehen?« Er deutete auf den fast durchsichtigen Stoff, ohne den Blick von ihr zu nehmen.

Emily starrte auf den mit hellgrüner Seide bespannten, dreiteiligen Paravent, der in einer Ecke des Raumes stand. Dahinter zog sich eine Lady für gewöhnlich um und verrichtete dort auch ihre Notdurft.

»Ich würde mich freuen, wenn du dich vor mir umziehst«, murmelte Daniel rau.

Nun gut, sie war ja keine Lady. Fair fand sie die ganze Situation trotzdem nicht, deshalb sagte sie grinsend: »Ich ziehe ein Teil aus, wenn du auch eines ausziehst.«

»Oh, ich liebe Spiele.« Sofort streifte er sich die Stiefel ab.

Emily schlüpfte aus ihren Slippern.

Es folgten Daniels Strümpfe, woraufhin auch sie ihre feinen Strümpfe abrollte und über einen Stuhl legte.

Als er eilig das Hemd aufknöpfte, musste sie beinahe laut lachen. Da konnte es jemand nicht erwarten, sie nackt zu sehen. Doch als er sich weiter auszog und sein attraktiver Oberkörper zum Vorschein kam, wollte sie ihn nur noch berühren.

Wie war es bloß möglich, von einem anderen Menschen

so stark angezogen zu werden, dass es schon fast schmerzte, wenn man ihn nicht anfassen konnte?

Natürlich konnte sie das, aber sie wollte nicht den Eindruck einer wollüstigen Dirne erwecken. Daniel hatte ohnehin irgendetwas mit ihr angestellt, weil sie so stark auf ihn reagierte. Aber er hatte sie schon als Mädchen verzaubert ...

»Em?«, fragte er grinsend, als sie nur wie erstarrt vor ihm stand.

Ihr Gesicht glühte und schnell drehte sie ihm den Rücken zu. »Könntest du mir bitte behilflich sein?«

»Natürlich«, raunte er, und sie erschauerte wohlig, als sie seine große, warme Gestalt hinter sich fühlte.

Ihr Herz klopfte wild, während er ihr Kleid Stück für Stück öffnete, sodass es schließlich nach unten rutschte. Sie hob es auf, um es ebenfalls auf den Stuhl zu legen. Nun trug sie nur noch ihr dünnes Unterkleid und Daniel seine Breeches.

»Weiter«, raunte er, wobei er ihr vom Bett aus ein schelmisches Grinsen zuwarf.

»Erst du«, schalt sie ihn spielerisch. »So sind die Regeln.«

»Mit diesen Regeln kann ich leben.«

So schnell konnte sie gar nicht gucken – schon saß er nackt auf ihrem Bett, die Beine ungeniert leicht auseinandergestellt, sodass sie gut sehen konnte, wie sehr ihn das Spiel erregte. Sein Penis stand schon fast ganz hart von seinen Lenden ab.

Bloß weil sie seine Männlichkeit betrachten durfte, pochte ihr Schoß sanft. Emily musste zugeben, dass sie es kaum erwarten konnte, mit Daniel zu schlafen. Selbst das gefiel ihr an ihm. Er hatte ihr die Scheu vor dem einst unangenehmen Akt genommen, den sie aus reinem ehefraulichen Pflichtgefühl über sich ergehen hatte lassen.

Da sie nicht reagierte und ihr Hemd auszog, verschränkte er die Arme vor der Brust, sodass seine Muskeln noch besser zur Geltung kamen, und sagte gespielt beleidigt: »Ich habe mich an all deine Regeln gehalten. Aber wie mir scheint, hat dich der Mut verlassen.«

»Ich habe keine Angst«, antwortete sie ihm verschämt lächelnd und dachte: *Nicht vor ihm. Er ist ein Lord wie kein anderer.*

In einer möglichst fließenden Bewegung zog sie sich das Hemd über den Kopf, um es zu ihren anderen Sachen über den Stuhl zu legen.

Als sie schließlich nackt vor ihm stand, kam es ihr vor, als würde in seinen Augen ein Feuer lodern. Geschmeidig erhob er sich, um sie wie ein Raubtier zu umrunden. Seine heißen Blicke schienen sich in ihre Haut zu brennen. Mit den Fingerspitzen fuhr er über ihren Rücken, ihren Arm, ihre Brust, und hinterließ überall ein wohliges Kribbeln. Gleichzeitig zog er eine Glutspur über ihren Körper.

Seine Musterung erregte sie und war ihr gleichzeitig etwas peinlich, denn sie standen sich beide splitternackt in diesem Zimmer gegenüber. Dabei war es draußen nicht einmal richtig dunkel, sondern noch so hell, dass man jedes Detail erkennen konnte.

Sie unterdrückte den Wunsch, die Arme vor der Brust zu verschränken, und hob tapfer den Kopf. »Wolltest du nicht, dass ich das Nachthemd anziehe?«

»Ich habe es mir anders überlegt«, murmelte er seitlich an ihrem Nacken, genau unterhalb ihres Ohres, bevor er diese empfindliche Stelle küsste.

Emily schloss genüsslich die Augen, weil es sich sehr gut anfühlte, was er dort mit seinen Lippen anstellte. »Du biegst dir deine Regeln aber auch so zurecht, wie du sie gerade brauchst.«

Er lachte leise an ihrem Hals, bevor er sie fest an seine nackte Gestalt zog. »Hüllenlos gefällst du mir eben am besten.«

Sie schlang die Arme um seinen breiten Oberkörper, während sie sich verlangend küssten. Emily könnte ewig mit Daniel vor dem Bett stehen bleiben, ihn umarmen, sich geborgen fühlen und ihn einfach nur küssen, doch er drückte sie leicht gegen die Matratze. Er hatte nach fast zwei Tagen ohne lustvolles Vergnügen wohl nicht so viel Beherrschung wie sie.

Er presste die Handflächen auf ihre Pobacken, um Emily noch fester an seinen Körper zu pressen, bevor er sie plötzlich herumdrehte, sodass sie mit den Knien an das Bett stieß.

»Beuge dich nach vorne und stütze dich mit den Händen auf dem Polster ab«, befahl er ihr sanft, wobei ihre Brustspitzen wohlig kribbelten.

Sie gehorchte bloß, weil es Daniel war, der diese Pose von ihr forderte, und sie wusste, dass er sie wie immer außerordentlich verwöhnen würde.

Nachdem sie sich abgestützt hatte, fühlte sie plötzlich eine Hand zwischen ihren Beinen. Er fuhr an den Innenseiten ihrer Schenkel vom Knie nach oben und drückte sie sanft ein Stück auseinander, um schließlich seine ganze Handfläche auf ihre Weiblichkeit zu pressen.

Emily stöhnte leise, weil es sich gut anfühlte, wenn er dort an ihr rieb.

»Schon feucht, wie ich mir gedacht habe«, sagte er rau und schob kurz einen Finger in ihre Spalte.

Emily stöhnte lauter, als er mit dem Finger auf ihrer Perle kreiste, was ihre Erregung sofort explodieren ließ. Ihr Schoß pochte härter, ihr Inneres pulsierte sanft.

Leider zog er seine Hand viel zu bald zurück. Dafür beugte er sich von hinten über sie, um ihre Brüste sanft zu kneten. Sie hingen in dieser Position ein wenig herunter, aber Daniel konnte sie von dort, wo er stand, ja nicht sehen.

Küssend bahnte er sich eine Spur von ihren Schulterblättern abwärts über ihren Rücken, knabberte mit den Lippen an ihren Pobacken und zog sie schließlich auseinander.

»Daniel!« Sofort stellte sich Emily kerzengerade hin und presste die Schenkel zusammen. Als sie über ihre Schulter blickte, fand sie ihn auf Knien hinter sich. Seine Erektion ragte steil nach oben, und die Spitze sah purpurn, prall und feucht aus.

»Ich möchte alles von dir sehen, Em«, raunte er lächelnd, wobei sein Blick lustverhangen wirkte. »Du bist wunderschön. Überall.«

Da war sie sich nicht wirklich sicher. Zwischen ihren Beinen sah alles etwas merkwürdig aus, genau wie bei ihm. Sie schämte sich immer noch, genau hinzuschauen.

Geschmeidig stand er auf und drehte sie an den Schultern herum, sodass sie sich anblicken konnten. »Spielen wir das Spiel weiter, Em. Du darfst erst mich erforschen, danach bin ich wieder dran.« Er drückte sie behutsam aufs Bett, sodass sie nun vor ihm saß und seine Männlichkeit fast vor Augen hatte!

»Berühre mich«, befahl er sanft. »Schau dir alles genau an.«

Ihr Gesicht stand in Flammen. Aber sie war kein Feigling! Sie hatte ihn schon mehrmals dort berührt, war ihm dabei aber nie so nah gewesen.

Mutig ließ sie die Fingerspitzen über seinen geäderten Schaft wandern, der sich außen sie Samt anfühlte, aber unter der dünnen Haut hart wie ein Stock war. Das hatte sie bereits früher erforscht, nur tiefer war sie noch nicht vorgedrungen. Vorsichtig betastete sie seinen Hautsack, der sich sofort zusammenzog und ganz verschrumpelt aussah, bevor er sich wieder ausdehnte. Wie ulkig!

»Warum zucken deine Mundwinkel?«, fragte er rau, während er die Hände in die Hüften stemmte und schmunzelnd zu ihr herabblickte.

Die Hitze in ihrem Gesicht nahm zu. Ohne ihn anzuschauen, fragte sie krächzend: »Stört das nicht beim Gehen?«, und wog den Hautsack in ihren Händen. Die zwei Kugeln darin fühlten sich seltsam an.

»Hin und wieder muss ich ihn in eine andere Lage bringen, aber wir haben uns im Laufe des Lebens immer arrangieren können.«

Sie lachte. »Das hört sich an, als wäre *er* ein eigenes Lebewesen.«

»Na ja, manchmal macht er schon, was er will. Aber gerade wollen wir es beide.«

Emily warf sich auf den Rücken und lachte Tränen. Daniel schaffte es ständig, diese intime und für sie früher unangenehme Situation zu einem bemerkenswerten, unvergesslichen, lustigen oder einfach nur wunderschönen Erlebnis zu machen.

»Da gibt es gar nichts zu lachen«, versuchte er todernst zu sagen, während er über sie kroch und sie auf die Nasenspitze küsste. »Deine Madame da unten macht bestimmt auch manchmal nicht das, was du willst.«

»Erst seitdem sie dich kennt«, antwortete sie grinsend und küsste Daniel, als wäre er ein Lebenselixier, ohne das sie nicht existieren könnte.

Sie schmusten und kuschelten so lange, bis ihr Schoß erneut wild pochte und sich seine Männlichkeit hart gegen ihren Unterleib presste.

»Magst du dich noch einmal für mich umdrehen?«, fragte Daniel rau und stieg von ihr herunter.

Sie würde ihm diesen Gefallen gerne tun, weil er alles daransetzte, um den Akt für sie zu einem angenehmen Erlebnis zu machen. Zwar schämte sie sich noch ein wenig für die vernarbten Verletzungen, die Edward ihr zugefügt hatte, aber da Daniel nicht mehr darauf einging und die alten Wunden ihn auch nicht zu stören schienen, vergaß Emily öfter, dass sie überhaupt da waren.

Sie stellte sich also wieder genauso hin wie zuvor und stützte sich nur mit den Händen auf dem Bett ab, während er hinter ihr in die Hocke ging. Wieder einmal konnte er alles sehen! Doch wundersamerweise verstärkte dies das Pochen in ihrem Schoß noch.

»Du hast ein wundervolles Gesäß, Em«, raunte er, wobei er die Hände über ihren Hintern gleiten ließ. »Ich liebe diese runden Formen.«

Zärtlich küsste er sie auf die Backen und strich mit drei Fingern durch ihre Spalte. Als er einfach nicht fester reiben wollte, wackelte sie ungeduldig mit dem Po.

»Ja«, sagte er mit dunkler Stimme und erhob sich hinter ihr. »Du bist mehr als bereit für mich.«

Noch ehe sie wusste, wie ihr geschah, war er schon in sie eingedrungen.

Erst stieß sie vor Überraschung einen Schrei aus, aber dann warf sie stöhnend den Kopf zurück und genoss seine große, harte Männlichkeit in ihr. Früher hätte sie es nie für möglich gehalten, einmal Gefallen an diesem Akt zu finden. Jetzt wollte sie am liebsten, dass er niemals endete.

Diese Stellung sollte ihr Angst machen, weil sich Edward ihr fast immer von hinten genähert hatte. Aber da sie nicht auf dem Bauch lag, sondern stand, war sie Daniel nicht hilflos ausgeliefert – im Gegenteil. Sie konnte ihr Becken frei bewegen und zur Not unter ihm hervorschlüpfen.

Er nahm eine Hand hinzu, um an ihrer empfindlichen Perle zu zupfen und zu reiben, während er mit der anderen Hand ihre Brust knetete.

Der Gipfel der Lust raste auf sie zu. Diese Stellung besaß etwas Animalisches, Archaisches, und Emily fühlte sich temperamentvoll und frei. Sie drückte sich Daniel entgegen, wobei sie ihre Hände in die Matratze stemmte. Das Pochen verstärkte sich zu einem ungestümen Klopfen, bis sich plötzlich alles vor ihren Augen drehte und das unglaublich intensive Gefühl des Höhepunktes durch sie hindurchfegte.

Als Daniel zärtlich ihren Namen murmelte und sich fester an sie presste, spürte sie, wie er in ihr zuckte. Er hielt sie an den Hüften gepackt, um langsam und besonders tief in sie stoßen zu können, und legte schließlich schwer atmend den Kopf auf ihrem Rücken ab. »So habe ich es noch nie getan. Du bist eine unglaubliche Frau, Emily.«

Er allein machte diese wilde Frau aus ihr, und dafür war sie ihm sehr dankbar. Nie hätte sie auch nur geahnt, was alles in ihr steckte, welche Leidenschaft sie empfinden konnte!

»Willst du heute bei mir schlafen?«, fragte er und zog sich zurück, um seine Kleidung einzusammeln.

Wieder fühlte sie sich leer ohne ihn, aber sie freute sich, dass er jetzt nicht einfach gehen und sie allein lassen würde. Es war nicht selbstverständlich, dass Ehegatten in einem Bett schliefen, zumindest nicht bei den Adligen.

Sie nickte lächelnd. »Ich komme gleich.«

Er grinste verrucht. »Dann sehen wir uns in Kürze. Vielleicht sogar zu Runde zwei.«

Nachdem sie sich frischgemacht und das sündhafte, neue Nachthemd angezogen hatte, schlüpfte sie durch die Geheimtür zu ihm ins Zimmer. Es war beinahe dunkel, weil die Vorhänge zugezogen waren. Aber auf dem Tisch brannte eine Kerze.

Daniel lag in seinem großen Bett und öffnete nur ein Auge, als sie schnell das Licht löschte und zu ihm unter die Laken schlüpfte. Sofort kuschelte sie sich an seine große, warme Gestalt und genoss es, wie er gebieterisch einen Arm um sie schlang. Bei ihm fühlte sich einfach alles richtig an.

Daniel überraschte sie ständig mit seinen lustvollen Ideen. Wie sündig sie auch sein mochten, jedes Mal verschaffte er ihr neue sinnliche Genüsse. Ein kleiner, freudiger Schauer durchlief sie, wenn sie an seinen festen Körper dachte, mit dem er ihren so gekonnt zum Klingen bringen konnte. Daniel hatte ihr gezeigt, dass sie keine Angst zu haben brauchte, egal in welcher Stellung er in sie eindrang, immer ging es um ihr gemeinsames Vergnügen. Doch nun musste sich ihr starker Krieger anscheinend erst einmal ausruhen.

*So viel zu Runde zwei*, dachte sie amüsiert. Emily, hingegen, war hellwach, weil noch alles in ihr pochte und sich drehte, als hätte sie zu viel Alkohol getrunken.

Daniel atmete immer gleichmäßiger, wobei seine Muskeln ab und an zuckten, und es war schön, mitzuerleben, wie er einschlief. Das brachte ihr Frieden.

Emily hatte sich zum ersten Mal völlig fallenlassen können. Hier würde sie niemand stören oder plötzlich überraschen, wie zum Beispiel Sophia. Doch gerade jetzt vermisste Emily die Kleine sehr. Sie hatte sich schon daran gewöhnt, dass Daniels Tochter irgendwann nachts zu ihr ins Bett gekrochen kam. Wenn die Süße bei Emily lag, plagten sie seltener die alten Bilder, die ihr vor allem beim Einschlafen durch den Kopf spukten: wie Edward kurz vor seinem Tod völlig betrunken zu ihr gekommen war. Sie hatte überhaupt nicht mit seiner Ankunft gerechnet und gehofft, er würde länger in London bleiben. Aber da hatte er auf einmal mitten in der Nacht in ihrem Schlafzimmer gestanden, ihr die Bettdecke weggerissen und sich auf sie geworfen ... Emily glaubte, keine Luft mehr zu bekommen. Edward war so schwer, er zerdrückte sie beinahe! Er trug noch alle Kleider und stank nach Alkohol und Zigarre. Zum Glück steckte der glimmende Stängel nicht mehr in seinem Mund, sonst würde er ihr damit das Gesicht verbrennen!

Normalerweise drehte er sie herum und schob ihr nur das Nachthemd hoch, doch diesmal blieb er auf ihr liegen und sagte ungehalten: »Ich will endlich einen Erben, du blödes, nichtsnutziges Weibsstück! Wozu mache ich mir all die Arbeit und gehe die ganzen Risiken ein, wenn ich nichts davon weitergeben kann?«

Mit aller Kraft versuchte sie, Edward an den Schultern von sich zu drücken. Sie würde jeden Moment ersticken, wenn er nicht endlich von ihr herunterging!

Auf einmal drang eine andere Männerstimme an ihr Ohr und der Druck auf ihren Brustkorb verschwand. »Scht, Em, es ist alles gut ...«

»Daniel?«, wisperte sie und riss die Augen auf. Er war es, Gott sei Dank!

»Bin hier«, murmelte er, rollte sich zur Seite und zog sie an seine Brust.

*Es war nur wieder die alte, quälende Erinnerung*, dachte sie erleichtert. Sofort fühlte sie sich sicher und geborgen. Doch ihr wurde erneut bewusst – diesmal mehr denn je –, dass Daniel ebenfalls einen Erben brauchte.

Als sie glaubte, er wäre wieder eingeschlafen, weinte sie leise, weil sie ihm kein Kind schenken konnte und dieser wunderschöne Traum eines Tages zu Ende sein würde.

# Kapitel 21 – Am Meer

Nicht eine Wolke verdeckte den strahlend-blauen Himmel, als Emily gemeinsam mit Daniel frühstückte. Es war ihr dritter Morgen in diesem wunderbaren Paradies, und sie hatte erstaunlich gut geschlafen, ganz ohne Albträume.

Alice Brown deckte für sie wie immer bei schönem Wetter den Tisch auf der Veranda und stellte einen frischen Blumenstrauß darauf. Heute half ihr ihre ältere Tochter Melisande beim Bedienen, während Maybell im Haus Arbeiten erledigte.

»Die Spiegeleier mit Bacon schmecken wirklich köstlich, Alice«, sagte Daniel zu Mrs Brown, die daraufhin ganz rote Wangen bekam und mit stolz geschwollener Brust erwiderte: »Vielen Dank, Mylord.«

Es gab Fruchtsaft und Tee mit Milch, gebratenes Gemüse aus der Region, aber auch verschiedene Würste und Fleischsorten sowie Bohnen in Tomatensauce. Die Auswahl war riesig, und es kam Emily geradezu verschwenderisch vor, so viel aufzutischen. Das alles konnten sie zu zweit niemals essen!

Normalerweise würde sie jetzt auch mit Sophia in ihrem Zimmer in Daniels Villa sitzen, um mit ihr zu frühstücken. Da wäre die Auswahl zwar auch gut, aber nicht derart reichlich.

Als Daniel plötzlich fragte: »Beschäftigt dich etwas?«, lächelte Emily schnell.

»Es ist alles fantastisch. Ich musste nur gerade an Sophia denken. Sie fehlt mir ein wenig.«

»Ich will dir heute das Meer zeigen. Wir nehmen meine Tochter und Lizzy natürlich mit. Sophia soll so viel von der Welt sehen, wie möglich.«

»Das ist ja wunderbar!«, sagte Emily begeistert. »Ich freue mich schon darauf, und Sophia kann im Sand spielen. Soll ich Badekleidung mitnehmen?«

»Wie du möchtest. Von mir aus musst du das klobige Ding nicht tragen.« Daniel zwinkerte. »Henry wird uns fahren. Ich glaube, das ist ganz in seinem Interesse, ich hätte nämlich auch Mr Brown fragen können.«

Emily schmunzelte. »Willst du Lizzy und Henry etwa verkuppeln?«

»Ich denke, sie sind längst ein Paar.«

»Das glaube ich auch. Hast du bemerkt, wie sich die zwei ständig ansehen, sobald sich ihre Wege kreuzen?«

»Bin ja nicht blind«, murmelte er grinsend, bevor er einen Schluck Tee nahm. »Solange die beiden ihre Arbeit nicht vernachlässigen, habe ich auch nichts dagegen.«

Er war so ein guter Mann, was er auch ihr jeden Tag zeigte. Es würde sehr, sehr schwer werden, auf all das eines Tages wieder verzichten zu müssen.

Für die Fahrt ans Meer hatte Daniel angeordnet, dass Henry die offene Kutsche anspannte. Daniel war stolz auf seinen Grundbesitz in East Sussex und wollte Emily endlich zeigen, was ihm alles gehörte. Die anderen Ländereien, die nördlich von London lagen, hatten seine Vorfahren ebenfalls vom König bekommen. Dagegen war dieser schöne Flecken Erde im Distrikt Hastings geradezu winzig. Da Daniels Vater gut gewirtschaftet hatte, konnte er in London die Stadtvilla und das kleine Reihenhaus kaufen, das Daniel nun vermietete. Er selbst hatte im Laufe der Jahre Land westlich von London hinzugekauft, allerdings stand darauf kein Gebäude.

Kurze Zeit später saß Daniel neben Emily auf der gut gepolsterten Kutschbank, und Lizzy hatte mit Sophia ihnen gegenüber Platz genommen. Nach einer halben Stunde Fahrt über grüne Wiesen und sanfte Hügel konnten sie nicht nur den Ozean riechen, sondern ihn auch sehen. Sie fuhren auf dem Weg ein Stück entfernt vom Rand der Kreidefelsen entlang, und tief unter ihnen rollte die Brandung an den Sandstrand. Die Sonne spitzte zwischen weißen Wattewolken hervor und zauberte einen Glitzerteppich auf das dunkelblaue Wasser. Was für ein perfekter Tag für einen Ausflug!

Als Sophia die Seevögel bemerkte, die kreischend ihre Kreise zogen, hüpfte sie begeistert auf Lizzys Schoß auf und ab – woraufhin Emily lächelte. Aber auch Daniel freute sich, dass seine Tochter heute beste Laune hatte.

»Gehört das alles noch dir?«, wollte Emily von ihm wissen.

Er nickte. »Wir befinden uns immer noch auf meinem Land. Einer meiner Vorfahren, sein Name war George, bekam es vom damaligen König für seine Dienste und Erfolge in diversen Schlachten geschenkt.«

»Diese Geschichte musst du mir unbedingt einmal genauer erzählen.«

Das würde er sehr gerne machen, vielleicht sogar heute Abend in seiner Bibliothek.

Im Zickzackkurs führte die Straße den West Hill hinunter bis zur lebhaften Hafenstadt, die in einem Tal zwischen diesem Hügel und dem East Hill lag. Dabei passierten sie die Ruinen von Hastings Castle.

»Gehören die Stadt und die alte Burg auch noch dir?«, fragte Emily, die das Gesicht nicht von den Arbeitern abwenden konnte, die die Grundmauern von Hastings Castle renovierten.

»Nein, hier endet mein Reich. Die Burg gehört Henry Pelham, dem dritten Earl of Chichester. Als Heinrich der VIII. Mitte des sechzehnten Jahrhunderts befohlen hat, alle katholischen Klöster dem Erdboden gleichzumachen, wurde auch diese Burg zerstört. Seitdem zerfiel das Grundstück. Erst im Jahre 1591 wurde es von Chichesters Vorfahren gekauft und für die Landwirtschaft genutzt. Schließlich waren die Ruinen so sehr überwachsen, dass die ehemalige Burg in Vergessenheit geriet. Vor zehn Jahren hat Chichester einige archäologische Untersuchungen der Ruine in Auftrag gegeben. Daraufhin wurden der Kapellenboden und andere Teile der Burg wieder aufgebaut.«

»Was du alles weißt«, sagte Emily ehrfurchtsvoll, und auch Lizzy schien regelrecht an seinen Lippen zu hängen.

»Ich halte mich gerne auf dem Laufenden, was um meine Ländereien herum passiert.« Es gefiel ihm, vor Emily ein wenig angeben zu können, und da er wusste, dass sie alte Geschichten liebte, konnte er es auch nicht lassen, ihr etwas über die Stadt zu erzählen, die sie beinahe erreicht hatten. »Hastings war einst nur eine kleine Fischersiedlung, wurde dann aber ein beliebtes Nest für Schmuggler, denn es liegt geschützt zwischen den beiden Hügeln und eignete sich auch aus anderen Gründen hervorragend, um Schwarzhandel zu treiben. In der Nähe der Burgruine befinden sich zum Beispiel die St. Clement's Höhlen. Die sind teilweise natürlich entstanden, wurden aber hauptsächlich von den Schmugglern in den weichen Sandstein gegraben. Nach den Napoleonischen Kriegen nahm der illegale Handel jedoch ein abruptes Ende, denn, wie du sicher weißt, wurde die Stadt zu einem der angesagtesten Badeorte, als bekannt wurde, dass das Meerwasser gesundheitsfördernde Eigenschaften besitzt. Nicht zu vergessen sind auch die örtlichen Quellen und Römischen Bäder.«

»Das mit den Schmugglern ist ja noch gar nicht so lange her!«, rief Emily überrascht und reckte den Hals, als könne sie noch einen dieser Leute entdecken.

Daniel nickte schmunzelnd. »Vor ein paar Jahren wurden die Höhlen von dem ansässigen Händler Joseph Golding wiederentdeckt. Eigentlich sollte er für seinen Arbeitgeber in der Nähe der Klippen etwas Sand holen, als er plötzlich in eine riesige Höhle durchbrach.«

Emilys Augen strahlten regelrecht, als würde er ihr eine aufregende Piratengeschichte erzählen. Mittlerweile hatten sie das Zentrum der Stadt erreicht und fuhren langsam zwischen den eng beieinanderstehenden Häusern hindurch. Reisende suchten ihre Unterkünfte, Händler priesen ihre Waren an, jeder wollte mit den Besuchern Geschäfte machen. Da es noch vormittags war, hörten sie auch die Rufe der Fischhändler, die am Strand den frischen Fang verkauften. Der Geruch nach Fisch, Salz und Tang waberte durch die ganze Stadt.

Daniel wies Henry an, ein Stück an der mehrere Meilen langen Strandpromenade entlangzufahren. Da es verboten war, dass Männer und Frauen am selben Ort badeten, wollte er etwas außerhalb der Stadt ihr Lager aufschlagen. Außerdem war es ihm hier zu voll und zu laut. Gleich am ersten Strandabschnitt standen zahlreiche Badekarren. In diesen kleinen Häuschen auf Rädern konnte man sich umziehen und sich anschließend gleich von einem Kutscher in die Brandung fahren lassen. Vor allem Frauen nutzen das, um so geschützt vor den Blicken der Männer direkt ins Meer zu steigen und zu baden. Schwimmen konnte kaum jemand, selbst viele Küstenbewohner nicht. Für feine Damen in ihren schweren, mit Gewichten versehenen Badekleidern war es garantiert nicht möglich, sich über Wasser zu halten. Wie unangenehm musste es sein, umhüllt von zahlreichen Stofflagen ins Wasser zu gehen. Wahrscheinlich galt deshalb das Motto: Dreimal eintauchen – und raus. Länger hielt man es in den am Körper klebenden Kleidungsstücken wohl ohnehin nicht aus.

Daniel war sehr froh, dass er auf seinem zweiten Landsitz einen See besaß, in dem er als Kind oft heimlich nackt gebadet und darin auch schwimmen gelernt hatte. Dorthin wollte er mit Emily auch einmal fahren. Sie sollte sich frei und nicht eingeengt fühlen dürfen. Außerdem wollte er auch ihr und Sophia das Schwimmen beibringen.

Etwa eine Meile außerhalb von Hastings fanden sie in einer Bucht zwischen meterhohen Kreidefelsen einen völlig menschenleeren Strandabschnitt vor, an dem es nicht nur Kieselsteinchen gab, sondern feinen Sand. Hier würde es Sophia bestimmt gefallen. Die Kleine wollte ohnehin ständig von Lizzys Schoß hüpfen, um endlich ans Wasser zu dürfen. Zum Glück waren die Wellen heute nicht hoch und das Ufer fiel flach ab.

Daniel half erst Emily aus dem Wagen, die von Lizzy seine Tochter gereicht bekam.

»Da, da!«, rief Sophia und deutete aufs Meer.

Emily lachte. »Du kannst es wohl kaum erwarten?« Seine süße, rothaarige Sirene schlüpfte einfach aus ihren Schuhen und zog auch Sophia die Slipper von den Füßen. Dann gingen die beiden Hand in Hand zum Ufer, um durch das flache Wasser zu waten. Sophia quietschte jedes Mal vergnügt, wenn sie vor einer auslaufenden Welle wegrennen mussten. Emily wirkte völlig unbeschwert und frei und hatte wohl für einen Moment vergessen, dass sie nicht mehr Sophias Nanny war.

Auch Daniel vergaß, welchen Schranken ihre Beziehung in der Öffentlichkeit eigentlich unterworfen war. Ununterbrochen musste er zu seinen beiden liebsten Geschöpfen auf Erden sehen, während er Henry half, die Körbe mit Essen und die Decken abzuladen. Lizzy reichte er den Beutel mit Sophias Spielsachen. Mrs Brown hatte aus der Küche extra eine kleine Kuchenform geholt, bevor sie abgefahren waren.

»Schnell weg, das Ungeheuer will uns fressen!«, rief Emily, als sie wieder vor einer Welle flüchteten und lachend zu ihnen zurückkehrten. Emily atmete schwerer und eine sanfte Röte überzog ihr Gesicht. Einige Strähnen hatten sich aus ihrer Frisur gelöst und lugten unter der Haube hervor. Em sah wunderschön und glücklich aus. Es war genau die richtige Entscheidung gewesen, mit ihr hierher zu fahren.

Wenig später hatte auch Daniel einige Kleidungsstücke ausgezogen. Es war einfach viel zu warm heute. Nur in Hemd und Breeches saß er am Ufer neben seiner Tochter im Sand, um mit ihr eine Burg zu bauen, während Emily mit Lizzy ein paar Meter hinter ihnen die Lebensmittel aus dem Korb holte und auf der Decke ausbreitete. Dabei unterhielten sie sich über Lizzys genesene Mutter. Henry versorgte die Pferde.

Da eine leichte Brise vom Meer herwehte, konnte Daniel nicht alles verstehen, was die Frauen miteinander sprachen. Hin und wieder, wenn er kurz zu den beiden schaute, schenkte Lizzy Emily seltsame Blicke, die er nicht deuten konnte.

Als Lizzy etwas sagte – Daniel verstand nur »Mylady« – wurde Emilys Gesicht fast so rot wie ihr Haar.

»Bitte nenn mich Mrs Rowland«, erwiderte sie schnell.

Lizzy runzelte die Stirn. »Aber die Browns sprechen Sie auch so an.«

»Ja, und das ist mir unangenehm.«

»Weil Lord Hastings Sie noch nicht geheiratet hat?«

Daniel erstarrte, sein Herz begann schlagartig zu rasen. Zum Glück kam Emily nicht mehr in Verlegenheit, zu antworten, und Lizzy verfolgte dieses Thema nicht weiter, weil Henry zu ihnen stieß.

Daniels Magen verkrampfte sich. Was mutete er Emily bloß zu? Er hätte vor den Browns ehrlich sein und mit offenen Karten spielen sollen. Doch er hatte bei ihrer Ankunft nicht gewollt, dass diese Familie, die er schon ewig kannte, bloß seine Geliebte in Emily sah.

Plötzlich hatte Sophia keine Lust mehr, im Sand zu graben, und lief auf Emily und Lizzy zu, als sie die ganzen Leckereien auf der Decke bemerkte. Daniel erhob sich ebenfalls, um zu Emily zu gehen.

»Lust auf einen kleinen Strandspaziergang, bevor wir uns die Bäuche vollschlagen?«, fragte er sie und streckte ihr die Hand hin.

»Sehr gerne.« Sie ließ sich von ihm auf die Füße ziehen, während Sophia bei Henry und Lizzy blieb, die auf einer zweiten Decke in der Nähe der Kutsche saßen. Die Kleine war jedoch bereits wieder abgelenkt. Sie hatte die Kuchenform entdeckt und wollte nun mit Lizzy einen Sandkuchen backen. Sophia hätte sicher etwas dagegen, jetzt bei ihrer äußerst wichtigen Tätigkeit unterbrochen zu werden. So gut kannte Daniel seine Tochter mittlerweile.

In der nächsten halben Stunde wanderte er mit Emily Hand in Hand am Ufer der Kreidefelsküste entlang, und Emily genoss es sichtlich, barfuß durch die Gischt zu laufen. Der sanfte Wind wehte ihr blassblaues Chemise-Kleid um ihren Körper, und Daniel musste sie ständig anblicken. Vor allem ihre süßen nackten Füße hatten es ihm angetan.

»Es ist traumhaft hier«, sagte sie lächelnd. »Danke, dass du mir diesen wundervollen Ort zeigst.«

Er blieb stehen, um sie in die Arme zu ziehen, und raunte: »Ich werde dir noch viele schöne Orte zeigen«, bevor er sie küsste.

Emily schmiegte sich sofort an ihn, und Daniel verlor sich in ihrem süßen Mund. Er könnte sie stundenlang küssen, ewig halten – es würde ihm nie langweilig werden. In ihrer Nähe fühlte er sich wie ein richtiger Mann, voller Leben und zu allen Schandtaten bereit. In Situationen wie dieser wünschte er sich mit ihr an einen entfernten Ort, wo sie niemand kannte, um mit ihr ein völlig neues Leben abseits seiner Verpflichtungen zu beginnen.

Alles um ihn herum verschwamm, während sie den Kuss vertieften. Daniel gab sich ganz dem Augenblick hin, genoss das sinnliche Spiel ihrer Lippen. Als sie sich voneinander lösten, beugte sich Emily in seinen Armen ein wenig zurück, damit sie ihn anschauen konnte. Sie wirkte unglaublich jung und glücklich, ihre Augen funkelten. Mit einem schelmischen Grinsen fuhr sie ihm durchs Haar, das die Meeresbrise wahrscheinlich völlig durcheinandergewirbelt hatte. »Du siehst aus wie ein Pirat.«

»Und du bist mein Schatz, den ich mit niemandem teile.« Als er sie in die Arme hob und sich mit ihr im Kreis drehte, hielt sie sich lachend an seinem Nacken fest. Schon ewig hatte er sich nicht mehr so unbeschwert gefühlt. Das Leben an Emilys Seite fühlte sich einfach richtig an.

Als sie zurückkehrten und Sophia in Sicht kam, wirkte Emily schlagartig nachdenklich, beinahe ein wenig traurig. Daniel erinnerte sich, wie sie immer erstrahlte, wenn sie seine Tochter in den Armen hielt. Sein Herz blutete dabei jedes Mal, weil alles Schöne, das er ihr bot, eines Tages ein Ende finden würde – für sie beide.

Er sollte endlich sein verdammtes Pflicht- und Ehrgefühl beiseite schieben und sie einfach heiraten. Er würde zwar ein riesiges Opfer bringen und vor allem seine Vorfahren enttäuschen, aber die waren mittlerweile alle tot, Daniel war der Letzte aus der Familie Appleton. Sein Stammbaum würde somit enden. Aber Emily lebte, und sie hatte eine bessere Zukunft verdient. Es ärgerte ihn zwar sehr, dass dann sein Titel und vor allem die gigantischen Ländereien an seinen unliebsamen Cousin fallen würden, aber selbst das war ihm inzwischen fast schon egal. Er wollte keine andere Frau. Emily machte ihn glücklich, und sie liebte Sophia.

Während sie seiner Tochter und den anderen immer näher kamen, dachte er weiter über die Zukunft nach. Er könnte sowohl für Em als auch für Sophia Vorkehrungen treffen, damit beide nach seinem Tod auf Lebenszeit abgesichert waren. Ihm allein – und nicht der Krone – gehörten das Stück Land westlich von London, das Reihenhaus und die Stadtvilla. Durch Mieteinnahmen und Pacht würden Emily und seine Tochter ein gutes Leben führen können, falls er vor ihnen starb und all die Besitztümer, die an den Titel gebunden waren, an Alastair gingen.

Am liebsten hätte Daniel sofort alles in die Wege geleitet, doch er konnte die Verpflichtung, die er seiner Familie gegenüber empfand, nicht einfach wegschieben. Er schwor sich, bald eine Entscheidung zu fällen, und gab sich noch drei Monate, in denen er Zeit hatte darüber nachzudenken, was für ihn wichtiger war: Tradition oder Liebe.

# Kapitel 22 – Neue Erkenntnisse

Die nächsten Wochen vergingen für Emily wie im Flug. Fast jeden Tag unternahmen sie etwas anderes, nur bei Regenwetter kam es manchmal vor, dass sie einfach im Bett blieben oder sich in die kleine Bibliothek zurückzogen, um sich gegenseitig oder auch Sophia vorzulesen. Dort verbrachte Emily auch die meiste Zeit, wenn sich Daniel seinen Geschäften widmete.

Am allerbesten gefielen ihr jedoch die Ausritte. Seit ihrer Kindheit hatte Emily auf keinem Pferd mehr gesessen und es machte Spaß, mit Daniel an ihrer Seite über die Felder und Hügel zu galoppieren. Dann fühlte sie sich jedes Mal unglaublich glücklich und beinahe schwerelos. Oft verbanden sie ihre Ausflüge mit einem Picknick zu zweit, und hin und wieder verspeiste Daniel nicht nur den Nachtisch, sondern auch sie – unter freiem Himmel!

Doch das war längst nicht alles. Er brachte ihr sogar bei, sich zu verteidigen. Daniel erklärte ihr, wann es besser war, davonzulaufen, wie sie selbstbewusst auftreten und wie man einen Mann ernsthaft außer Gefecht setzen konnte, wenn es notwendig war. Einmal hatte sie während der Übungen aus Versehen ihr Knie zwischen seine Beine gerammt, sodass er regelrecht zusammengebrochen war, und sie sich daraufhin hundert Mal entschuldigt. Doch er hatte nur grinsend und mit schmerzverzerrtem Gesicht auf dem Boden gelegen und ihr gratuliert. Dieser Mann war völlig anders als alle anderen Männer! Und genau aus diesem Grund liebte sie ihn über alles.

Anfang Oktober, als sie zusammen im Grünen Salon saßen, um mit Sophia das Dinner einzunehmen, war Emily froh, dass sie etwas von Mrs Browns leckerem Essen herunterbekam. In letzter Zeit, vor allem aber morgens, verging ihr beim Anblick und dem Geruch der köstlichen Speisen sämtlicher Appetit und ihr wurde sogar übel. Wahrscheinlich, weil sie wusste, dass die gemeinsame Zeit mit Daniel bald vorbei sein würde. Sie fühlte regelrecht, dass ihm etwas auf der Seele lag. Gewiss würde er sie bald bitten, als seine Geliebte bei ihm zu bleiben, während er eine andere Frau ehelichte, um mit ihr seinen Erben zeugen zu können. Prompt nahm die Übelkeit wieder zu, als sie daran dachte, wie er mit seinen erfahrenen Lippen und Händen eine andere verwöhnte, woraufhin sie heute auf den Nachtisch lieber verzichten wollte.

Zum Glück unterbrach Henry ihre trübseligen Gedanken, als er den Grünen Salon betrat und mit etwas wedelte, das er in seiner Hand hielt. »Gerade kamen zwei Briefe an!«

Einer war für Emily von Claire, der andere für Daniel. Er erbrach sofort das Siegel, faltete das Blatt auseinander und starrte es stirnrunzelnd an. Danach legte er das Papier schnell wieder zusammen und schob es in eine seiner Westentaschen.

»Schlechte Nachrichten?«, fragte Emily, weil sie seinen ernsten Gesichtsausdruck nicht deuten konnte.

Daniel schüttelte den Kopf und lächelte sanft. »Eigentlich nicht. Nur ein paar Neuigkeiten von meinem Freund Rochford.«

»Ah, von dem hast du mir schon mal erzählt. Das ist der mit den angeblich vielen Frauengeschichten.«

Daniel grinste. »Genau der.«

Natürlich würde sie gerne wissen, was sich aktuell in London tat, aber es gehörte sich nicht, danach zu fragen. Außerdem würde ihr Claire ohnehin sämtliche Neuigkeiten erzählen. Sie schrieben sich jede Woche ein Mal.

Neugierig spähte Daniel zu ihrem Brief, der neben ihrer Teetasse lag. »Willst du nicht wissen, was deine Freundin dir zu berichten hat?«

»Ich werde ihre Zeilen später ganz in Ruhe lesen. Am besten mit der Lupe.« Emily lachte. »Claire schreibt sehr klein, um jeden freien Platz auszufüllen. Sie hat immer sehr viel zu erzählen.«

Plötzlich wurde er wieder ernst und wies Henry an, der in der Nähe bereit stand, Sophia zu Lizzy zu bringen. Emily gab ihr schon mal ein Gute-Nacht-Küsschen, und die Kleine ließ sich von Henry ohne zu zögern aus dem Hochstuhl nehmen. Da er bei jedem Ausflug mit der Kutsche dabei war und mit Sophia immer eine Menge Blödsinn veranstaltete, hatte sie ihn schnell ins Herz geschlossen.

Kaum saß Emily mit Daniel allein im Salon, raste ihr Puls. Wie er sie anblickte … Er hatte etwas auf dem Herzen – gewiss!

In den letzten Wochen hatte jeder Tag Daniel deutlicher gezeigt, wie wunderschön eine Zukunft mit Emily wäre. Ihr Umgang mit seiner Tochter, ihre Sanftheit, Klugheit und vor allem ihre Herzenswärme überwältigten ihn jeden Tag aufs Neue. Emily war – neben Sophia – das Wertvollste in seinem Leben, und er wollte sie um nichts in der Welt mehr missen, selbst wenn er dafür in Kauf nehmen musste, seinen Titel nicht an einen eigenen Sohn weiterzugeben zu können. In Gedanken plante er bereits ihre Hochzeit und wartete nur noch auf den richtigen Zeitpunkt, Emily um ihre Hand zu bitten. Doch Rochfords Brief weckte einige seiner alten Zweifel wieder auf. Daniel hatte nicht mehr damit gerechnet, dass sein Freund überhaupt noch etwas herausfinden würde, und wollte die Vergangenheit ruhen lassen. Aber nun gingen ihm unentwegt Rochfords Worte durch den Kopf:

*... Edward hat beim Spielen und Wetten immer wieder mit seinem Titel angegeben und erregte allein deshalb Aufmerksamkeit und natürlich auch, weil er zu Gewaltausbrüchen neigte. Er war nicht besonders beliebt und ist dadurch einigen im Gedächtnis geblieben.*

*Emilys Namen habe ich natürlich so gut es ging bei meinen Befragungen herausgehalten, aber ich habe mich erkundigt, ob jemand ihren Vater und dessen Geschäft kannte. Erfreulicherweise habe ich einen ehemaligen Handelspartner ihres Vaters bei meiner letzten Partie Whist im Brooks's kennengelernt. Mr Dale erzählte mir, dass Edward unangenehm auffiel, weil er überschwängliches Interesse an seiner einzigen Tochter gezeigt und ihm viele Fragen über seine Arbeit gestellt hat. Er vermutete sofort, dass es Edward eher um sein Geschäft ging. Als Edward schließlich bei Sir Collins um Emilys Hand angehalten hat und Miteigentümer wurde, wollte Mr Dale ihren Vater warnen, aber der Baronet wollte nichts davon hören. Mehr konnte mir Mr Dale auch nicht erzählen.*

*Durch eine glückliche Fügung habe ich jedoch Emilys ehemalige Zofe ausfindig machen können. Ihr Name ist Mary Wentworth. Sie dürfte einiges zu berichten haben, vermute ich ...*

Die Nachrichten von Rochford änderten Daniels Pläne völlig. Er musste so schnell wie möglich zurück nach London, um dieser Mary einige Fragen über Edward und Emily zu stellen. Emily hatte ihre Zofe nie erwähnt, und allein das machte ihn skeptisch. Daniel hätte nie gedacht, dass sein Freund nach all den Monaten noch eine Zeugin auftreiben würde, die etwas dazu beitragen könnte, mehr Licht in Emilys Vergangenheit zu bringen. Immer noch hatte er das Gefühl, sie würde ihm etwas Bedeutsames verschweigen. Das musste er erst klären, bevor er sie zur Frau nahm, schließlich würde er alles für sie aufgeben.

Sein Herz schrie gequält auf, weil er hier seinem Verstand den Vorrang gab. Doch Emily wollte er mit seinem plötzlich aufgeflackerten Misstrauen nicht belasten, sondern ihr einen schönen Abend bereiten.

»Heute war ein wunderbarer Tag«, sagte er, »und ich wette, sobald es ganz dunkel ist, wird keine Wolke den Himmel bedecken. Ich habe ein astronomisches Fernrohr. Damit könnten wir zusammen von meinem Schlafzimmer aus die Sterne beobachten.«

»Das wäre fantastisch, Daniel.« Emily lächelte zittrig und wirkte leicht angespannt. Überhaupt kam sie ihm in letzter Zeit ein wenig verändert vor. Ahnte sie vielleicht etwas von seinem Vorhaben? Sie konnte nicht wissen, was in dem Brief stand, und er hatte ihr auch nie erzählt, dass er Nachforschungen über Edward anstellte.

»Ich … komme später zu dir.« Als sich Emily bei ihm entschuldigte, weil sie sich frischmachen wollte, blieb er noch ein paar Minuten am Tisch sitzen und eilte erst dann in sein Schlafzimmer. Dort setzte er sich sofort an den kleinen Sekretär und schrieb seinem Freund, dass er so schnell es ginge nach London zurückkehren würde, um mit Mary zu sprechen. Kaum hatte er mit seinem Namen unterschrieben, betrat Emily sein Schlafzimmer. Sie trug einen seidenen Morgenrock und darunter spitzte das sündige, fast durchsichtige Nachthemd hervor, das er ihr geschenkt hatte. Sie hatte sich verdammt schnell umgezogen und konnte es offensichtlich genauso wenig erwarten wie er, sie von dem bisschen Stoff zu befreien.

Hastig verschloss er den Brief mit Siegelwachs und erhob sich. »Entschuldige mich kurz. Ich möchte Henry den Brief geben, damit er ihn heute noch zur nächsten Poststation bringen kann, und hole gleich das Fernrohr aus der Bibliothek.«

Sie fragte zum Glück nicht, warum er es mit dem Brief so eilig hatte. Zügig marschierte er hinaus, um alles zu organisieren, damit er ihr so schnell wie möglich die Sterne zeigen und sie auf andere Gedanken bringen konnte.

Emily sah Daniel stirnrunzelnd hinterher. Hatten schlechte Neuigkeiten in Rochfords Brief gestanden? Daniel wirkte nachdenklich und etwas aufgewühlt.

Sie wollte nicht neugierig sein, doch da der Brief offen auf dem Sekretär lag, schlenderte Emily daran vorbei, um einen Blick darauf zu werfen. Als sie ihren Namen entdeckte, stockte ihr Atem und sie war regelrecht gezwungen, alles zu lesen. Mit jedem weiteren Wort nahm ihre Übelkeit zu, ihr ganzer Körper bebte. Zutiefst schockiert musste sie feststellen, dass sie sich völlig in Daniel getäuscht hatte. Er spionierte ihr heimlich hinterher, hatte bedeutende Geheimnisse vor ihr!

Diese Erkenntnis traf sie wie ein brutaler Schlag. Sie hatte nichts bemerkt, absolut gar nichts. Offensichtlich konnte er sich genauso gut verstellen wie Edward.

Nein, nein, nein …

Sie taumelte rückwärts, weil ihre Knie sie nicht mehr

tragen wollten, und setzte sich auf Daniels Bett. Vor ihren Augen waberten schwarze Flecken, ihre Übelkeit nahm zu. Erneut war sie auf die schönen Worte und das gute Aussehen eines Mannes hereingefallen.

*Wieso Daniel, mein Daniel?*, dachte sie unentwegt, weil sie einfach nicht glauben konnte, dass er sie hinterging, nach allem, was sie gemeinsam erlebt hatten.

Verdächtigte er sie, für Edwards Tod verantwortlich zu sein? Wohl eher nicht, denn dann würde er sicher nicht mit ihr ins Bett gehen und sie in Sophias Nähe lassen. Er durfte jedoch niemals herausfinden, was sie getan hatte! Auch durfte er nie erfahren, was Edward verbrochen hatte!

Urplötzlich wollte sie nur noch weg von hier, zurück nach London und zu ihrer Freundin, die ihr mitgeteilt hatte, dass sie froher Hoffnung war und erneut ein Kind bekommen würde. Claire könnte dann ohnehin jede Hilfe gebrauchen.

Panik schnürte ihr die Kehle zu, ihr Herz raste. Daniel durfte niemals mit Mary sprechen!

Lange Jahre hatte Emily geglaubt, Edward hätte den Adelsbrief des Königs gefälscht und sich selbst zum Viscount ernannt. Doch nach und nach dämmerte es ihr. Woher hätte er all das Land haben sollen? All die Besitztümer? Natürlich hätte er sich das auch durch Gaunereien und Glücksspiel aneignen können, aber es sprach zu viel dagegen.

Edward hatte zwar nie direkt mit ihr darüber geredet, nur vage Andeutungen gemacht, wenn er betrunken gewesen war. Aber Emily war nicht dumm, sie konnte sich zusammenreimen, dass er niemals der echte Viscount Rowland war! Sein angeblicher Gedächtnisverlust, seine nicht vorhandenen Sprach- oder Tanzkenntnisse … er hatte nie im Leben eine gute Ausbildung genossen, das war ihr bereits nach einem Jahr Ehe klargeworden, auch wenn er vieles überspielen konnte. Außerdem hatte er mit ihr nie irgendwelche Bälle oder Veranstaltungen besucht, wohl aus Angst, eine der Damen, die den echten Viscount einst gekannt hatten und mit einer ihrer Töchter verkuppeln wollten, würden den Schwindel bemerken. Er hatte angeblich schon, bevor er bei ihrem Vater um ihre Hand angehalten hatte, die Londoner Gesellschaft gemieden und sich eher mit den unteren Schichten abgegeben, wo ihn keiner kannte, um dort durch seinen Titel an Vorteile zu kommen. So hatte er sich immer über Wasser halten können. Erst zwanzig Jahre später, kurz nach ihrer Heirat, hatte er begonnen, sich in den besseren Herrenclubs herumzutreiben.

Ihre Zofe Mary hatte nur selten ein Wort über Edwards Vergangenheit verloren, bloß einmal hatte sie ihr erzählt, dass er sehr lange zurückgezogen gelebt, schlecht gewirtschaftet und all seine Ersparnisse aufgebraucht hatte … Emily hatte die Wahrheit im Grunde immer gekannt, ganz tief in ihrem Inneren, aber sie vehement verdrängt, weil sie einfach nicht glauben konnte und wollte, dass ausgerechnet ihr so etwas Schreckliches zugestoßen war. Genau wie Mary hatte sie jedoch nie etwas gesagt, aus Angst, er würde ihr noch viel schlimmere Dinge antun als sie zu beißen, zu schlagen oder mit seiner Zigarre zu verbrennen.

Mehr als einmal hatte Emily die Furcht in Marys Augen gesehen, wenn Edward gegen sie die Stimme erhoben oder wenn Mary ihre Verletzungen gesehen hatte. Mary musste den echten Edward tatsächlich noch gekannt und das Spiel des falschen Edwards durchschaut haben. Bestimmt hatte Mary genauso viel Angst vor ihm gehabt wie sie …

Oh Gott, sie hatte mit einem Mörder zusammengelebt! Falls das jemals ans Licht kam, würde sie für ihre Mitwisserschaft gehängt werden! Und erst der Skandal, den Daniel dann über sich ergehen lassen musste. Auch wenn er sie betrogen hatte, wollte sie nicht, dass Sophia unter dem Gerede der Leute litt. Emily blieb also nur eine Wahl: Sie musste ihre Beziehung mit Daniel so schnell wie möglich beenden und zurück nach London fahren, bevor Rochford weiter schnüffelte. Doch wie sollte sie das alles anstellen, ohne dass Daniel Verdacht schöpfte?

Als er plötzlich mit dem Fernrohr sein Schlafzimmer betrat, zuckte sie zusammen und blieb wie erstarrt auf seinem Bett sitzen. Sie konnte nichts dagegen unternehmen, als Tränen in ihre Augen stiegen und sie am ganzen Körper zitterte.

Sofort stellte er das Stativ ab und eilte auf sie zu. »Was ist passiert? Bitte verzeih, wenn ich dich so lange allein gelassen habe. Ich Idiot habe nicht bemerkt …« Er wirkte ehrlich verzweifelt. »Gibt es schlechte Nachrichten von deiner Freundin?«

*Claire … Es tut mir so leid, dass ich deine wundervollen Neuigkeiten missbrauchen muss*, dachte Emily und nickte langsam. »Sie hat geschrieben, dass sie wieder ein Kind erwartet und …« Ihre Stimme brach. Sie schaffte es einfach nicht, Daniel anzulügen, obwohl er schon so lange Geheimnisse vor ihr hatte.

Als er sagte: »Geht es ihr nicht gut?«, brach sie vollends in Tränen aus.

Daniel setzte sich neben sie und zog sie in seine Arme. »Scht.« Zärtlich strich er über ihren Rücken, woraufhin sie gleich noch mehr weinen musste. Er war so liebevoll … Warum stellte er bloß heimlich Nachforschungen über sie und Edward an?

»J-jetzt habe ich den schönen Abend ruiniert«, murmelte Emily schluchzend und wusste einfach nicht weiter. Wie kam sie jetzt schnellstmöglich nach London? Doch da hatte sie eine Idee ... »Du hattest etwas Besonderes geplant und ich merke, dass du mir seit Tagen etwas erzählen möchtest.«

Behutsam küsste er sie auf die Schläfe und lächelte. »Dir kann man einfach nichts vormachen. Du kennst mich schon zu gut.«

*Nicht gut genug*, dachte sie traurig.

»Eigentlich wollte ich dir wirklich etwas sagen, aber nicht heute und schon gar nicht, wenn du wegen deiner Freundin zu aufgewühlt bist.«

Verdammt, wenn er sie doch endlich fragen würde, ob sie seine Geliebte sein wollte, auch wenn er wieder heiratete, könnte sie das als Anlass nehmen, um ihre Beziehung zu beenden! Dann würde er vielleicht nicht länger hinter ihr herschnüffeln und auch Mary nicht befragen. Lieber verließ Emily ihn, als dass er sie verstieß. Sie wollte in Frieden mit ihm auseinandergehen und die schönen Erinnerungen mitnehmen. Schlechte besaß sie genug.

»Du kannst auch jetzt mit mir reden, Daniel«, sagte sie behutsam.

Er schüttelte den Kopf. »Das kann wirklich noch warten. Ich sehe doch, wie durcheinander du bist. Komm her.« Er zog sie noch fester an sich und ließ sich mit ihr aufs Bett sinken, sodass sie an seiner Brust lag. Wie immer fühlte sie sich wohl und geborgen. Daniel war unglaublich lieb zu ihr, alles könnte weiterhin perfekt sein, wenn sie Rochfords Brief nicht gelesen hätte! Aber womöglich war es besser so, bevor völlig unerwartet das böse Erwachen kam.

Als Daniel sagte: »Wir fahren gleich morgen zurück nach London, wenn du willst«, atmete sie erleichtert auf.

»Das wäre mir sehr recht«, wisperte sie erstickt.

Sofort ließ er sie los und stand auf. »Kann ich dich kurz

allein lassen?«

Sie nickte.

»Ich werde Henry Bescheid geben, damit er alles für die Abreise veranlasst. Wir packen morgen Früh nur das Nötigste, den Rest lasse ich mit der Post nachliefern.«

Sie nickte erneut. So war es am besten. Sie würde all die teuren Geschenke, die er ihr gemacht hatte, hierlassen. Emily wollte nichts mehr davon behalten. In Zukunft würde sie ihr Geld auf ehrliche Weise verdienen – irgendwie.

# Kapitel 23 – Zurück nach London

Die ganze Nacht lag Emily in Daniels Armen und fand nicht zur Ruhe. Unendlich viele Dinge huschten durch ihren Kopf, Fragen über Fragen und immer wieder: Wie würde es weitergehen? Wieso durfte sie nicht einfach ihr restliches Leben als Ehefrau an der Seite des Mannes verbringen, den sie über alles liebte? Sie fühlte sich von Daniel betrogen. Zwar war er kein Spieler, Trinker und Mörder, so wie Edward, aber er vertraute ihr nicht und stellte Nachforschungen an.

Ja, sie war selbst schuld, weil sie nie ehrlich zu ihm gewesen war – was sie wiederum zu Edward führte. Wäre er nicht gewesen, hätte sie bloß niemals Ja gesagt, befände sie sich nun nicht in dieser ausweglosen Lage. Sie hätte ihn niemals heiraten dürfen. Irgendwann hätte sie schon einen liebevollen Ehemann gefunden, einen, der sich nicht von ihrem roten Haar oder ihrem neugierigen Wesen abschrecken ließ. Sie hätte vielleicht sogar einen von Vaters ehrlichen Arbeitern genommen! Doch ihre Eltern waren unglaublich stolz gewesen, als ein Viscount um ihre Hand angehalten hatte …

*Ach, Claire*, dachte sie traurig. *Du hast wirklich ein Riesenglück mit Kenneth und deinen Kindern. Und nun bekommst du wieder ein Baby!*

Emily wollte auf keinen Fall in Selbstmitleid versinken, das hatte sie sich schließlich vor langer Zeit geschworen. Aber es fiel ihr wahrlich nicht leicht. Daniels Verrat hatte sie viel härter getroffen als alle von Edwards Schlägen zusammen.

Kaum brach der neue Tag an, packte sie ihre persönlichen Dinge in ihre alte Tasche und ließ die Truhe mit den wunderschönen, neuen Kleidern schweren Herzens im Rosenzimmer zurück. Beim Frühstück brachte sie kaum etwas herunter, weil ihre Übelkeit heute stärker war als jemals zuvor. Kein Wunder, all diese schrecklichen Neuigkeiten schlugen ihr auf den Magen.

Danach verabschiedete sie sich von der Familie Brown und weinte fast wieder, weil diese Leute so unglaublich freundlich zu ihr waren. Ihre Zeit auf Hastings Hall würde sie niemals vergessen.

Auf dem Weg in der Kutsche zurück nach London sprach Emily kaum etwas und tat so, als würde sie schlafen oder nach draußen sehen. Auch versuchte sie, Sophia so gut es ging zu ignorieren. Der Gedanke, den kleinen Spatz nie mehr wiederzusehen, war kaum auszuhalten. Besser, Emily löste sich schon jetzt von ihr. Bloß war das sehr schwer, weil die Kleine immer wieder ihre Ärmchen ausstreckte und »Emmi!« rief. Lizzy lenkte dann Sophia jedes Mal mit Richard Rabbit oder einer Geschichte ab. Es hatte sich natürlich herumgesprochen, dass der Grund für die verfrühte Abreise Claires beschwerliche Schwangerschaft war. Diese Lüge brannte wie Säure in ihrem Magen. Hoffentlich konnte Claire ihr verzeihen.

Emily fand es sehr schade, wie plötzlich ihre glücklichen Tage mit Daniel vorbei waren. Sie hätte Hastings Hall und das Meer zu gerne im Winter gesehen, Ausritte und Kutschfahrten durch den Schnee mit Daniel sowie Sophia unternommen, und … *Hör endlich auf, dir einen unerreichbaren Traum auszumalen*, schalt sie sich.

Daniel hielt fast die ganze Zeit ihre Hand, was alles noch viel schlimmer machte. Sie war völlig verwirrt und fragte sich laufend, ob sie das mit dem Brief womöglich nur geträumt oder den Inhalt falsch gedeutet hatte. Aber Daniel war wohl einfach zu liebevoll, um echt zu sein. Solche Männer wie er existierten höchstens in Büchern. In Wahrheit verbarg sich oft hinter einem schönen Äußeren ein dunkles Inneres, genau wie bei ihr …

Während des Zwischenstopps und der Übernachtung im Gasthaus schlief sie diesmal bei Daniel im Zimmer. Immer noch hielt er die Farce aufrecht, sie wäre seine Frau. Oh, welcher Hohn! Emily weinte sich neben ihm in den Schlaf, wobei er sie wieder die ganze Nacht hielt, streichelte und ihr liebevolle Worte zuflüsterte. Emily wollte nur noch sterben …

Am nächsten Morgen war ihr so elend zumute, dass sie sich beinahe mehrmals in der Kutsche übergeben musste. Einmal bat sie deshalb Henry, anzuhalten, weil sie dringend frische Luft brauchte und sich die Beine vertreten musste. Die Fahrt nach London schien kein Ende nehmen zu wollen, und sie war heilfroh, als sie am zweiten Tag ihrer Reise gegen Nachmittag endlich vor dem kleinen Stadthaus ihrer Freundin hielten. Das Wetter war trüb, es sah nach Regen aus – genau passend zu ihrer Stimmung.

Sophia freute sich schon, die Kutsche verlassen zu dürfen, und weinte, als Lizzy sie zurückhielt.

»Ach, mein kleiner Engel«, wisperte Emily unter Tränen

und drückte der Kleinen einen Kuss auf die Wange. »Sei immer schön brav, hörst du?« Zu Lizzy sagte sie: »Pass gut auf die kleine Prinzessin auf.«

»Das werde ich«, sagte die junge Frau stirnrunzelnd, und auch Daniel blickte sie seltsam an, erwiderte jedoch nichts.

Als er ihr aus der Kutsche half, kam ihnen zu Emilys Schrecken Claire entgegengeeilt. Sie musste ihre Ankunft bemerkt und das Wappen der Hastings erkannt haben.

»Oh, Emily, ich freue mich so sehr, dich zu sehen!«, rief ihre Freundin lachend und umarmte sie überschwänglich. »Du hast mir gar nicht geschrieben, dass ihr schon wieder nach London kommt.« Schnell ließ sie Emily los und machte einen Knicks vor Daniel. »Sehr erfreut, Sie zu sehen, Lord Hastings.«

Daniel hauchte ihr einen Kuss auf den Handrücken. »Meine Glückwünsche, Mrs Bloombury. Wie geht es Ihnen?«

Claires Augen wurden groß und sie starrte mit offenem Mund zu Emily. »Du hast es ihm erzählt?«

»Ich …«

Noch bevor Emily etwas zu ihrer Verteidigung erwidern konnte, plapperte ihre Freundin auch schon drauf los. »Mir geht es ausgezeichnet, Mylord. Die Zwillinge haben mir damals ganz schön zugesetzt, aber so wie es aussieht, werden das diesmal angenehme Monate bis zur Entbindung. Ich fühle mich, als könnte ich Bäume ausreißen!«

Emily stöhnte innerlich. Sie liebte ihre Freundin über alles, aber gerade machte Claire die unerträgliche Situation nur schlimmer – was allein Emilys Schuld war, schließlich hatte Claire keine Ahnung.

Emily warf ihr einen eindringlichen Blick zu. »Lass uns bitte ins Haus gehen.«

Daniel stellte sich dicht neben sie. »Hast du mir nichts zu sagen, Emily?«, fragte er mit dunkler Stimme und griff nach ihrer Hand.

Sie riss ihren Arm weg, als hätte er sie verbrannt, und sagte erstickt: »Leb wohl, Daniel. Vielen Dank für alles.«

»Leb … wohl?« Mit einer Mischung aus Unglauben und Unverständnis riss er die Augen auf. »Was treibst du für Spielchen mit mir?«

»Ich …« Sie konnte kaum noch sprechen, denn sie würde jeden Moment in Tränen ausbrechen.

Erneut trat er auf sie zu, sodass er wieder dicht vor ihr stand, und blickte düster auf sie herab. »Was verschweigst du mir?«

»Lass uns bitte friedlich auseinandergehen«, flüsterte sie ihm zu.

»Ausei…« Zischend holte er Luft. »Sagst du mir endlich, was hier vor sich geht?«

Claire trat zu ihnen und hakte sich bei Emily ein. »Ist etwas passiert, Emily? Hat er dich schlecht behandelt?«

»Nein!«, rief sie sofort. Oh Gott, sie wollte nur noch sterben! »Er hat nichts getan, Claire. Bitte lass uns doch endlich reingehen.« Sie wollte Daniel in aller Öffentlichkeit und vor allem nicht vor seiner Tochter, Lizzy und Henry – der ihre Tasche zum Haus trug – eine Szene machen. Das hatte Daniel nach allem, was er für sie getan hatte, nicht verdient. Sie hatte ihm gegenüber ohnehin gerade ein furchtbar schlechtes Gewissen. Dabei wollte sie sich nie wieder wegen eines Mannes miserabel fühlen!

»Ich will eine Erklärung, Emily«, sagte er leise, wobei sich seine Brauen bedrohlich zusammenschoben, und blickte sie weiterhin düster an. »Ich komme morgen vorbei, und dann erzählst du mir alles, was ich wissen will!«

Sie spürte, wie ungehalten er war und wie sehr er sich

bemühte, nicht laut zu werden. Das rechnete sie ihm hoch an – und verstärkte ihre Schuldgefühle.

Nachdem er sich von Claire verabschiedet hatte, stieg er zurück in die Kutsche, Henry nahm auf dem Bock Platz, und sie fuhren davon.

Wie angewurzelt blieb Emily vor dem Haus stehen, um der Kutsche hinterherzustarren. Das war es wohl mit ihnen. Kein schöner Abschied, aber einer, mit dem sie würde leben können.

»Süße, du zitterst ja«, sagte Claire und zog sie zum Haus.

Emily schaffte es gerade noch bis zur Tür, dann konnte sie ihre Tränen nicht länger zurückhalten.

»Meine Güte, Emily, was ist auf dem Land bloß passiert?« Kaum war die Tür geschlossen, zog Claire sie in ihre Arme.

»Ach ... nichts ... es ... soll einfach nicht sein mit ihm und mir«, antwortete sie schluchzend. »Ich möchte jetzt bloß einen schönen heißen Tee.«

»Den bekommst du«, sagte Claire resolut. »Und dann will ich alle Details!«

Daniel war heilfroh, dass sich Rochford in London aufhielt und nicht auf seinem Landsitz, wobei sein Freund ohnehin das Stadtleben bevorzugte. Nach einem kräftigen Schluck Brandy brachen sie zu ihrem Club auf, um im Hinterzimmer eine Runde zu boxen.

Daniel tänzelte vor seinem Freund hin und her, wobei er wütend schnaubte. »Ich wollte ihr zuliebe alles aufgeben! Alles, was an meinen Titel gebunden ist, würde dann an Alastair fallen – und du weißt, was ich von diesem faulen, verlogenen Hund halte! Er würde das Land innerhalb kürzester Zeit herunterwirtschaften, weil er im Grunde kein bisschen besser als Edward ist, ein Trunkenbold und Spieler!«

Rochford grinste schelmisch, wobei der versuchte, Daniels Schlägen auszuweichen. »Oh ja, du musst schon sehr verliebt in Emily sein, wenn du solche Schritte in Erwägung ziehst.«

Sein Freund passte einen Moment nicht auf, und Daniel konnte ihm einen Magenschwinger verpassen.

»Hervorragend, du bist nicht aus der Übung«, krächzte Rochford und keuchte auf, während er kurz in die Knie sank. Er schien nicht ungehalten zu sein, weil Daniel seinen Frust an ihm ausließ, im Gegenteil. Rochford genoss es sichtlich, sich körperlich verausgaben zu können. »Unsere Freunde haben überhaupt keine Lust mehr, mit mir ein paar Runden zu boxen. Ich bin wirklich froh, dass du wieder zurück bist, Hastings.«

»Danke, dass ich bei dir mein Herz ausschütten darf«, knurrte Daniel, nachdem er einen Nierenhaken eingesteckt hatte. Der Schmerz fraß sich durch seine Eingeweide und überdeckte ein wenig seine Verzweiflung. Erst jetzt merkte er, wie sehr er Emily wirklich liebte, wie sehr er sie vermisste und brauchte und vor allem, wie weh es tat, von ihr abgewiesen zu werden. Er hatte ihr seine Gefühle nie gestanden. Womöglich war das ein Fehler gewesen. Aber er hatte ihr seine Zuneigung doch auf tausend andere Arten gezeigt!

»Ich habe Emily nie zu etwas gedrängt, ihr nie wehgetan. Zwischen uns war alles gut. Besser als gut!«, rief Daniel übelgelaunt. »Was habe ich falsch gemacht, Rochford?«

Sein Freund wich einem Kinnhaken aus. »Frag mich das doch nicht. Ich habe die Frauen noch nie verstanden.«

»Ich dachte, gerade du bist der weltgrößte Frauenversteher?«

»Ist denn auf dem Land irgendetwas vorgefallen?«, wollte Rochford wissen, wobei er gerade noch die Deckung hochnahm, um Daniels nächsten Schlag abzublocken. »Hast du einer anderen Frau schöne Augen gemacht?«

»Niemals! Emily war plötzlich so seltsam … an dem Tag, als mich dein Brief erreicht…« Stöhnend ließ Daniel die Arme sinken. »Natürlich, der Brief! Sie muss ihn gelesen haben. Und jetzt glaubt sie, ich sei ein genauso hinterhältiger Kerl wie Edward!«

Schwer atmend stützte Rochford die Hände in die Hüften. »Dann rede mit ihr, kläre alles auf.«

»Das werde ich tun. Gleich jetzt.« Daniel zog sich die Handschuhe aus und warf sie auf den Boden. »Ich kann nicht bis morgen warten.«

»Wir haben erst drei Runden geboxt, Hastings!«, rief sein Freund ihm hinterher, aber da war Daniel schon zur Tür herausgeeilt.

# Kapitel 24 – Gespräche mit Claire

Die Glocken einer entfernten Kirche schlugen schon zehn, als Daniel an die Tür der Familie Bloombury klopfte. Er erlaubte sich die späte Störung auch nur, weil noch Licht in der unteren Etage brannte.

Nach kurzem Warten öffnete ihm ein großer Mann, der etwa in Daniels Alter war. Er besaß breite Schultern, hellbraunes Haar und ein gepflegtes Äußeres, sah jedoch müde aus.

»Wer ist es, Kenneth?«, hörte Daniel Claire von weiter hinten im Haus rufen.

Vor ihm stand dann wohl ihr Ehemann.

»Was kann ich für Sie tun?«, fragte Mr Bloombury, wobei er sowohl Daniel als auch die Kutsche, die an der Straße stand, eindringlich musterte.

In diesem Moment drängelte sich Claire an ihrem Mann vorbei. »Das ist doch Lord Hastings, Darling!«

»Mylord.« Kenneth schüttelte ihm die Hand, nachdem Daniel Claire begrüßt hatte. »Was können wir zu dieser späten Stunde für Sie tun?«

»Ich würde gerne Emily sehen«, antwortete er und kam sich wie ein Eindringling vor. »Ich weiß, die Uhrzeit ist unangemessen für einen Besuch, aber ich habe wichtige Informationen für sie.«

»Oh, da muss ich Sie leider enttäuschen, Mylord«, sagte Claire betrübt. »Das arme Ding war völlig erschöpft und ist schon zu Bett gegangen.«

Verdammt, er war zu spät gekommen. »Ich muss ihr dringend erklären, was es mit dem Brief meines Freundes auf sich hat. Das war doch der Grund für ihre plötzliche Abreise, oder?«

Claires glatte Stirn legte sich in Falten. »Sie hat keinen Brief erwähnt.«

Welche dunklen Geheimnisse hütete Emily bloß? Daniel seufzte schwerfällig und fuhr sich frustriert über den Nacken. Dabei musste er wohl so bemitleidenswert aussehen, dass Claire ihn kurzerhand ins Haus bat.

»Sie müssen mir unbedingt mehr über diesen Brief erzählen, Lord Hastings. Darf ich Ihnen einen Tee anbieten?«

»Sehr gerne«, antwortete er und folgte Mr Bloombury in einen kleinen Salon, der ausgesprochen modern eingerichtet war. Dort warteten sie beide schweigend – Daniel in einem Sessel neben dem Kamin, Mr Bloombury auf dem Sofa –, bis Claire mit dem Tee zurückkam.

»Zum Glück habe ich immer einen Kessel mit heißem

Wasser auf dem Herd.« Sie schenkte ihnen allen ein, bevor sie sich neben ihren Mann setzte.

»Ich habe Emily keinerlei Schaden zugefügt«, versicherte ihr Daniel.

»Das glaube ich Ihnen, Lord Hastings. Mir hat sie nämlich auch nicht erzählt, dass zwischen ihr und Ihnen etwas Schlimmes vorgefallen wäre. Sie meinte immer nur, dass es von ihrer Seite aus einfach nicht mehr gepasst hätte. Ansonsten war sie schrecklich verschlossen und hat sich früh zurückgezogen.«

»Der Brief war schuld, bestimmt«, murmelte Daniel und fuhr sich über das Gesicht. »Der muss sie so aufgewühlt haben.«

Claires Augen funkelten neugierig. »Vielleicht kann ich Ihnen helfen, wenn Sie mir etwas darüber erzählen.«

Daniel zögerte einen Moment, aber das hier waren Emilys engste Freunde, die Menschen, die sie am besten kannten. Wenn er die Liebe seines Lebens zurückgewinnen wollte, musste er die beiden auf seine Seite ziehen.

Er gab sich einen Ruck und berichtete, was geschehen war: wie er von Beginn an gespürt hatte, dass Emily bedeutende Geheimnisse vor ihm hatte, die seiner Meinung nach mit ihrer Ehe zu tun hatten, und dass sie ihm im Laufe der letzten Monate sehr ans Herz gewachsen war. Doch Edward schien immer noch wie ein scharfes Schwert zwischen ihnen zu schweben. »Mrs Bloombury, haben Sie gewusst, dass der Bastard sie gebissen, verbrannt und gewiss auch mit Gewalt genommen hat?«

Mr Bloombury, der eher zur stillen Sorte Mann gehörte und bisher kaum eine Regung gezeigt hatte, verengte plötzlich die Lider und stieß einen leisen, aber derben Fluch aus.

Claire drückte sich eine Hand auf den Mund, während Tränen in ihre Augen stiegen. »Nein«, wisperte sie. »Ich weiß, dass Edward ein Mistkerl, Trunkenbold und Spieler war, der sie oft eingesperrt und ihr immer Vorwürfe gemacht hat, weil sie kein Baby bekommen konnte.« Claire schluchzte geräuschvoll. »Sie war einmal von ihm schwanger, und nachdem sie das Kind verloren hat, schlug er sie. Das war das einzige Mal, dass sie mir von Handgreiflichkeiten erzählte.«

»Ich würde diesen Schweinehund sofort noch einmal töten, wenn das ginge!«, knurrte Daniel, woraufhin Mr Bloombury genauso ungehalten sagte: »Ich würde Ihnen jederzeit dabei helfen, Mylord.«

Claire tupfte sich mit einem Spitzentaschentuch die feuchten Lider ab. »Was Sie erzählen, Lord Hastings, erklärt so vieles. Zum Beispiel, warum sie völlig verstört und verschlossen wirkte, als wir sie nach dem Tod ihres Mannes aufgenommen haben. Wir haben nie mehr über Edward geredet, weil Emily die Zeit mit ihm vergessen wollte. Vor ihrer Heirat konnten wir wirklich über alles sprechen, danach hielten wir jahrelang nur noch Briefkontakt. Selbst dabei blieb sie oft vage und hat mir nie alles geschrieben, wohl aus Furcht, falls er eines Tages einen unserer Briefe zu Gesicht bekäme.«

Daniel nickte bedächtig. Emily hegte also nicht nur vor ihm Geheimnisse, sondern auch vor ihrer besten Freundin. »Ich verstehe natürlich, warum sich Emily jetzt von mir hintergangen fühlt. Edward hat sie ständig belogen. Aber ich will nur ihr Bestes und habe ihr nichts von meinen Nachforschungen erzählt, um sie nicht noch mehr aufzuwühlen. Sie hat immer noch Albträume von diesem Bastard!«

Schweigen senkte sich zwischen sie, und Claire nippte traurig an ihrem Tee, bis sie die Stille mit einem schweren Seufzen unterbrach. »Nach allem, was ich jetzt gehört habe, Mylord, denke ich auch, dass Emily Ihnen ... *uns* etwas Wichtiges vorenthält. Aber was könnte das nur sein? Ich weiß, wie glücklich sie mit Ihnen war, sie hat immer nur in den höchsten Tönen von Ihnen gesprochen. Emily ist schrecklich verliebt in Sie, Lord Hastings. Sie würde ihr Glück doch nicht wegen ein paar Nachforschungen hinwerfen?«

Emily liebte ihn?

In seinem Magen tobte plötzlich ein Wirbelsturm. Daniel versuchte, sich nichts anmerken zu lassen, trank einen Schluck Tee und räusperte sich leise. »Mrs Bloombury, sind Sie sich absolut sicher, was Emilys Gefühle für mich betrifft?«

Ihre Wangen röteten sich und sie schenkte ihm ein scheues Lächeln. »Ganz sicher, Mylord. Emily liebt Sie von ganzem Herzen, schon immer. Als Kind mag es eine Schwärmerei gewesen sein, aber jetzt ist es sehr viel mehr und reicht viel tiefer. Emily hat Ihnen ihre Seele geschenkt. Auch hat sie Ihre Tochter Sophia, diesen süßen Engel, fest ins Herz geschlossen.« Claire seufzte selig lächelnd. »Ich habe Emily noch nie so glücklich erlebt wie in der letzten Zeit, Mylord. Sie würde diese Beziehung niemals grundlos aufgeben.«

Sein Herz raste, hinter seinem Brustbein zog es heftig. Sie liebte ihn und er liebte sie. Daniel wollte sie mehr denn je heiraten. Er würde Himmel und Hölle in Bewegung setzen, um herauszufinden, was Emily vor ihnen allen verbarg. Und sollte da etwas zwischen ihnen stehen, würde er es beseitigen, damit sie endlich zusammen glücklich werden durften.

Daniel erhob sich und verabschiedete sich bei den beiden. Zu Claire sagte er: »Vielen Dank für den Tee und Ihre offene Worte, Mrs Bloombury. Ich komme morgen wieder, wenn ich darf.«

»Natürlich, Mylord. Ich werde auch noch einmal mit

Emily reden und ihr erzählen, was Sie mit den Nachforschungen beabsichtigt hatten.«

Er hoffte sehr, dass das helfen würde und er sie zurückgewinnen konnte. Daniel wollte sie mehr als alles andere und vor allem wollte er ihr zeigen, dass er absolut nicht wie Edward war.

❧❦❧

Am nächsten Morgen beim Frühstück mit Kenneth und Claire brachte Emily immer noch kaum etwas herunter. Schon gar nicht, als sie erfuhr, dass Daniel gestern Abend hier gewesen war.

»Du musst etwas essen, Süße«, ermahnte sie Claire. »Du bist viel zu dünn. Das kann auf keinen Fall so bleiben, sonst sehe ich neben dir bald aus wie ein Fass!«

Emily schmunzelte, aber richtig aufheitern konnte Claire sie nicht. Daniel würde wiederkommen, und dann würde sie ihn abweisen müssen. Sie wusste nicht, ob sie dazu stark genug war, doch sie durfte jetzt nicht ins Wanken geraten. Irgendwann würde er aufgeben – schließlich war er ein unendlich reicher Earl, der jede haben konnte. Er musste nicht kämpfen, um sein Vergnügen zu bekommen. Außerdem brauchte er ohnehin eine Frau, die ihm ein Kind schenken konnte. Emily stünde seiner Zukunft nur im Weg.

Als Kenneth sich von ihnen verabschiedete, weil er zur Reederei fahren musste, erzählte Claire ihr haargenau, was Daniel gestern berichtet hatte. »War denn der Brief seines Freundes der Grund, warum du zurück nach London wolltest?«

»Ja«, gestand sie Claire und nippte vorsichtig an ihrem Tee. Sie konnte es ihr einfach nicht erzählen. Niemandem.

»Ich mag es nicht, dass er mich und mein früheres Leben ausspioniert.«

»Warum hast du mir denn nichts von dem Brief erzählt?«, fragte Claire behutsam. »Was könnte dein Lord denn nur entdecken, was so furchtbar wäre?«

Emily legte eine Hand auf ihren Magen, weil der Druck darin schon wieder zunahm. »Können wir vielleicht ein andermal darüber reden? Mir ist schrecklich übel.«

Schlagartig wurde Claire ganz still – was immer verdächtig war, denn das bedeutete, ihre Freundin beschäftigte etwas. Was würde denn nun kommen?

»Emily«, sagte sie sanft. »Seit wann genau ist dir übel, und tritt das überwiegend morgens auf?«

Sie überlegte kurz. »Ja, ich denke schon. Das geht bereits seit einer ganzen Weile so.«

»Empfindest du einige Gerüche plötzlich als ganz unangenehm, die dir früher nichts ausgemacht haben?«

»Ja!« Emily horchte auf. »Kennst du die Krankheit, die dahinterstecken könnte? Ich habe bisher vermutet, das liegt an der ganzen Situation.« Gerade fühlte sie sich hundeelend und vermisste sowohl Daniel als auch Sophia schrecklich.

»Süße …« Claire presste sich eine Hand auf die Brust, sie lächelte und ihre Augen strahlten. »Du bist doch nicht krank. Du bekommst ein Baby!«

Emily blieb für einen Moment die Luft weg. Wie konnte sich ihre Freundin nur solche Scherze erlauben? »Das ist doch lächerlich, Claire. Ich kann keine Kinder mehr bekommen.«

»Doch bei mir war es genauso, zumindest bei den Zwillingen. Mir war in den ersten Wochen ständig schlecht, vor allem nach dem Aufstehen. Das legt sich zum Glück mit der Zeit.«

»Aber … Das kann nicht sein! I-ich war schon einmal

schwanger, da hatte ich das auch nicht.«

»Es muss nicht immer so sein, jede Schwangerschaft ist doch ein bisschen anders.«

»Hör auf, so etwas zu behaupten!« Ihr wurde gleich noch übler.

Resolut erhob sich Claire. »Ich werde sofort nach Dr. Williams rufen, der soll dich untersuchen.«

»Das ist völlig unnöt…«

»Keine Widerrede, Emily«, unterbrach sie Claire resolut. »Eine Schwangerschaft könnte alles ändern!«

Nein, das würde sie auf keinen Fall, weil Emily Daniel einfach nicht heiraten konnte, so sehr sie das auch wollte! Vielleicht befand er sich genau in diesem Moment schon bei ihrer ehemaligen Zofe. Und Mary hatte alles gesehen! Falls sie redete … Niemals würde Daniel dann noch mit ihr zusammen sein, geschweige denn ein Kind von ihr haben wollen!

Falls sie sich nun wirklich in guter Hoffnung befände, hätte das Schicksal ihr den gemeinsten Streich überhaupt gespielt. Ein eigenes Baby war immer ihr größter Traum gewesen, noch dazu von dem Mann, den sie über alles liebte. Aber manche Träume durften sich einfach nicht erfüllen, vor allem, weil Emily niemals eine glückliche Familie haben konnte. Ihre Vergangenheit würde früher oder später ans Licht kommen und alles zerstören!

Sie würde dennoch zulassen, dass der Arzt sie untersuchte, damit Claire Ruhe gab. Danach musste sie ein für alle Mal mit Daniel abschließen. Trotzdem würde er an jedem zukünftigen Tag ihres Lebens bei ihr sein. Er würde neben ihr sitzen, wenn sie aß, und neben ihr liegen, wenn sie schlief. Er wäre immer wie ein Geist an ihrer Seite … weil sie ihn liebte. Weil er der einzige Mann war, den sie jemals geliebt hatte.

Sie bekam ein Baby … Das konnte unmöglich wahr sein. Doch Dr. Williams hatte das bestätigt!

Emily lag in ihrem kleinen Zimmer im Bett und starrte die Decke an, während Claire bei ihr saß, um glücksstrahlend ihre Hand zu halten. So lange war ein eigenes Kind ihr größter Wunsch gewesen, aber jetzt wusste sie nicht einmal, ob sie sich darüber freuen konnte. Sie würde in eine andere Stadt ziehen und das Baby heimlich bekommen müssen, damit Daniel und auch sonst niemand davon erfuhr. Das war nicht fair, weder für ihn noch für sie. Doch wann spielte das Leben schon einmal gerecht?

Plötzlich klopfte es an der Tür.

»Ja, bitte?«, rief Claire, woraufhin Abigail, das Hausmädchen, den Kopf hereinsteckte. Die Sechzehnjährige war neben der Köchin, dem Kutscher und Nanny Florence eine der Angestellten in Claires Haushalt. Kenneth verdiente gut, und ihnen fehlte es an nichts.

»In der Halle wartet ein echter Earl auf Sie, Mrs Bloombury.« Abigails Wangen röteten sich. »Ich habe vor Aufregung leider seinen Namen vergessen.«

»Schon gut, Abby, das ist sicher Lord Hastings.«

»Ja, so heißt er!«

Emilys Übelkeit nahm schlagartig wieder zu. Daniel war tatsächlich wiedergekommen. Er hielt immer sein Wort.

Sie vermisste ihn so sehr, dass es schmerzte!

Caire lächelte Abigail an. »Richte Lord Hastings aus, dass wir gleich nach unten kommen. Serviere ihm doch bitte einen Tee im Salon.«

Kaum war das Mädchen verschwunden, setzte sich Emily auf. »Ich muss es endlich beenden.«

»Nein!«, rief Claire empört. »Jetzt fängt doch erst alles an!«

»Du verstehst das nicht.«

Ihre Freundin blickte sie scharf an. »Kann ich auch nicht, wenn du mir nicht sagst, was los ist!«

»Das ... geht nicht«, murmelte Emily traurig. Claire würde sie sofort verstoßen, denn niemand wollte mit so einer wie ihr unter einem Dach wohnen. Und wo sollte sie dann nur hin?

Claire zog an ihrer Hand. »Du musst deinem Lord sagen, dass du guter Hoffnung bist!«

»Nein!« Schockiert starrte sie ihre Freundin an. »Niemand darf es wissen, hörst du! Auch Kenneth sollte es nicht erfahren.«

»Du bist ja völlig durcheinander, aber das verstehe ich.« Claire zupfte an Emilys Haaren, danach an ihrem Kleid. »Ein Baby bringt den Organismus einer Frau gehörig durcheinander.«

»Ich bin kein bisschen durcheinander!«

Claire zwickte in ihre Wangen, um ihnen Farbe zu geben, doch Emily drückte ihre Hand weg. »Ich muss nicht gut für ihn aussehen.«

Claire blieb schnaubend stehen und atmete tief durch. »Ach, Süße, was mache ich nur mit dir?«

Noch bevor Emily protestieren konnte, wurde sie schon an der Hand durch das Haus gezogen. Ihr Herz raste vor Aufregung und sie überlegte fieberhaft, was sie Daniel sagen sollte. Aber in ihrem Kopf herrschte völliges Chaos. Sie bekam ein Baby. Von ihm!

Er hatte ein Recht, das zu erfahren, und doch konnte sie ihm das niemals sagen.

Emily wünschte, sie würde sich auf die andere Seite der Erde zaubern können. Ob sie weglaufen sollte?

Zu spät. Claire riss die Tür zum Salon regelrecht auf und bugsierte sie hinein. Daniel, der neben dem hohen Fenster stand und auf die regennasse Straße starrte, drehte sich sofort zu ihnen um. »Emily!«

Wie immer sah er hervorragend aus, war stattlich gekleidet und wirkte auf sie unglaublich männlich und anziehend … Am liebsten wollte sie zu ihm rennen, sich in seine Arme werfen und einfach nur von ihm gehalten werden. Stattdessen sagte sie möglichst kühl: »Es ist vorbei, Daniel. Bitte besuch mich nicht mehr.«

Langsam schritt er auf sie zu, als wäre sie ein verschrecktes Tier, und blieb einen Meter vor ihr stehen. Schatten hingen unter seinen Augen, er sah müde aus. »Ich will nur reden, Em. Es tut mir leid, dass ich Nachforschungen angestellt habe. Aber ich habe mir Sorgen um dich gemacht. Bitte, lass mich alles erklären.«

Ihr Herz zog sich schmerzhaft zusammen. Gewiss hatte Daniel immer alles mit den besten Absichten getan, doch genau das trieb sie nun auseinander.

»Es ist vorbei«, wiederholte sie, diesmal etwas fester. »Bitte akzeptiere das.«

Claire schlug die Hände über dem Kopf zusammen. »Hör ihn doch wenigstens an, Emily!«, rief sie schon beinahe verzweifelt.

Hatten sich denn alle gegen sie verschworen? Selbst ihre beste Freundin?

Emilys Augen brannten, aber sie würde sich mit aller Macht wehren, in Tränen auszubrechen. Wenn ihr nur nicht so unglaublich übel wäre. Sie drückte sich eine Hand auf den Magen und atmete tief ein. »Ich … muss mich entschuldigen.« Abrupt machte sie auf dem Absatz kehrt und wollte bloß wieder zurück ins Bett.

»Vielleicht gehen Sie besser, Lord Hastings«, sagte Claire, während sie ihr hinterhereilte. »Emily hat sich heute nicht wohlgefühlt. Sie braucht Ruhe.«

»Ist sie krank?« Daniel klang besorgt und heftete sich an ihre Fersen, blieb jedoch bei der Treppe stehen. Zum Glück folgte er Emily nicht nach oben. Sie hätte keine Kraft mehr gehabt, ihn noch einmal abzuweisen.

»Nein, Mylord, bitte machen Sie sich keine Sorgen«, erklärte Claire, die in der Eingangshalle bei ihm stehen blieb. »Ich habe den Doktor kommen lassen und …«

»Claire!«, rief Emily und drehte sich mitten auf der Treppe herum, woraufhin ihre Freundin schnell sagte: »Es ist alles in bester Ordnung, Lord Hastings. Nur eine kleine Magenverstimmung.«

»Ich komme morgen wieder.« Daniel blickte zu ihr nach oben und erklärte mit energischer Stimme: »Hörst du, Emily! Ich komme immer wieder, bis du mir endlich sagst, was du mir verschweigst!«

# Kapitel 25 – Emilys Zofe

*Hartnäckiges Frauenzimmer!*, dachte Daniel frustriert, als er sich von seinem Kutscher zu der Adresse bringen ließ, die Rochford ihm genannt hatte. Hoffentlich konnte Mary Wentworth ihm Antworten geben. Er wollte Emily nicht in den Rücken fallen, aber er wusste bei ihr einfach nicht mehr weiter.

Daniel wies seinen Fahrer an, in einer Nebenstraße zu halten, weil er nicht wollte, dass Miss Wentworth oder jemand anderes ihn anhand des Wappens identifizieren konnte. Emily zuliebe wollte er so wenig Aufsehen erregen wie nötig. Wenigstens hatte es zu regnen aufgehört und die Sonne spitzte zwischen den Wolken hervor. Daniel war guter Dinge, endlich Licht ins Dunkel zu bringen, aber er fürchtete sich auch ein wenig davor, was er erfahren könnte. Emily musste etwas wissen oder getan haben, das so schlimm war, dass es keiner herausfinden durfte. Hoffentlich irrte er sich und es war etwas völlig Banales, was nur ihr wichtig erschien. Doch er kannte Emily mittlerweile zu gut. Sie war klug und die Frau, die er für den Rest seines Lebens wollte, für die er sogar alles opfern würde – Sophia ausgeschlossen. Die Kleine vermisste Emily ebenfalls. Gestern hatte er mit seiner Tochter allein zu Abend gegessen, und Sophia hatte ständig auf die geschlossene Tür gedeutet und »Emmi!« gerufen. Das anzusehen, war fast unerträglich gewesen.

Als Daniel vor dem Stadthaus stehen blieb und an die Tür klopfte, pochte sein Herz heftig. Der ehemaligen Zofe hatte die Anstellung bei einem Viscount wohl einen Karrieresprung verpasst, denn sie arbeitete nun als Haushälterin bei einer großbürgerlichen Familie in einem Gebäude, das seiner Stadtvilla beinahe Konkurrenz machte. Soweit Rochford herausgefunden hatte, handelte es sich bei dem Besitzer Mr Pollock um einen äußerst vermögenden Juristen, der mit seiner Ehefrau und den beiden Kindern gerade Europa bereiste. Trotzdem hoffte Daniel, Mary Wentworth anzutreffen. Für gewöhnlich hüteten immer einige Angestellte bei der Abwesenheit der Herrschaften das Haus.

Ihm öffnete eine etwa fünfzigjährige, gepflegte Frau, die ein rundliches, aber hübsches Gesicht und unglaublich hellgraue Augen besaß. Sie trug ein schwarzes Kleid, und an ihrer Hüfte war eine dicke Schmuckbrosche befestigt – die Chatelaine. An ihr hingen zahlreiche Ketten mit Schlüsseln, einer Taschenuhr, einer Schere, Nähzubehör und anderen praktischen Utensilien. Keine Frage, diese Frau war unverkennbar die Haushälterin.

»Was kann ich für Sie tun?«, fragte sie.

»Mein Name ist Daniel Appleton. Ich würde sehr gerne mit Miss Wentworth sprechen.«

Die Augen der Dame wurden groß. »Worum geht es denn, Mr Appleton?«

»Um Emily Rowland.«

Die Frau keuchte. »Ich hoffe, sie ist wohlauf?«

»Das versuche ich gerade, herauszufinden, Miss Wentworth.«

Das Gesicht der Dame verlor sämtliche Farbe. Nach kurzem Zögern trat sie zur Seite und bat ihn herein. »Bitte folgen Sie mir in die Küche, Mr Appleton.«

Er ging mit ihr in den hinteren Teil des Hauses und nahm an einem robusten Holztisch Platz.

»Darf ich Ihnen Tee anbieten, Mr Appleton?«

»Gerne.«

Nachdem Miss Wentworth ihnen eingeschenkt und ihm gegenüber Platz genommen hatte, fragte sie: »Ist Mrs Rowland verschwunden?«

»Was verleitet Sie zu dieser Annahme?« Daniel war neugierig, was die Haushälterin vermutete.

Schnell schüttelte sie den Kopf und murmelte: »Nichts, nur … weil Sie gesagt haben, Sie würden nicht wissen, ob es ihr gut geht.«

Miss Wentworth verhielt sich ähnlich wie Emily, wich ihm aus. Das fand er alles sehr mysteriös.

»Ich komme gleich zur Sache«, sagte Daniel eindringlich. »Ich liebe Emily und möchte sie heiraten. Aber sie wirkt manchmal verstört, schläft schlecht und hat schließlich unsere Beziehung beendet, obwohl ich sie immer gut behandelt habe. Sie nennt mir jedoch keine Gründe für ihre plötzliche Abweisung. Ich spüre jedoch, dass es etwas mit ihrer früheren Ehe mit Viscount Rowland zu tun hat.«

Die Haushälterin holte tief Luft. »Ich spreche nur ungern über diesen … Mann.«

»Ich bitte Sie eindringlichst, Miss Wentworth. Sie sind meine letzte Hoffnung.« Er hasste es, zu flehen, aber für seine süße Em würde er wirklich alles tun.

Die alte Dame starrte eine Weile in ihre Teetasse, bevor sie leise sagte: »Sie müssen mir versprechen, dass alles, was ich Ihnen erzähle, niemals an die Öffentlichkeit gelangt, Mr Appleton.«

Sein Magen verkrampfte sich. »Das verspreche ich Ihnen.«

Stirnrunzelnd musterte sie ihn. »Woher weiß ich, dass Sie Ihr Wort halten?«

»Weil ich ein Ehrenmann bin, Miss Wentworth, und ich alles tun würde, um Emily und jeden, der durch Viscount Rowland Schaden genommen hat, zu beschützen. Er war ein sehr schlechter Mensch, ein Trinker, Spieler und … vielleicht sogar ein Mörder.«

Miss Wentworth riss die Augen auf. »Mrs Rowland hat es Ihnen erzählt?«

Er nickte langsam, spielte mit, wobei ein Zittern durch seinen Körper lief. Sprachen sie vom selben Fall? Von dem Mord an Lord Babington, dem Edward eine sehr hohe Summe schuldete? »Ich weiß nicht alles«, sagte er behutsam und überlegte sich jedes Wort genau, »deshalb hoffe ich, Sie können mir weiterhelfen. Emily hält sich sehr bedeckt.«

Miss Wentworth atmete auf. »Ich wusste, dass Mrs Rowland es geahnt hat, aber wir haben nie darüber geredet! Mir war jedoch sofort klar, dass Viscount Rowland, als er vor dreißig Jahren von einer längeren Reise zurückkehrte, nicht der Mann von einst war.«

Daniel horchte auf. »Wie kommen Sie zu der Annahme?«

»Ich habe es Mrs Rowland nie erzählt und auch sonst

niemandem. Aber Edward und ich … Wir hatten ein heimliches Verhältnis.« Ihr Gesicht rötete sich. »Kurz vor seiner Reise dauerte unsere heimliche Beziehung mehrere Wochen an und ich hatte ihn während seiner langen Abwesenheit schrecklich vermisst. Er hat mir jedoch Briefe geschrieben und mir mitgeteilt, wo er sich aufhielt, was er erlebt hat, dass ich ihm fehle …« Traurig nippte sie an ihrer Tasse und starrte ins Leere. »Er hat natürlich nie mit seinem Namen unterzeichnet und ich musste ihm versprechen, jeden Brief nach dem Lesen sofort zu verbrennen. So schwer mir das auch gefallen ist, ich habe es getan.« Sie seufzte niedergeschlagen. »Eine Woche vor seiner Rückkehr auf den Landsitz erhielt ich den letzten Brief. Er schrieb, er habe einen Reisegefährten kennengelernt, einen Mann, den er in einem Gasthaus getroffen und der um eine Mitfahrgelegenheit gebeten hatte. Seinen Namen habe ich leider vergessen, aber Edward fand es amüsant, dass der Mann ihm so ähnlich sehen würde. Edward war jemand, der keine Scheu vor Fremden hatte und es liebte, aus seinem Leben zu plaudern. Ich fürchte, das hat den Mitreisenden dazu veranlasst, Edward alles aus der Nase zu ziehen, was er wissen musste. Als Edward endlich wieder nach Hause kam, wirkte er völlig verändert und hat mir nicht einen Blick geschenkt. Zuerst dachte ich, er wollte einfach unsere Affäre beenden. Aber seine Kleidung, sein Gesicht und seine Hände waren voll Blut. Er behauptete, Räuber hätten die Kutsche überfallen und den Fahrer verschleppt.«

»Wie ging es weiter?«, fragte Daniel atemlos und wischte seine feuchten Hände unter dem Tisch an der Hose ab.

»Edward zog sich zurück, gab lange Zeit vor, er sei krank, empfing keinen Besuch und erzählte jedem, seit dem Überfall an Erinnerungslücken zu leiden … Trotzdem wurde mir langsam klar, dass der Mann nicht mein Edward sein konnte. Es fühlte sich einfach nicht richtig an, wenn wir uns zufällig über den Weg liefen. Doch der Fremde war einfach ein sehr guter Schauspieler. Er konnte immer alle überzeugen und hatte den Vorteil, dass der echte Viscount sehr viel gereist ist, sodass ihn die meisten Angestellten oft für lange Zeit nicht zu Gesicht bekommen haben. Und glauben Sie mir, Mr Appleton, die Ähnlichkeit war verblüffend: die Größe, die Figur, seine Haarfarbe ... als wären sie Zwillinge! Ich schätze, nur mir ist aufgefallen, dass das nicht der echte Viscount war, weil ich ihn besser kannte als alle anderen. Der echte Edward hatte dunkelgrüne Augen, keine grünbraunen, außerdem fehlte dem falschen Edward ein Zahn – was er natürlich auf den Überfall schob. Am auffälligsten waren seine Hände. Mein Edward hatte schlanke Finger, konnte wunderbar Cembalo spielen und trug gerne Ringe. Der falsche Edward hatte Hände wie ein Arbeiter, voller Schwielen, und er wirkte auch insgesamt älter auf mich. Lange hoffte ich, mein Geliebter würde eines Tages wieder auftauchen, doch allmählich wurde mir klar, dass der Betrüger wohl Edward und den Kutscher getötet und dann Edwards Identität angenommen hat. Leider fehlten mir die Beweise.«

Daniel hörte ihr gebannt zu. »Und Emily hat seine falsche Identität herausgefunden?«

Miss Wentworth zuckte mit den Schultern. »Ich vermute es, obwohl sie es mir gegenüber nie erwähnt hat und ich ihr nie etwas von der heimlichen Liaison und meinem Verdacht erzählt habe. Aber gewiss ist sie selbst dahintergekommen, dass ihr Ehemann niemals ein echter Viscount sein kann, denn er wusste über so viele Dinge nicht Bescheid und schob es immer wieder auf den schrecklichen Überfall.«

Was für eine unvorstellbare Geschichte! Doch Daniel

glaubte der Frau jedes Wort. Es kam außerdem nicht selten vor, dass Personen die Identität eines anderen annahmen, zum Beispiel, um an ein Erbe zu gelangen. »Wie haben Sie damals nach seiner Rückkehr reagiert?«

»Ich war wie gelähmt und wollte es nicht wahrhaben, bin heimlich zu der Stelle gegangen, an der der angebliche Überfall stattgefunden hat. Aber ich habe keine Leichen gefunden, nur jede Menge Blut.« Tränen stiegen in ihre grauen Augen. »Als junge Frau war ich schrecklich verliebt in den Viscount, und als ich wusste, ich habe ihn für immer verloren, war meine Welt zerstört.«

»Das tut mir alles sehr leid, Miss Wentworth«, murmelte Daniel und drückte kurz ihre Hand.

Zitternd holte sie Luft. »Ich dachte, ich bin nach all der langen Zeit darüber hinweg, aber das bin ich wohl doch nicht.«

»Ist aus ihrem Verhältnis ein Kind entstanden?«, fragte Daniel vorsichtig.

Die Frau schüttelte den Kopf. »Wir haben sehr gut aufgepasst.«

»Warum haben Sie Ihren Verdacht niemandem anvertraut?«

Sie schnaubte belustigt. »Ich wäre schneller tot gewesen, als ich bis drei zählen könnte! Wer hätte denn einem Hausmädchen diese absurde Geschichte geglaubt? Und es gab nicht mal eine Leiche! Außerdem hätte ich nie wieder eine Anstellung gefunden oder mir wäre Schlimmeres passiert. Mir blieb nur eine Möglichkeit: Ich musste das falsche Spiel mitspielen, um sowohl meine Anstellung zu behalten als auch mein Leben. Hätte der falsche Viscount auch nur irgendetwas von meinem Wissen geahnt, hätte er mich getötet! Ich hatte unglaubliche Angst vor ihm und habe deshalb geschwiegen. Doch als dann seine Frau zu uns kam, die das völlige Gegenteil von ihm war, habe ich auf sie aufgepasst, so gut ich konnte. Ich wurde ihre Zofe, habe Briefe an ihre Freundin herausgeschmuggelt und ihr Trost gespendet, wenn Edward sie …« Ihre Stimme brach.

»Was hat der Mistkerl ihr alles angetan?«, knurrte Daniel und ballte die Hände zu Fäusten.

»Er hat sie misshandelt«, flüsterte Miss Wentworth. »Es kam zum Glück nicht oft vor und wenn, dann hat er es heimlich getan. Doch als ihre Zofe habe ich natürlich vieles mitbekommen.«

Daniels Magen verkrampfte sich. Er dachte sofort wieder an die Verbrennungen, die Bissspuren und Emilys Angst vor Schmerzen beim Liebesakt. Ihr erstes Mal musste ein Albtraum gewesen sein, genau wie alle anderen Male danach. Sein tapferes Mädchen. Was hatte sie alles erleiden müssen? Daniel wollte sich das gar nicht ausmalen, denn er würde nicht wissen, wohin mit seiner Wut. Er war jedoch froh, dass Emily ihm wenigstens hier nichts verschwiegen hatte.

»Und gab es sonst noch etwas, Miss Wentworth?«

Die alte Frau starrte ihn fast schon panisch an und schüttelte den Kopf. »Nichts, Mr Appleton.«

»Wie ist der falsche Edward eigentlich gestorben?« Darüber hatte er sich mit ihr nie unterhalten.

Das Gesicht der Haushälterin verlor sämtliche Farbe. »Hat Mrs Rowland dazu etwas erzählt?«

»Nein. Und ich habe sie nie gefragt, um sie nicht noch mehr zu belasten.«

»Er … also …«, druckste sie herum. »Wie Sie vielleicht wissen, war der Viscount einige Jahre älter als Mrs Rowland. Der Doktor meinte, sein Herz habe einfach aufgehört zu schlagen. Das … käme in gewissen … Situationen und in diesem Alter schon einmal vor.«

»Was hat er denn getan?«, fragte Daniel vorsichtig, weil er nicht wusste, ob er es wirklich hören wollte.

»Er ...« Wut funkelte in Miss Wentworth' grauen Augen. »Dieser Schweinehund hat sich Mrs Rowland mal wieder brutal genähert und ... dann ist er einfach auf ihr zusammengebrochen. Ich musste den Kerl von ihr runterschieben, oder sie wäre erstickt!«

Sein Magen verkrampfte sich. Was hatte Emily noch alles erleiden müssen? Kein Wunder, dass sie nie etwas über Edwards Tod erzählt hatte.

»Ich hatte ihm zuvor extra noch einen speziellen Tee zur Beruhigung gemacht und gehofft, er würde einschlafen. Aber er hatte wohl wieder einmal beim Spielen verloren und musste seinen Frust irgendwo loswerden.« Die Lider der Haushälterin verengten sich. »Wenn Sie mich fragen, hat der Mistkerl solch einen schnellen Tod nicht verdient. Aber besser ist es allemal, dass er nicht mehr unter uns weilt.« Die Zornesfalten verschwanden, ihr Gesicht glättete sich wieder. »Mrs Rowland ist eine gute Frau. Sie hatte nur Angst, falls die Wahrheit ans Licht kommt, genau wie ich. Wir haben beide aus Furcht geschwiegen; deshalb dürfen Sie uns nicht verurteilen.«

»Das tue ich nicht«, sagte Daniel sanft und drückte abermals Miss Wentworth' Hand. Es erleichterte ihn sehr, endlich die Geschichte erfahren zu haben. Emily wollte ihn und Sophia nur beschützen! Dafür liebte er sie gleich noch viel mehr. Jetzt verstand er natürlich, warum sie sich fürchtete, dass er ihre Vergangenheit aufdeckte. Sie schämte sich bestimmt dafür, wie Edward gestorben war, ja, vielleicht gab sie sich sogar die Schuld an seinem Tod.

Miss Wentworth verschwieg ihm hierzu noch etwas, das spürte er. Hatte Emily sich gewehrt, als sie von ihrem Mann gezwungen wurde, ihren Ehepflichten nachzukommen?

Oder hatte ihm die alte Dame vielleicht etwas in den Tee gemischt, damit der Albtraum der Frauen endlich ein Ende fand? Das würde er wohl nie erfahren.

Es grenzte jedoch an ein Wunder, dass Emily ihre Lebensfreude nicht verloren und ihn an sich herangelassen hatte – was ihm zeigte, wie sehr sie ihn lieben musste. Nun hatte er neue Hoffnung, sie zurückzugewinnen, und dann würde er sofort um ihre Hand anhalten.

Miss Wentworth räusperte sich leise. »Bitte erzählen Sie niemandem, dass Sie hier waren. Ich möchte mit dieser alten Sache nichts mehr zu tun haben!«

»Sie haben mein Wort, Miss Wentworth. Vielen Dank, dass Sie sich mir anvertraut haben.«

»Mrs Rowland ist eine unendlich liebe Person«, wiederholte sie erneut, als wäre es ihr besonders wichtig, das zu betonen. »Sie musste sehr unter den Wutausbrüchen des falschen Viscounts leiden.«

Daniel nickte resolut. »Deshalb will ich alles daran setzen, dass es ihr fortan an nichts mehr fehlt.«

# Kapitel 26 – Endlich Antworten

Emilys Herz zersprang beinahe vor Sehnsucht nach Daniel. Leider machte er es ihr immer schwerer, ihm zu widerstehen, denn er bat erneut darum, ihr seine Aufwartung machen zu dürfen. Claire, diese Kupplerin, ließ ihn natürlich ins Haus! Ihre Freundin war weiterhin der Meinung, dass zwischen ihnen alles gut werden würde. Nur hatte Claire keine Ahnung!

Nun saßen sie alle drei im Salon zusammen: Emily mittig auf dem Sofa, direkt zu ihrer linken Seite Claire und Daniel auf dem Sessel gegenüber. Da es erst früher Nachmittag war, befand sich Kenneth natürlich noch in der Reederei.

Daniel ließ sie keine Sekunde aus den Augen und starrte sie an, als könnte er bis in ihre düstere Seele blicken.

Als sie schwerfällig Luft holte, um ihm erneut mitzuteilen, dass sie nicht mit ihm reden würde und er gehen sollte, sagte er sanft: »Ich weiß jetzt, warum du dich oft so seltsam verhalten hast, nicht deinen Titel beanspruchen wolltest und … unsere Beziehung beendet hast. Du willst mich und Sophia beschützen, weil du Angst hast, uns in den Skandal zu verwickeln, falls herauskommt, wer Edward wirklich war.«

Emily keuchte zeitgleich mit Claire auf. »Du warst bei ihr!« Sie meinte natürlich ihre ehemalige Zofe Mary, denn woher sollte er sonst diese Informationen haben.

Als er nickte, formte sich ein eisiger Klumpen in ihrem Magen. Ob Mary ihm wirklich alles erzählt hatte? War Daniel nun gekommen, um es von sich aus zu Ende zu bringen oder sogar … um sie den Behörden zu überstellen? Sie erschauderte, und ihre Übelkeit, die bis jetzt erträglich gewesen war, nahm schlagartig zu.

Claire blieb neben ihr erstaunlich still und stellte keine Fragen – sie wollte bestimmt nichts verpassen –, obwohl sie förmlich in Flammen stand. Sie nippte nervös an ihrem Tee, ihre Augen funkelten, und sie schaute hektisch zwischen Daniel und ihr hin und her.

»Und … jetzt?«, fragte Emily vorsichtig und sah sich schon mit einem Fuß im Gefängnis. Oh Gott, würde sie ihr Baby hinter Gittern bekommen müssen? Man würde ihr das Kleine entreißen, in ein Waisenhaus geben! Vielleicht sollte sie weglaufen, eines von Claires Pferden nehmen und einfach verschwinden.

»Ich weiß«, sagte Daniel immer noch erstaunlich ruhig, »dass du nur aus Furcht einen Verbrecher gedeckt und Angst hast, dass das nun dir und auch mir zum Verhängnis werden könnte.«

Claire verschluckte sich fast an ihrem Tee. Geräuschvoll stellte sie die Tasse zurück auf den Tisch. »Emily, du hast was?«

Sie konnte nichts sagen, ihr Hals war wie zugeschnürt.

»Ich habe mit jemandem gesprochen, der früher für Edward gearbeitet hat«, erklärte Daniel ihrer Freundin. Er erwähnte nicht Marys Namen. Bestimmt hatte er ihr versprechen müssen, sie aus der Sache herauszuhalten. »Diejenige Person hat mir erzählt, dass Edward vor dreißig Jahren den echten Viscount ermordet und seine Identität angenommen hat.«

Während Claire zischend Luft holte, wandte sich Daniel an Emily. »Habe ich recht, Em? Ist das der Grund, warum du dich von mir abgewandt hast?«

Sie nickte stumm, konnte immer noch nicht reden. Was hatte Mary ihm noch alles erzählt?

Claire drückte sich eine Hand an die Brust. »Oh Emily! Du hast vermutet, Edward hätte ein königliches Dokument gefälscht, um an den Titel zu gelangen! Das hast du mir erzählt!«

Sie räusperte sich leise und schlug die Augen nieder. »Das dachte ich zuerst wirklich, Claire. Schließlich hat der König auch schon Titel verliehen ohne dazugehörige Ländereien. Doch nach und nach wurde mir durch Edwards seltsames Verhalten bewusst, dass etwas nicht stimmte. Erst mit der Zeit habe ich mir alles zusammengereimt.« Sie schloss die Augen, hinter ihren Lidern brannte es. »Dass er den echten Viscount getötet haben könnte, habe ich mir mehr als einmal gedacht, aber … immer gehofft, dass ich

Unrecht behalte. Denn das würde bedeuten …« Sie riss die Lider auf, weil eine gigantische Welle der Übelkeit über sie schwappte. »Ich habe mit einem Mörder das Bett geteilt!« Sie würgte und drückte sich fest die Hand auf den Mund. Magensäure brannte in ihrer Speiseröhre, sie stand kurz davor, sich zu übergeben. Zum Glück hatte sie in den letzten Stunden nichts gegessen, nur etwas Tee getrunken!

»Atme, Emily!«, rief Claire und fächerte ihr mit ihrem Taschentuch Luft zu. »Tief einatmen!«, und Daniel sprang sofort auf, um an ihre Seite zu eilen.

»Was hast du, Em?«

»Übelkeit«, antwortete Claire für sie. »Nichts Dramatisches.«

Als der Druck in ihrem Magen nachließ, liefen ihr Tränen über die Wangen. Daniel kniete sich vor sie und betrachtete sie sorgenvoll. Sie wollte sich am liebsten nur noch in seine Arme werfen. »Sie …«, wisperte Emily stockend und meinte damit Mary, »hat die Wahrheit immer gewusst, aber nie etwas gesagt. Warum bloß blieb sie all die langen Jahre bei Edward?«

Daniel nahm ihre Hand in seine und strich mit dem Daumen darüber. »Vielleicht hat sie ebenfalls gehofft, sich zu irren, genau wie du. Die beiden hatten lange Zeit vor deiner Heirat ein heimliches Verhältnis. Also … sie und der echte Viscount, nicht dein verlogener Ehemann.«

»Oh, noch eine dramatische Liebesgeschichte!«, rief Claire fasziniert.

Daniel warf ihr einen gespielt strengen Blick zu und konnte ein Schmunzeln nicht unterdrücken. »Über die ich geschworen habe, Stillschweigen zu bewahren.« Er schien sehr erleichtert zu sein, endlich die Wahrheit zu kennen.

»Schade«, murmelte Claire.

Daniel sah Emily tief in die Augen, sodass es in ihrem

Magen endlich wieder einmal angenehm prickelte. »Zum Glück hat die Frau nie etwas erwähnt. Edward hätte nicht nur sie, sondern auch dich umgebracht, Em, wenn er herausbekommen hätte, dass ihr ihm auf die Schliche gekommen seid.« Nach kurzem Zögern setzte er hinzu: »Es wird gemunkelt, Edward habe Lord Babington umgebracht, weil er sehr hohe Schulden bei ihm hatte.«

Emily zuckte und schnappte nach Luft. Was hatte dieser Mann noch alles verbrochen?

Claire rutschte dicht zu ihr, um ihr einen Arm um die Schultern zu legen. »Süße, warum hast du denn nichts gesagt? All die Jahre hast du diese Last allein mit dir herumgetragen!«

»Ich wollte niemanden in die Sache hineinziehen«, murmelte sie schluchzend.

Sanft strich ihr Claire über die Wange. »Du bist einfach zu gut für diese Welt.«

»Das ist sie.« Daniel räusperte sich, während er immer noch vor ihr kniete. Er warf Claire einen eindringlichen Blick zu, und sie rutschte sofort ein Stück zur Seite.

»Und jetzt ...« Daniel hauchte einen Kuss auf Emilys Fingerknöchel; sein Blick schien sich in ihren zu brennen.

Und jetzt? Was würde er zu alldem zu sagen haben?

Aus einem puren Reflex heraus strich sie ihm eine dunkle Haarsträhne aus der Stirn, die ihm fast ins Auge hing. Schnell zog sie ihre Hand zurück, während er die andere immer noch in seiner hielt.

»Jetzt«, sagte er mit leicht rauer Stimme, die ein wohliges Kribbeln über ihren Körper schickte, »kann ich dich endlich fragen, ob du meine Frau werden möchtest, Emily Collins, auch wenn der Zeitpunkt und die Gegebenheiten wohl denkbar ungünstig sind. Aber ich kann und will nicht länger warten.«

Während Claire neben ihr quietschte, drehte sich alles vor Emilys Augen. Daniel wollte sie heiraten … Sie konnte es kaum glauben! Ihr allergrößter Traum wurde gerade Wirklichkeit. Sie wollte lachen, jauchzen, in die Luft springen! Doch die grausame Realität riss sie zurück auf den Boden. Sie konnte niemals seinen Antrag annehmen. Denn sie hütete ein weiteres Geheimnis, eines, das noch viel schlimmer war als das erste.

Alles in ihr schrie: Ja, ich will deine Frau werden!« Stattdessen stammelte sie: »I-ich habe einen Mörder gedeckt, Daniel«, in der Hoffnung, er würde es sich noch einmal überlegen. »Was, wenn das eines Tages auf dich zurückfällt?«

Sanft antwortete er: »Nur eine andere Person und wir drei in diesem Raum kennen die Wahrheit, und ich denke, keiner von uns wird je etwas verraten.«

»Das schwöre ich!«, rief Claire sofort.

»Wir würden alle mit einer Lüge leben«, flüsterte Emily.

Daniel holte tief Luft. »Es ist für alle das Beste, wenn wir das Geheimnis wahren. Es würde den echten Edward nicht mehr zum Leben erwecken, der falsche Edward könnte nicht mehr bestraft werden, und auch sonst würde sich nichts ändern. Er hatte keine anderen Erben, keine sonstigen, legitimen Kinder.«

»Von mir erfährt niemand etwas!«, schwor Claire erneut. »Ich werde nicht einmal Kenneth etwas von diesem Gespräch erzählen, wenn ihr es wünscht.« Tränen glitzerten in ihren Augen. »Ich möchte einfach nur, dass du glücklich bist, Emily.«

Glücklich … wie gerne wäre sie das. »I-ich bin dir nicht ebenbürtig, Daniel«, sagte sie unter Tränen. Was konnte sie denn jetzt noch tun, um seine Meinung zu ändern? »Ich bin keine Viscountess, nur die Tochter eines Baronets.

Was, wenn das zum Verlust deines Standes führt?«

»Emily, auch wenn du *nur* die Tochter eines Baronets bist, ist das völlig legitim, ja, sogar wenn du eine Bürgerliche wärst!«

»Süße, warum sagst du denn nicht endlich Ja?«, fragte Claire verzweifelt. »Du hast nun alles, wirklich alles, was du dir je gewünscht hast. Du bekommst sogar ein ...«

»Nicht!«, zischte sie.

Claires Lächeln erlosch schlagartig. »Du musst es ihm sagen, Emily! Es ist sein Recht, es zu erfahren!«

Daniel blickte abwechselnd zwischen ihnen hin und her. »Was?«

»Sie bekommt ein Baby!«, rief Claire und klatschte begeistert.


Daniel sah, wie Emilys Gesicht schneeweiß wurde und sie völlig erstarrte, während er sich fühlte, als hätte sie ihn betrogen. Natürlich hatte sie das nicht, schließlich waren sie fast ununterbrochen zusammen gewesen. Dennoch – dass sie diese unglaublich bedeutende Nachricht geheim gehalten hatte, betrübte ihn zutiefst. Was war nur mit ihr los? Wieso verschwieg sie ihm so vieles?

Die Sache mit Edward verstand er ja noch, aber ... das? Hatte sie ihm vielleicht bloß vorgegaukelt, sie könne keine Kinder bekommen, damit sie ihn zu einer Heirat drängen konnte, sobald ein Baby unterwegs war?

*Sehr unwahrscheinlich*, dachte er, immerhin wehrte sie sich förmlich mit Händen und Füßen dagegen, seine Frau zu werden.

Als ihm bewusst wurde, dass sie schwanger war – von ihm – schien er plötzlich zu schweben.

»Wie kann das sein?«, fragte er vorsichtig und erhob sich. Doch da sich seine Knie butterweich anfühlten, musste er sich auf den freien Platz neben Emily setzen. »Du hast mir versichert, keine Kinder bekommen zu können.«

»Das habe ich auch immer geglaubt, Daniel«, murmelte sie, ohne ihn anzublicken.

Claire nickte eifrig. »Sie war zu Tode betrübt, als sie mir das vor Jahren geschrieben hat, und die traurigen Blicke, die sie hin und wieder meinen Zwillingen Samuel und Melissa zugeworfen hat, können ebenfalls nicht lügen.«

Daniel griff wieder nach ihrer Hand, doch dann zog er Emily einfach in die Arme und hielt sie fest. Während er sein Glück kaum begreifen konnte, klammerte sie sich fest an ihn, vergrub ihr Gesicht an seinem Hals und weinte bitterlich.

»Das ist ein Wunder, Em«, flüsterte er in ihr Haar, zu ergriffen, um laut sprechen zu können. »Unser Wunder.«

Er hörte, wie Claire verzückt seufzte. »Ich glaube, Edwards Arzt war ein Quacksalber. Oder …« Sie drückte kurz Emilys Schulter. »Hat sein Arzt dir jemals persönlich gesagt, dass du keine Kinder mehr bekommen kannst, Emily?«

»Nein«, murmelte sie in Daniels Krawattentuch. »Das war Edward, nachdem mich der Doktor nach meiner Fehlgeburt untersucht hat. Und dann …«

»Dann hat der Bastard dich geschlagen«, knurrte Daniel, woraufhin Emily noch mehr weinte. Sie zitterte in seinen Armen, und er konnte nichts tun, außer über ihren bebenden Rücken zu streichen und Claire verzweifelte Blicke zuzuwerfen.

Claire verengte die Lider. »Wieder hat er dich angelogen. Oh, dieser widerliche Mensch! Bestimmt konnte er keine Kinder zeugen, weil er immer zu betrunken war! Ich habe gehört, dass ein Mann …« Ihre Wangen färbten sich tiefrot, doch Daniel wusste, was sie sagen wollte: dass ein Mann oft nicht ganz hart wurde, wenn er zu viel Alkohol getrunken hatte. »Und dann hat er dir wehgetan, weil er wütend auf sich selbst war! Und ich bin auch wütend auf mich«, sagte sie zornig und wandte sich an Daniel. »Edward war ein Blender. Oh, er hat hervorragend reden und einem das Gefühl geben können, etwas Besonderes zu sein – anfangs. Nicht nur Emilys Vater ist ihm auf dem Leim gegangen; ich dachte auch einmal, er wäre eine gute Partie für meine beste Freundin ...«

Sanft drückte Daniel Emily ein Stück von sich, damit er ihr ins Gesicht sehen konnte, aber sie hielt den Blick weiterhin gesenkt. »Em, warum bist du nicht zu mir gekommen, als du das mit dem Baby erfahren hast? Ich hätte sofort um deine Hand angehalten.«

Claire hinter ihr lächelte selig. »Aber so ist es doch viel romantischer! Der reiche Earl hätte alles aufgegeben für seine Liebste, selbst wenn sie ihm keinen Erb...«

»Claire!«, unterbrach Emily ihre Schwärmerei und setzte sich kerzengerade hin. Ihre Tränen waren allerdings noch nicht versiegt. »Ich kann Daniel trotzdem nicht heiraten. Wenn herauskommt, dass ... dann ...«

»Was, Em?«, fragte er mit Nachdruck. »Was gibt es denn noch? Sag mir endlich die ganze Wahrheit!«

Sie öffnete ein paar Mal den Mund, ohne dass ein Laut ertönte, und er dachte schon, sie würde sich wieder drücken, als sie ihm fest in die Augen blickte und sagte: »Daniel, ich liebe dich so sehr, mehr als alles andere auf der Welt, sogar mehr als mein Leben. Ich habe mir nichts sehnlicher gewünscht, als eines Tages deine Frau zu werden.«

Sein Herz machte einen doppelten Salto. Niemals zuvor hatte sie ihm ihre Gefühle gestanden! Er hatte gespürt, dass sie ihn liebte, aber ganz sicher war er sich nie gewesen, weshalb er auch nie etwas zu ihr gesagt hatte. Es jetzt aus ihrem Mund zu hören, machte ihn unendlich glücklich.

Er wollte sich gerade zu ihr beugen, um sie zu küssen, als sich ihre Brauen zusammenschoben und sie verbittert hervorstieß: »Doch Edward hat alles zerstört. Er ... ich ...«

»Du ... was? Sag es«, drängte er sie behutsam und griff nach ihrer Hand. Bevor sie ihm nicht die ganze Geschichte erzählte, würde er nicht nachgeben.

Neue Tränen liefen über ihre geröteten Lider. »Ich bin ein Nichts, Daniel, eine Frau ohne Titel, ohne Ehre.«

»Du bist alles für mich, Em«, raunte er, und sie starrte ihn mit aufgerissenen Augen an.

»Was ... wenn ich auch ein Verbrechen begangen habe?«, wisperte sie.

Claire schüttelte resolut den Kopf. »Das glaube ich dir nicht!«

»Ich dir auch nicht«, erklärte Daniel sanft. »Was sollst du denn getan haben, Em?«

Sie biss sich auf die Unterlippe und zog ihre Hand zurück. Dann presste sie kurz die Lider zusammen und stieß hervor: »Ich habe Edward umgebracht!«

Claire schlug sich eine Hand auf den Mund – und Daniel blendete alles um sich herum aus. Vor seinem geistigen Auge spielte sich ab, was Edward seiner süßen Emily angetan hatte: die Bisse, die Verbrennungen, die Schläge ... Er würde verstehen, wenn sie das alles nicht länger ertragen hätte. Doch er konnte sich beim besten Willen nicht vorstellen, dass sie eine Mörderin war.

Als er wieder etwas um sich herum wahrnahm, starrte Claire kreidebleich ins Leere, während Emily aufgehört hatte, zu schluchzen. Es sah so aus, als wäre sie erleichtert, endlich auch das letzte Geheimnis aufgedeckt zu haben. Doch als sie ihn anblickte, las er Angst in ihren Augen.

»Wie ist es passiert?«, fragte er möglichst ruhig, aber seine Stimme bebte dennoch leicht. »Wie hast du ihn getötet?«

Er wollte sie wieder berühren, wenigstens ihre Hand nehmen, aber er konnte nicht, wollte sich nicht ausmalen, dass Blut an ihren Fingern klebte. Sie war die Nanny seiner Tochter gewesen! Er hatte gesehen, wie liebevoll sie mit Sophia umgegangen war. Daniel hatte Wochen mit Emily verbracht und nichts, absolut gar nichts deutete darauf hin, dass sie überhaupt zu einer Gräueltat fähig wäre!

Emily holte tief Luft, bevor sie stockend zu erzählen begann: »Eines Tages kam Edward früher aus London zurück, als geplant. Ich hatte mich schon für das Bett zurechtgemacht, war schon fast eingeschlafen, da stand er plötzlich in meinem Schlafzimmer. Er riss meine Decke weg und hat sich auf mich geworfen.«

Claire zuckte zusammen und griff nach Emilys Hand, während sich Daniel immer noch nicht bewegen und kaum atmen konnte.

Emily liefen neue Tränen über die Wangen, doch sie nahm nie den Blick von ihm. »Edward stank wie so oft nach Alkohol und Tabak, und ich war froh, dass er die Zigarre nicht dabei hatte. Er schob mein Nachthemd hoch, fluchte, und ich flehte ihn an, von mir herunterzugehen. Er war so schwer, ich bekam keine Luft, habe versucht, ihn an den Schultern wegzudrücken ...« Während Emily monoton erzählte, starrte sie Daniel zwar an, doch ihr Blick schien ins Leere zu gehen, als würde sich noch einmal alles abspielen. »Edward war so schwer, er hat seine Hand an meinen Hals gelegt und zugedrückt. Er war unglaublich wütend und zischte, dass ich ihm endlich einen Erben schenken solle. Er erwähnte etwas von Risiken, die er eingegangen sei, und dass das alles nicht umsonst gewesen sein soll ... Er wurde immer schwerer, ich glaubte, zu ersticken, da ... habe ich mich zum ersten Mal richtig gewehrt und ihm ins Gesicht geschlagen, aus Panik, weil ich geglaubt habe, er würde mich umbringen wollen!«

*Was er bestimmt früher oder später getan hätte*, vermutete Daniel, während er geschockt ihrer Erzählung lauschte.

»Endlich wich Edward ein Stück zurück und ich bekam wieder Luft. Da hat er mich geschlagen, so hart, dass ich im ersten Moment dachte, er hätte mir den Kiefer gebrochen.« Sie legte die Hand an ihre Wange und flüsterte: »Er saß auf meinen Beinen und ich konnte nicht fliehen. Da habe ich meine Arme vors Gesicht gehalten, während er mich weiter schlug, und geschrien. Aber das hat ihn noch wütender gemacht. Am Rande habe ich bemerkt, wie meine Zofe ins Schlafzimmer gekommen ist. Sie stand einfach nur im Raum und hat wie erstarrt zugesehen. Ich wusste, dass mir niemand helfen würde, aber ich wollte nicht länger untätig sein.« Noch mehr Tränen quollen aus ihren geröteten Augen, und Daniel erwachte aus seiner Starre. Er nahm ihre andere Hand in seine und streichelte sie.

»Erzähl weiter«, bat er sie sanft und wollte sich nicht vorstellen, wie viel Angst sie gehabt haben musste.

»I-ich habe ihm erneut ins Gesicht geschlagen und dann griff er sich plötzlich an die Brust und … starrte mich an wie der Teufel persönlich. Ich hatte solche Angst vor ihm, dass ich gerufen habe: ›Ich wünschte, du wärst tot!‹ Und dann … sank er einfach auf mir zusammen! Er hat noch kurz geröchelt und sich anschließend nicht mehr gerührt. Mit seinen starren Augen hat er mich anklagend angeblickt, bis meine Zofe ihn von mir heruntergerollt hat.«

Daniel atmete erleichtert auf. Das war es, was Mary Wentworth ihm verschwiegen hatte! Immer noch beschützte die alte Dame Emily – weil sie Emily damals nicht geholfen hatte, als sie sie am nötigsten gebraucht hätte? Oder man Emily wegen des »Fluches« mit finsteren Mächten im Bunde glauben könnte?

»I-ich habe ihn getötet!«, stammelte sie.

Daniel schnaubte wütend, weil sie sich all die Jahre die Schuld an etwas gegeben hatte, was sie garantiert nicht verursacht hatte. »Glaubst du ernsthaft, ein paar Ohrfeigen und Verwünschungen hätten ihn umgebracht?«

»I-ich habe natürlich den Doktor kommen lassen, weil ich nicht sicher war, ob Edward wirklich tot ist. Er lag immer noch mit heruntergelassener Hose in meinem Bett, ich hatte ihn zugedeckt. Der Arzt hat ihn nur ganz kurz untersucht und gemeint, er habe das bei Männern schon öfter gesehen, dass sie während des Aktes …« Sie erschauderte. »Sein Herz ist wohl einfach stehen geblieben und ich war von einer riesigen Last befreit, weil sein Tod nicht auf mich zurückfiel, und dankbar, dass meine Zofe, die alles mit angesehen hatte, schwieg.«

»Emily, dich trifft keine Schuld!«, rief Daniel und drückte ihre Hand. Er fühlte sich unendlich erleichtert und war sehr glücklich, dass Emily keine Mörderin war. »Deine Schläge haben diesen Mistkerl niemals umgebracht, Em, und schon gar nicht deine Verwünschungen. Wenn das so leicht gehen würde, hätte mich Rochford beim Boxen schon hundert Mal nicht nur mit seinen Hieben, sondern auch mit seinen Flüchen getötet. Außerdem hast du mich ebenfalls schon mal geschlagen, und ich lebe noch.«

Während Claire entsetzt nach Luft schnappte, legte ihm Emily behutsam eine Hand an die Wange. »Und das tut mir immer noch sehr leid! Glaub mir, ich war bestimmt mehr schockiert darüber als du.«

Und wie er ihr das glaubte.

»Aber …« Immer noch spiegelten sich Zweifel in ihren schönen Augen. »Meine Schläge waren vielleicht nicht der Grund für sein Ableben, doch er hat sich meinetwegen so sehr aufgeregt, dass ihn das getötet hat!« Alles schien nur so aus ihr herauszusprudeln, die Worte genau wie ihre Tränen. Wie sehr musste sie das all die Jahre belastet haben!

»Em, hör mir zu.« Daniel fasste sie an den Schultern und zwang sie, ihn anzusehen. »Du hast ihn doch nicht umgebracht! Du hast dich gewehrt, und dabei hat sich der alte Mistkerl so extrem in seine Wut hineingesteigert, dass sein Herz stehen geblieben ist. So etwas kommt vor, vor allem bei älteren Menschen. Auch das Herz meines Vaters hat plötzlich aufgehört zu schlagen, einfach so, als er an seinem Schreibtisch saß. Und Edwards Arzt hat es dir doch selbst gesagt!«

Claire nickte vehement. »Er hat es dir persönlich gesagt! Vielleicht war er doch ein guter Arzt und kein Quacksalber.«

*Und vielleicht hat er auch keine Fragen gestellt, weil er Edward kannte*, dachte Daniel. *Denn gewiss muss er Emilys blaue Flecken an diesem Tag bemerkt haben.*

»Dann … bin ich keine Mörderin?«, stammelte sie, wobei sie ihre Augen weit aufriss, als könne sie diese Erkenntnis immer noch nicht verarbeiten.

»Himmel, nein!«, riefen sowohl Daniel als auch Claire gleichzeitig.

»Em, du bist die wundervollste, liebenswerteste und mutigste Frau, die ich kenne! Du magst noch viel mehr sein, aber gewiss keine Mörderin!«

»D-das hat mir all die Jahre den Schlaf geraubt«, gestand sie ihm und blickte ihn wie betäubt an. Immer noch stand sie unter Schock. »Wie er auf mir zusammengebrochen ist, ich keine Luft mehr bekommen habe. Ich gab mir immer die Schuld an seinem Tod.«

Claire schnaubte. »Er ganz allein hat das verschuldet, mit allem, was er getan hat! Seine eigene Bösartigkeit hat ihn ins Grab gebracht.«

»Da muss ich deiner Freundin uneingeschränkt recht geben, Em. Und zum Glück sind nicht alle Männer wie Edward«, raunte Daniel. »Du wärst niemals mein Eigentum, sondern meine Ehefrau, die ich respektiere und liebe.«

Emily keuchte auf und ihre Augen wurden noch größer. »Du ... liebst mich?«

Er grinste breit. »Natürlich liebe ich dich, Em. Ich habe mich an dem Tag in dich verliebt, als du das erste Mal in meinem Arbeitszimmer gesessen hast. Deswegen frage ich dich noch einmal: Willst du meine Frau werden?«

»Ja«, wisperte sie unter Tränen, die diesmal bestimmt vor Freude kullerten, während Claire neben ihr klatschte. »Ja, Daniel, ich will nichts mehr auf dieser Welt, als deine Frau zu werden. Ich liebe dich so sehr!«

Sie umarmten sich fest und küssten sich wild, wobei es ihnen völlig egal war, dass Claire sie sehen konnte. Daniel wollte am liebsten mit seiner süßen Emily verschmelzen, aber nicht auf körperliche Weise, sondern auf seelische. Er fühlte sich ihr so sehr verbunden, dass er es niemals überwunden hätte, wenn ein böses Wesen in ihr stecken würde. Doch sie war immer noch, wie er sie kennengelernt hatte: durch und durch gut.

»Kommst du jetzt mit mir nach Hause?«, raunte er an ihrem Mund, bevor er sich von ihr löste, aber nur ein wenig, denn er wollte sie einfach nicht loslassen.

Sie nickte und wisperte tränenerstickt: »Nach Hause«, bevor sie sich selig lächelnd an ihn schmiegte.

Jetzt würde alles gut werden. Keiner, der wusste, was Edward getan hatte, würde etwas verraten. Weil es Vergangenheit war und nichts an der Zukunft ändern würde, außer jemand hätte etwas gegen ihre Verbindung.

Rochford und Claire würden dieses Wissen ohnehin nie gegen sie verwenden, die einzige Zeugin der damaligen Ereignisse war Mary Wentworth. Die hatte eine sehr angesehene Anstellung bei einem Juristen, die sie garantiert nicht aufs Spiel setzen wollte. Und falls doch eines Tages ans Licht kommen würde, was Emilys betrügerischer Mann getan hatte und es sie oder ihre gemeinsame Zukunft auf irgendeine Weise belasten sollte, stünde sie unter seinem Schutz. Daniel würde alles tun, damit sie auf ewig ein friedliches Leben an seiner Seite führen konnte.

# Kapitel 27 – Ein paar Monate später

## LONDON, ENGLAND
Mai 1835

Daniel glaubte, vor Angst und Nervosität bald zu explodieren! Zuerst saß er mit Rochford im Salon, um sich zur Beruhigung einen Brandy zu genehmigen. Danach wanderte er mit ihm durch den Garten, in der Hoffnung, das Frühlingserwachen würde ihn an diesem wunderschönen Nachmittag ablenken – was aber auch nicht half. Schließlich ging er mit seinem Freund nach oben in sein Arbeitszimmer, um Emily näher zu sein. Leider verbesserte es seine Situation kein bisschen, weil er nun ihre Schreie hörte. Niemals im Leben hatte er solch große Angst um seine Frau und ihr ungeborenes Kind gefühlt. Am liebsten wäre er jetzt bei ihr im Schlafzimmer, um sie irgendwie zu beschützen. Er verfluchte sich selbst, sie geschwängert zu haben. Was war ein potentieller Erbe wert, wenn er das Leben seiner geliebten Emily kostete?

»Es wird schon alles so sein, wie es sich gehört«, versuchte ihn Rochford zu beruhigen und schmunzelte. »Solange Emily fluchen kann wie ein Hafenarbeiter, ist sicher alles in Ordnung.«

Daniel grinste. Er hatte von Emily niemals zuvor solche Ausdrücke gehört.

»Außerdem«, fuhr Rochford fort, »hast du die Hebamme hier, die in London den besten Ruf genießt, und deinen Arzt bestellt. Claire ist ebenfalls bei ihr. Sie hat vor einem Monat ihr drittes Kind entbunden und weiß, was zu tun ist.«

Daniel rechnete es Claire hoch an, dass sie gekommen war, um Emily beizustehen, obwohl sie selbst noch Wöchnerin war. Doch er machte sich auch ein wenig Sorgen um sie. Immer wieder musste er an Imogen denken. Aber Claire hatte ihnen fest versichert, dass sie sich ausgezeichnet fühlte. Ihre Nanny befand sich mit dem kleinen Jungen in den Räumen von Sophias Kindermädchen, damit sie ihn jederzeit zum Stillen bringen konnte.

Obwohl Emily bestens umsorgt schien, milderte das seine Bedenken kein bisschen. Er hatte das alles schon einmal erlebt und seine Frau schließlich verloren. Das würde er kein zweites Mal verkraften. Nach Imogens Tod war er lange Zeit am Boden zerstört gewesen.

Das Wohl des Kindes stand immer über dem Wohl der Frau. Sein Arzt würde alles tun, um das Baby zu retten. Daniel wollte aber weder Emily noch sein Kind verlieren. Falls Emily die Geburt nicht überlebte, würde er für den Rest seines Lebens durch die Hölle gehen. Noch nie hatte er für jemanden so starke Gefühle gehabt wie für sie. Das war unnatürlich, aber er konnte und wollte nichts dagegen unternehmen. Er liebte sie.

Rochford saß in einem Sessel vor dem Kamin und blickte Daniel hinterher, der ruhelos durch den Raum tigerte. »Wir hätten in den Club gehen sollen, bis alles überstanden ist. Dann wärst du wenigstens abgelenkt gewesen.«

»Ja, von deiner Superfaust«, murmelte Daniel.

Um sich auf andere Gedanken zu bringen, dachte er an ihre Hochzeit, einen Monat, nachdem Emily ihm das Jawort gegeben hatte. Sie hatten im kleinsten Freundeskreis gefeiert und die Trauung so geheim wie möglich gehalten, damit fürs Erste kein Gerede aufkam. Denn sicher gab es noch Leute, die wussten, dass Em mit Edward – dem potentiellen Mörder von Lord Babington – liiert gewesen war. Sie sollte jedoch all die Last der letzten Jahre erst einmal in Ruhe verarbeiten, und der Klatsch würde sich irgendwann legen. Sie wollten allerdings eine große Feier geben, wenn ihr Kind geboren war und Emily sich von der Geburt erholt hatte.

»Jetzt setz dich doch endlich mal hin, Hastings!«, befahl ihm Rochford und nippte an seinem Brandyglas. »Es wird sicher alles gut.«

»Beim letzten Mal wurde alles nur schlimmer!« Daniel riss sich das Krawattentuch ab, weil er glaubte, zu ersticken, und warf es achtlos auf den Boden. »Von Sophia abgesehen. Sie freut sich auch schon riesig auf ihr Geschwisterchen.«

»Emily ist eine unglaublich starke Frau. Sie hat bereits so viel durchgestanden, da wird sie eine Geburt wahrscheinlich nicht umhauen.« Rochford sah nicht so aus, als würde er seine Worte ernst meinen, denn er wippte mit einem Fuß und ließ nie die Tür aus den Augen. Wenn selbst er nervös war ... Er hatte damals am intensivsten mitbekommen, wie es ihm nach Imogens Tod ergangen war.

Daniel warf ihm einen scharfen Blick zu. »Ich habe das alles schon einmal erlebt. Und ...« Als es plötzlich verdächtig still wurde und er keinerlei Schreie sowie Flüche mehr hörte, erstarrte Daniel mitten in seiner Bewegung.

Rochford sprang auf und eilte zu ihm. »Das muss jetzt

nichts heißen. Vielleicht ruht sie sich aus.«

»Ich muss zu ihr!«

Sein Freund hielt ihn kraftvoll am Arm zurück. »Lass den Arzt und die Hebamme ihre Arbeit tun. Falls du gebraucht wirst oder … falls es Emily nicht gut geht, werden sie dich holen.«

»Sag doch nicht so was!«, rief Daniel, marschierte zum Tisch und stürzte den Inhalt seines noch vollen Brandyglases in einem Zug herunter. Danach tigerte er wieder durch den Raum, wobei ihm Rochford diesmal folgte – was ihn noch nervöser machte!

Eine gefühlte Ewigkeit später hielt Daniel das Warten einfach nicht mehr aus und wollte aus seinem Arbeitszimmer stürmen, als plötzlich die Tür aufging und Claire eintrat. In ihren Armen hielt sie ein Bündel aus weißem Stoff. Lächelnd sagte sie: »Mylords, darf ich euch den zukünftigen Earl of Hastings vorstellen?«

Daniel eilte sofort zu ihr. »Wie geht es Emily?«

»Es geht ihr gut«, antwortete Claire strahlend. »Lass sie noch ein wenig durchatmen, dann kannst du zu ihr. Sag doch erst einmal deinem Sohn guten Tag.«

»Ich … habe einen Sohn?« Jetzt erst betrachtete er das Bündel genauer, das Claire sanft an ihre Brust drückte. Ein verschrumpeltes Köpfchen, auf dem dunkler Flaum wuchs, schaute zwischen den Stofflagen hervor, genau wie eine Stupsnase und ein winziger rosaroter Mund.

War das … sein Kind? Sein Sohn?

Er schien zu schlafen, denn er hielt die Augen geschlossen und rührte sich nicht.

»Das ist dein Sohn«, erklärte Claire feierlich. »Der kleine Lord Hastings.«

»Richard«, murmelte Daniel. Er hatte sich mit Emily auf den Vornamen ihres Vaters geeinigt, falls es ein Junge wurde. Sophia fand den Namen auch gut, schließlich hieß so ihr Häschen. Ein Mädchen hätten sie nach seiner Mutter benannt: Mariel. »Geht es ihm gut? Warum bewegt er sich nicht?«

»Er hat gerade ganz schön was mitgemacht und muss sich ausruhen.« Claire lachte. »Du erinnerst mich an Kenneth. Der war auch völlig durch den Wind, als die Zwillinge geboren wurden, und als letzten Monat John kam, war es kein bisschen besser. Ich muss ohnehin einmal nach ihm sehen. Eigentlich müsste er längst Hunger haben.« Als Claire ihm das Bündel hinhielt, zuckte Daniel zurück.

»Ich soll ihn nehmen?«

Sie grinste. »Ist das dein Kind oder meines?«

»Aber …« Er besaß keinerlei Erfahrung im Umgang mit einem Neugeborenen!

Claire zeigte ihm, wie er Richard zu halten hatte. Kaum lag sein kleiner Sohn in seinen Armen, schlug er die Lider auf und offenbarte unglaublich blaue Augen.

Daniel hielt die Luft an und fühlte sich wie verzaubert, wie damals von Emily, als sie in seinem Arbeitszimmer gesessen hatte. Richard schien bis in seine Seele sehen zu können. Ob er seinen Vater schon erkannte?

Daniel schossen tausend Gedanken durch den Kopf, unbändige Freude durchströmte ihn und Stolz schwelte in seiner Brust. Das hier war sein Sohn! »Er ist so leicht und winzig«, krächzte er überwältigt.

»Das wird sich sehr schnell ändern«, versicherte ihm Claire schmunzelnd.

Grinsend hielt er Rochford den kleinen Richard vor die Nase. »Ist er nicht perfekt?«

»Alles dran«, bestätigte Claire.

Rochford schnaubte spöttisch. »Kein Wunder, dass sich Emily so abgequält hat. Er hat deinen Dickschädel.«

»Oder ihren«, murmelte Daniel lächelnd und versuchte, das kleine Bündel bloß nicht zu fest zu halten. Dabei hatte er zugleich riesengroße Angst, ihn fallenzulassen.

Rochford lachte. »Er hat dir gerade die Zunge rausgestreckt.«

Als Richard in seinen Armen leise loskrähte, wallte Panik in Daniel auf und er wollte Claire seinen Sohn zurückgeben. Aber die hakte sich bei ihm ein und sagte: »So wie es aussieht, ist der kleine Lord bereit für seinen ersten Drink. Gehen wir zu Emily. Sie wird Richard bestimmt schon vermissen.«

Rochford versprach, im Arbeitszimmer zu warten, damit sie später feierlich anstoßen konnten, während Daniel auf dem ganzen Weg bis ins Schlafzimmer den Blick kaum von seinem Sohn abwenden konnte. Er war so klein und schon absolut perfekt. Daniel bereute es ein wenig, dass er Sophia damals nicht im Arm gehalten hatte. Von heute an würde er jedes seiner zukünftigen Kinder sofort nach der Geburt persönlich begrüßen.

Vor der Tür wartete der Arzt auf sie. Der ältere Mann sagte: »Lady Hastings ist wohlauf, Mylord, alles verlief ganz natürlich«, und Daniel schickte ihn dankend zu Rochford, damit er sich einen Brandy genehmigen konnte. Danach betrat er mit Claire das Schlafzimmer.

Die Hebamme – eine Frau, die etwa in Emilys Alter war – räumte Tücher und Schüsseln beiseite, dann wünschte sie ihnen alles Gute und verabschiedete sich.

Daniel blieb vor dem Bett stehen. Dort saß sie, angelehnt an die Rückwand und gestützt von vielen Kissen: seine Lady Hastings, seine ganz große Liebe. Sie sah aus, als hätte sie eine Schlacht geschlagen. Ihr rotes Haar klebte in ihrem feuchten Gesicht, das regelrecht zu glühen schien. Doch sie strahlte ihn an, als sie die Arme ausstreckte und er ihr den kleinen Richard in den Schoß legte.

»Ich bin fast gestorben vor Angst«, wisperte er an Emilys Lippen, bevor er ihr einen kurzen, festen Kuss aufdrückte. »Und ich habe es kaum ertragen, dich leiden zu hören.«

»Ich würde die schlimmsten Schmerzen meines Lebens jederzeit wieder durchmachen, wenn ich danach solch ein Wunder in den Armen halten darf«, sagte sie lächelnd.

Seine unglaublich tapfere Frau. Er liebte sie so sehr.

Daniel küsste sie erneut, dann machte er Platz, damit sie Richard stillen konnte. Sie zog ihr Hemd am Dekolleté ein Stück herunter, sodass ihre wundervollen, fülligen Brüste zum Vorschein kamen, und Claire zeigte Emily, wie sie das Baby richtig anlegte.

Kaum schmatzte der Kleine glücklich an ihrer Brust, hörte Daniel Claire hinter sich verträumt seufzen und murmeln: »Gute Menschen werden früher oder später immer belohnt«, bevor auch sie den Raum verließ, um nach ihrem eigenen Kind zu sehen. Danach nahm Daniel nichts mehr um sich herum wahr außer seine süße, tapfere Emily und ihren Sohn. Er setzte sich ganz vorsichtig neben sie, um ihr einfach zuzusehen. Dabei konnte er sich kaum entscheiden, ob er lieber Richard oder seine tapfere Kriegerin betrachten sollte.

»Ist er nicht einfach zauberhaft?«, wisperte sie, wobei sie nie aufhörte, zu lächeln. »Und er zieht ganz schön kräftig an.«

»Kommt halt ganz nach seinem Vater«, raunte Daniel ergriffen. Er hätte jetzt gerne geweint vor Freude, aber das erlaubte er sich natürlich nicht. »Er hat so einen winzigen Mund. Bekommt er auch genug Milch?«

»Noch kommt nicht so viel, das muss sich erst einspielen, hat Claire mir erzählt. Deshalb wird er in den nächsten Tagen oft trinken wollen.«

»Und mir meinen Lieblingsplatz streitig machen«, murmelte Daniel.

Emily lachte und hob eine Hand, um Daniel über die Wange zu streichen. »Ihr müsst euch euren Lieblingsplatz wohl für eine ganze Weile teilen.«

»Damit kann ich leben.« Behutsam fuhr Daniel seinem Sohn über das flauschige Köpfchen. Es war so unglaublich klein!

Emily lächelte ihn immer noch an. »Ich habe Sophia versprochen, dass sie ihr Geschwisterchen sofort sehen darf, sobald es da ist. Claire wird Lizzy Bescheid geben.«

Kaum hatte sie das gesagt, klopfte es an der Tür und Sophia stürmte herein. »Baby, Baby!« Der kleine Wirbelwind kletterte flugs aufs Bett und blieb dann ehrfürchtig staunend und stillschweigend neben Emily sitzen, wobei sie ihr Stoffhäschen an die Brust drückte. Nachdem Lizzy einen schnellen, neugierigen Blick von der Tür aus auf sie geworfen hatte und grinste, zog sie sich sofort wieder zurück.

»Sophia, das ist dein kleiner Bruder Richard«, erklärte Emily feierlich.

»Hallooooo«, sagte sie ganz leise und klimperte mit ihren großen Augen. Gegen ihren Bruder war Sophia direkt eine Riesin.

»Komm her, Süße.« Daniel zog seine Tochter auf seinen Schoß, und gemeinsam betrachteten sie das kleine Wunder in Emilys Armen. Ihn durchströmte vollkommenes Glück, und er konnte sich gerade keinen schöneren Ort auf der Welt vorstellen, als hier bei seiner Familie.

*Happy End*

Während Rochford in Hastings' Arbeitszimmer auf seinen Freund wartete und sich mit dem Arzt unterhielt, überlegte er, ob er den Doktor fragen sollte, ob es für sein eigenes Problem mittlerweile eine Lösung gab. Doch er schaffte es nicht, das Thema anzusprechen. Er kannte den Arzt nicht, es wäre viel zu riskant. Immer noch wurden Männer deshalb gehängt.

Verflucht!

Wie sollte er sich denn in Zukunft von seiner krankhaften Neigung ablenken? Boxen half ihm immer sehr gut. Genau wie Hastings liebte und brauchte er die körperliche Verausgabung, um auf andere Gedanken zu kommen. Aber sein Freund würde in nächster Zeit bestimmt nicht mehr allzu oft mit ihm in den Club gehen. Ihre anderen gemeinsamen Bekannten hatten sich auch zurückgezogen, nachdem Frau und Familie in den Vordergrund gerückt waren, und danach das Interesse an dem Sport verloren.

Rochford nippte an seinem Brandy und seufzte leise. Er musste anscheinend wieder das tun, was er gemacht hatte, als Hastings all die langen Wochen auf seinem Landsitz gewesen war: nachts auf die Straße gehen, um den »dunklen Rächer« zu spielen. So nannten ihn die Londoner mittlerweile, weil er unerkannt für Recht und Ordnung sorgte. Während er auf Hausdächern und in düsteren Gassen auf seinen Einsatz wartete, fühlte er sich auf andere Weise lebendig, und dieses aufgeregte Kribbeln, das er dann stets verspürte, lenkte ihn von seinem inneren Dämon ab. In einigen Stunden wurde es wohl wieder Zeit, seine Maske anzulegen …

Freut euch demnächst auf Rochfords Geschichte, wenn ihr wollt!

Alles Liebe
Inka Loreen Minden

# Kapitel 28 – Recherche

**»Wer kein Interesse an mehr historischen Details oder der Entstehungsgeschichte dieses Romans (oder einem witzigen Recherchefund) hat, darf gerne weiterblättern. Weiter hinten finden sich noch ein Nachwort sowie eine kleine Buchvorstellung und weitere Infos zu mir und meinen Büchern. Ansonsten wünsche ich nun viel Spaß beim Lesen. Eure Inka.«**

Liebe Leserin, lieber Leser, ich hoffe, euch hat meine kleine Reise durch das alte London gefallen. Jetzt ist das wahrlich nicht mein erster historischer Liebesroman, den ich in den letzten Jahren geschrieben habe, doch gefühlsmäßig habe ich noch nie so viel recherchiert (meine historische Gay Romance »Beim ersten Sonnenstrahl« ausgenommen). Es macht mir aber jedes Mal riesengroßen Spaß, in eine völlig andere Welt einzutauchen, und ich möchte euch gerne ein bisschen mehr über die Entstehung dieser Geschichte erzählen – wirklich nur ein bisschen, denn im Grunde könnte ich darüber ein eigenes Buch füllen.

Im Januar waren mein Mann, unser fast schon erwachsener Sohn und ich drei Wochen lang so krank wie noch nie (angeblich war es die echte Grippe). Zum ersten Mal seit Jahren konnte ich eine sehr lange Zeit nicht schreiben (damals lag ich gerade mit »Titain – Warrior Lover« in den letzten Zügen) und während ich ewig das Bett hüten musste, hat sich plötzlich Emilys Geschichte in meiner Gedankenwelt geformt und ging mir nicht mehr aus dem Kopf. Deshalb habe ich sie gleich nach »Titain« geschrieben. Zuerst noch parallel zu »Wächterschwingen 3«, doch dann haben Emily und Daniel einfach lauter gerufen, weshalb ich mich ganz auf die beiden konzentriert habe.

Gerade wenn man Storys in einer Zeit ansiedelt, in der man nicht selbst gelebt hat, muss man sehr viel beachten, denn die Menschen damals haben natürlich einiges anders gemacht (und auch anders gedacht) als wir heute. Ständig musste ich alles hinterfragen.

Ach, ich weiß gar nicht, wo ich anfangen soll. Am besten beim Schauplatz: London 1834.

Alte Karten sind mir immer eine große Hilfe, um nachzuschauen: Welche Gebäude, Straßen, Plätze und Parks gab es zu dieser Zeit schon, wie hießen sie und wie sahen sie aus? Viele wurden im Laufe der Jahrzehnte / Jahrhunderte schließlich mehrmals umgestaltet. (Sehr stolz war ich übrigens, als ich mehrere alte Aquarell- und Ölbilder vom Almack's Club gefunden habe und ich daraufhin das Gebäude innen wie außen sehr genau beschreiben konnte).

Wo genau befand sich damals der Hafen beziehungsweise wo könnte die Reederei von Kenneth liegen?

Wie hießen die nobleren Stadtteile Londons, welche waren die »schlechten«?

Welche Kleidung trug Mann / Frau? Oh, das ist wirklich eine Kategorie für sich. Im Laufe weniger Jahre hat sich die Mode (vor allem bei den Frauen) ständig geändert!

Wie wurden die Kinder erzogen? Gerade dieses Thema musste ich völlig neu recherchieren, denn darüber hatte ich bisher nichts geschrieben.

Was mussten die Kinder lernen? Wo lagen die Unterschiede bei der Erziehung und der Ausbildung zwischen Jungen und Mädchen?

Sicher habt ihr bemerkt, wie jung Daniel war, als er auf

die Uni ging. Die Studenten waren bis ins frühe 19. Jahrhundert generell jünger als heute. 15 oder 16 war ein normales Alter, um sein Studium zu beginnen. Im Mittelalter war das sogar noch früher, dort betrug das Durchschnittsalter für Studierende gerade einmal 12 Jahre!

Welche Kinderbücher waren damals »in«? Ich war wirklich glücklich, die komplette Übersetzung von » The Life and Perambulation of a Mouse« von Dorothy Kilner entdeckt zu haben. Diese Erzählung war quasi eine der ersten modernen Fantasystorys, sollte jedoch eher zur Kindererziehung als zur Unterhaltung dienen – so war das damals.

Schon kam wieder eine Frage auf: Gab es bereits Hochstühle für Kleinkinder? Ja, aber die waren meistens nur dem Adel vorbehalten. Und: Wie sahen die Kinderwagen früher aus? (England ist übrigens der Geburtsort des modernen Kinderwagens, der dort ab 1840 sogar in einer Fabrik produziert wurde. Davor glichen die Wagen kleinen Kutschen, die teilweise auch von Hunden gezogen wurden.)

Welche Vor- und Nachnamen waren damals gebräuchlich? Wusstet ihr, dass »Daniel« ein sehr alter Vorname ist? Schon in der Bibel wurde er erwähnt und vor allem im Mittelalter war der Name »der Renner« :)

Oder hier noch weitere Fakten:

Das Parlament war ab Juli geschlossen. Adlige reisten dann meist auf ihre Landgüter. Die neue »Season« begann im April / Mai und ging wieder bis Ende Juli. Während dieser Zeit fanden auch die wichtigsten Veranstaltungen statt.

Boxen war bis 1866 illegal (ach was habe ich hier viele tolle Informationen gefunden! Aber das würde den Rahmen sprengen).

Französische Schneider benutzten Maßbänder als Erste, ab ca. 1830. Mr Croft ist also schon ein fortschrittlicher Londoner Schneider :)

Sehr lange habe ich gesucht, wie es damals mit der Trauerzeit geregelt war. Die waren für Männer und Frauen sehr unterschiedlich. Während sich der Mann nach dem Verlust der Ehefrau nur für ein paar Wochen aus der Gesellschaft zurückziehen musste, erwartete man von einer Witwe, dass sie ein ganzes Jahr lang keine öffentlichen Veranstaltungen besuchte. Auch durfte sie währenddessen nicht wieder heiraten. Wie ungerecht es damals zuging!

Wer einen Ehepartner suchte, musste sicherstellen, dass der oder die Auserwählte die passenden Voraussetzungen erfüllte: Er / sie musste aus der richtigen gesellschaftlichen Schicht kommen und reich genug sein, um den Erwartungen der Familie zu genügen. Mädchen mussten mindestens 16 (heiratsfähiges Alter) und in aller Form in die Gesellschaft eingeführt sein. Männer wurden erst mit 21 eingeführt. Ab diesem Alter durfte der älteste Sohn ohne väterliche Erlaubnis Verträge eingehen, Verlobung inbegriffen.

Die Männer, die nichts erbten, konnten in der Zeit einen Beruf ergreifen, um damit später das Einkommen zu sichern.

Ihr seht, im Jahre 1834 war vieles ganz anders als heute, vor allem auch die Moralvorstellungen!

Aber ich musste nicht nur geschichtliche Fakten nachsehen, nein, auch ob es schon bestimmte Redewendungen oder Wörter gab, die mir eventuell zu modern erschienen, (zum Beispiel »Liebesgockel«, »ulkig«, »sich einbringen« usw). Oft bin ich sehr überrascht, wie lange viele Wörter schon in unserem Sprachgebrauch sind, aber bei einigen hat sich im Laufe der Zeit auch die Bedeutung verändert oder werden gar nicht mehr benutzt, wie der Ausdruck: »ein Siegel erbrechen«. Klingt ulkig, aber das hieß damals (und auch noch heute!) eben so, wenn man einen Brief öffnete, lach, auch wenn ihr jetzt ein anderes Bild vor Augen habt.

Wisst ihr, um wie viel Uhr früher bei den Adligen zu Mittag gegessen wurde? Im Grunde erst am späten Abend. Also ICH wäre ja zwischen Frühstück und Abendessen (= Dinner, Hauptmahlzeit des Tages) verhungert!

So ging es wohl auch der Duchesse of Bedfordshire, die deshalb kurzerhand um etwa 1830 herum den »Low Tea« einführte, was natürlich vom Timing perfekt zu meiner Story passte :) Sie lud am Nachmittag ihre Freundinnen zu Kuchen, Sandwiches und Tee ein, der an einem niedrigen Couchtisch in ihrem Zimmer serviert wurde. Bald hatte sich der »Low Tea« im ganzen Land herumgesprochen, und die typisch britische Tradition des Nachmittagstees war geboren.

Wie ihr vielleicht schon vermutet habt, hat der Name etwas mit der Tischhöhe zu tun.

Der »Low Tea« mit seinen Snacks würde natürlich niemals einen Arbeiter ernähren, weshalb der High Tea aus der Arbeiterklasse stammte. Traditionell wurde er zwischen 17 und 19 Uhr eingenommen, denn zu dieser Zeit kamen die Arbeiter von ihren körperlich anstrengenden Jobs nach Hause. Gegessen wurde am normal hohen Esstisch (High Tea). Und es gab auch keine leichten Snacks, sondern energiereiche Nahrung wie Fleischpasteten, Lachs, Aufschnitt, Brot, Butter und Marmelade. Tee wurde natürlich auch in reichlichen Mengen getrunken.

Und wenn ihr bei meiner Geschichte aufgepasst habt, ist euch aufgefallen, dass es bei Daniel gar nicht so spät Dinner gibt, wie sonst bei den Adligen üblich. Das liegt unter anderem daran, dass Sophia mit am Tisch sitzt – denn die kleine Dame muss natürlich früher ins Bett als die Erwachsenen :)

Wie wurde ein Adliger korrekt angeredet? Wie ein Bediensteter?

Fragen über Fragen :)

Allein die Hierarchien innerhalb der Adelsfamilie (wer durfte zuerst einen Raum betreten) sind ja eine Wissenschaft für sich, genau wie die verschiedenen Titel und Anredeformen! Ganz oben (wenn man das Königshaus ausklammert) steht der Duke. Danach kommen: Marquess (zB. Rochford), Earl (zB. Daniel), Viscount (der vermeintliche Edward), Baron.

Emilys Vater war zum Beispiel ein Baronet. Das hat nichts mit dem Baron zu tun. Ein Baronet gehörte, wie der Knight, zum niederen Adel (Gentry), während der Baron schon zum Hochadel (Peerage) gehörte.

Der Titel des Baronets geht nur auf einen männlichen Erben über oder den nächsten männlichen Verwandten. Deshalb hat Emily keinen Titel geerbt. Erst als sie den vermeintlichen Viscount Rowland heiratet, wird sie zu »Lady Rowland« oder »Viscountess Rowland«.

Der Butler wurde von seinem Arbeitgeber, dessen Familie und den persönlichen Gästen mit dem Nachnamen angesprochen (Smithers), während die Dienerschaft und Lieferanten den Butler mit Mr und Nachnamen anzureden hatte

(Mr Smithers).

Angestellte untereinander sprachen denjenigen, der über ihm stand, nie mit »du« an oder dem Vornamen (Ausnahmen ausgenommen). Wobei es heutzutage schwer ist zu sagen, wann im Englischen wirklich »Du« gesagt worden ist und wann nicht.

Etwas Lustiges habe ich zum Schluss auch noch für euch, spielt zwar nicht in der Zeit, aber etwas später:

Ruth Smythers brachte 1894 einen Ratgeber für Paare heraus, aus dem ich euch ein paar Auszüge zeigen möchte. Ich habe mich ja gekringelt!

Wenn die Frau keine Lust auf Sex hatte, empfiehlt das Buch »Sex Tips for Husbands and Wives«, den Akt auf jeden Fall widerwillig zu vollziehen. Damals ging man davon aus (oder die Autorin des Ratgebers), dass Männer zu jeder Sekunde Sex wollten. Die Frau sollte daher so oft »Nein« sagen, wie möglich, und sich weigern.

Versucht der Mann die Frau zu küssen, dann soll sie den Kopf drehen, sodass der Gatte nur die Wange trifft!

Der Top-Tipp von heute zog wohl auch schon damals: »Müdigkeit und Kopfschmerzen sind die besten Freunde der Ehefrau. Am besten täuschen Sie die Migräne abends, eine Stunde vor der üblichen Schlafenszeit, vor.«

Ganz wichtig auch: Die Kleidung bleibt an! Denn nackte Haut würde einen Mann nur unnötig erregen. Deshalb liest man auch in so vielen historischen Romanen, dass nur die Pyjamahose vorne geöffnet und das Nachthemd der Frau hochgeschoben wurde. So wie es auch Edward macht ... äh, gemacht hat. Der Mistkerl weilt ja zum Glück nicht mehr unter uns.

Und damals auch ganz wichtig: Das Licht bleibt aus! »Ist der Akt nicht zu vermeiden, löschen Sie alle Lichter im

Schlafzimmer. Seien Sie still, vielleicht stolpert er auf dem Weg und tut sich weh. So ist das Unglück vielleicht noch abzuwenden.«

Und sollte der geile Gatte diese Hürden auch umschifft haben, half zur allerletzten Not nur noch »tot stellen«! Denn jede Bewegung würde nur die Lust des Mannes steigern und den Sex unnötig in die Länge ziehen (ähm ja, ich weiß ja nicht, lach). »Während des Aktes sollten Sie entweder absolut still sein oder aber ohne Unterlass von Ihren Pflichten im Haushalt reden. Ist der Sex vorbei, sollten Sie als kluge Ehefrau verhindern, dass der Mann friedlich einschlummert. Zetern Sie viel mehr darüber, welche Aufgaben er morgen zu erledigen hat.«

Klar, bevor er noch auf die Idee kommt, diese verdammt romantische und sehr erregende Prozedur wiederholen zu wollen!

Nee, nee, da haben es meine Figuren doch wesentlich kuschliger und die Männer müssen nicht gar so viel leiden, lach.

So, das war es auch schon, weil ich versprochen hatte, mich kurz zu halten :)


Alles Liebe
Eure Inka

# Nachwort

Ich freue mich riesig, dass du Emily, Daniel und Co bis hierhin begleitet hast. Mir ist (neben der süßen Sophia) ganz besonders Rochford ans Herz gewachsen. Du kannst dir sicher schon denken, welches »Problem« ihn beschäftigt, schließlich stand damals auf »Sodomie« (wie Homosexualität zu dieser Zeit genannt wurde) die Todesstrafe durch Erhängen. Rochfords Geschichte habe ich schon halbwegs im Kopf. Möchtest du sie lesen?

Falls du Lust hast, erzähle mir doch, wie dir das Buch gefallen hat. Ich freue mich immer riesig über Feedback, egal wo. Du findest mich auf meiner Homepage inka-loreen-minden.de bzw meinem Blog monica-davis.de, Twitter (inkaloreen), Instagram (inkaloreenminden) und Facebook (Books by Inka Loreen Minden).

Und falls du das Buch weiterempfehlen möchtest oder Zeit findest, zwei kurze Sätze in einer Rezension / Bewertung zu schreiben oder irgendwo ein paar Sternchen zu hinterlassen, ist das für uns Autoren wie der Applaus für einen Schauspieler. Darüber freuen wir uns am allermeisten.

In diesem Sinne – halte die Öhrchen steif und
Make Love Not War
Deine Inka

# Buchvorstellung

## Die Lady und das Biest
von
## Inka Loreen Minden

Die junge Lady Patricia hat es satt, dass alle über ihr Leben bestimmen. Als sie mit einem alten Lord verheiratet werden soll, läuft sie von zu Hause weg und versteckt sich auf der Fregatte eines Freundes. Leider ist sie auf dem falschen Dreimaster gelandet und glaubt sich unter Piraten, doch die Realität ist schlimmer: Patricia befindet sich auf einem Schiff voller übernatürlicher Kreaturen, und ausgerechnet der Captain, das Alphatier des Rudels, hat sie zu seiner Gefährtin auserkoren …

Historischer Liebesroman mit Wolfswandlern, Vampiren und Dämonen. Ca. 360 Seiten plus 80 Bonusseiten.

### Auszug:

Morgan hatte schlechte Laune. Verdammt schlechte Laune. Was vor allem seine Crew zu spüren bekam. Patricia mied ihn, als hätte er die Pest, und Ianto lag ihm schon seit zwei Tagen in den Ohren, dass er sich endlich bei ihr entschuldigen sollte. Frauen liebten so etwas, hatte er ihm erklärt. Am besten solle er ihr noch eine kleine Aufmerksamkeit mitbringen.

Immer diese gut gemeinten Ratschläge!

Morgan hatte keine Lust vor dieser verwöhnten Lady zu Kreuze zu kriechen. Besser, er hielt Abstand. Dann verfiel er nicht wieder ihrer teuflischen Anziehungskraft. Sie würde schon ihre Gründe haben, warum sie ihn nicht wollte, was ihm mittlerweile recht war. Sein Leben war schon Verpflichtung genug. Eine Frau würde ihm gerade noch fehlen.

Woher kam dann dieser ziehende, nie endende Schmerz in seiner Brust?

*Wenn sie wirklich deine Gefährtin ist, wird es dir nicht besser gehen, bis du die Verbindung vollendet hast*, hatte Henry zu ihm gesagt. Der alte Wolf hatte längst mitbekommen, wie es wirklich um ihn stand.

Vielleicht sollte Morgan den Doc um ein Mittelchen bitten? Es ging schließlich auf Vollmond zu, er würde in ein paar Tagen zur Bestie werden. Das nagte zusätzlich an seiner Laune.

Doch vor Bingley wollte er keine Schwäche zeigen. Der hatte ihn schon genug gedemütigt. Alkohol tat es genauso gut, um das innere Biest ruhigzustellen, weshalb er beschloss, sich in Henrys Rumfass zu ersäufen.

Als er gerade in die Kombüse treten wollte, hörte er Patricias glockenreine Stimme und ein bezauberndes Lachen. Es klang anders als die albernen kleinen Kiekser, die die meisten Frauen ausstießen.

Mit wild trommelndem Herzen machte er einen Satz zurück in den dunklen Gang. Sie war der letzte Mensch, dem er in seinem jetzigen Zustand begegnen wollte. Er trug seit Tagen dasselbe Hemd, war unrasiert und Schatten hingen unter seinen Augen. Regungslos blieb er hinter der Tür stehen. Es interessierte ihn brennend, worüber sie sich mit Henry unterhielt.

Vorsichtig lugte er um die Ecke, darauf bedacht, dass ihn die beiden nicht bemerkten oder er von einem im Gang herumlaufenden Matrosen gesehen wurde. Das hätte bloß zu Peinlichkeiten und weiterem Gerede geführt. Es kursierten genug abenteuerliche Geschichten über Patricia und ihn an Bord.

Morgan stockte der Atem, als er sie genauer betrachtete. Obwohl er sie nur von hinten erkennen konnte, wie sie neben Henry vor dem großen Tisch stand und ihm angeregt etwas erklärte, überwältigte ihn ihr Anblick. Sie trug wieder seinen irischen Wollpullover, der einst ein Vermögen gekostet und zu seinen liebsten Kleidungsstücken gezählt hatte, bis es Billy irgendwie fertiggebracht hatte, ihn auf halbe Größe schrumpfen zu lassen. Aber er hatte sich nie von dem Teil trennen können. Jetzt schien der Pullover wie für Patricia gemacht. Er betonte reizvoll ihre schmale Taille.

Sein Blick wanderte ein Stück weiter an ihr hinab. Billys Hose brachte jede der herrlichen Rundungen ihres Hinterteils zur Geltung. Als Morgan daran dachte, wie fantastisch sich ihre weichen Pobacken in seinen Händen angefühlt hatten, wäre er am liebsten sofort zu ihr geeilt, um zu überprüfen, ob sie sich immer noch so verteufelt gut … Er wich weiter in den Gang zurück. Patricias Anblick bekam ihm nicht. Seine Hände zitterten, sein Herz raste und schon standen feine Schweißtropfen auf seiner Stirn. Diese Frau, die er so sehr begehrte, die ihn jedoch nicht haben wollte, war eine Hexe. Sie hatte ihn verzaubert, um ihn zu quälen. Sie hatte ihn umgarnt, in eine Falle gelockt, ihn abhängig gemacht und dann gnadenlos verstoßen. Dieses Teufelsweib musste die Hölle geschickt haben, nur um ihn zu foltern!

# Über die Autorin

Inka Loreen Minden, die auch unter den Pseudonymen Ariana Adaire, Lucy Palmer, Mo Davis (Mystery) und Monica Davis (Jugendbuch) schreibt, ist eine bekannte deutsche Autorin. Von ihr sind bereits über 90 Bücher, 16 Hörbücher und zahlreiche E-Books erschienen, die regelmäßig unter den Online-Jahresbestsellern zu finden sind. Sie schreibt u.a. für Bastei Lübbe, Blanvalet und Rowohlt.
Ihre Titel wurden in mehrere Sprachen übersetzt, zB. Holländisch, Polnisch, Tschechisch, Spanisch. Auf Englisch sind erhältlich: Hearts of Stone, Daniel Taylor – Demon Heart und Caprice.
Neben einer spannenden Rahmenhandlung legt sie Wert auf eine niveauvolle Sprache und lebendige Figuren. Romantische Erotik, gepaart mit Liebe und Leidenschaft, ist in all ihren Storys zu finden, die an den unterschiedlichsten Schauplätzen spielen.
Mit ihrem Mann und ihrem Sohn lebt sie in der Nähe von München. Schokolade und Schreiben sind ihre Lebenselixiere, außerdem spielt sie Geige, singt und schaut gerne mit ihrer Familie Filme an.

Mehr über die Autorin und ihre Bücher auf ihrer Homepage:
**www.inka-loreen-minden.de**
oder
**monica-davis.de**

Dort könnt ihr euch auch für ein kostenloses Newsletter-Abonnement anmelden, um Neuerscheinungen und exklusive Informationen als Erstes zu erfahren.

Ihr findet die Autorin auch auf **Twitter** (InkaLoreen),
**Instagram** (inkaloreenminden)
oder **Facebook** (Books by Inka Loreen Minden)

## Eine Auswahl ihrer Titel:

### Historisch:

Die Lady und das Biest

Der Freibeuter und die Piratenlady

Secret Passions – Opfer der Leidenschaft (Gay Historical
Crime Romance)

The Captain's Lover (Gay Historical Romance)

Sinful Kisses (Gay Historical Romance)

Beim ersten Sonnenstrahl (Gay Fantasy Historical
Romance)

### Dystopie:

Outcasts (Monica Davis) / auch als Hardcover-Sammelband
aller 4 Teile (Secrets of Lost Island)

Warrior Lover Serie
(15 Teile plus 3 Snacks)

### Mystery:
Racheclown (Mo Davis)

**und falls es mit Fantasy sein darf:**

Engelslust
Verteufelte Lust

Beast Lover Serie

Nick aus der Flasche (Monica Davis)

***Als Hörbuch:***

*Nate – Beast Lovers 1*
*Jax – Warrior Lover 1*
*Crome – Warrior Lover 2*
*Ice – Warrior Lover 3 (Juli 2020)*